诺贝尔文学奖获奖者散文丛书

三个世界的西班牙人

Españoles De Tres Mundos

〔西班牙〕希梅内斯 著

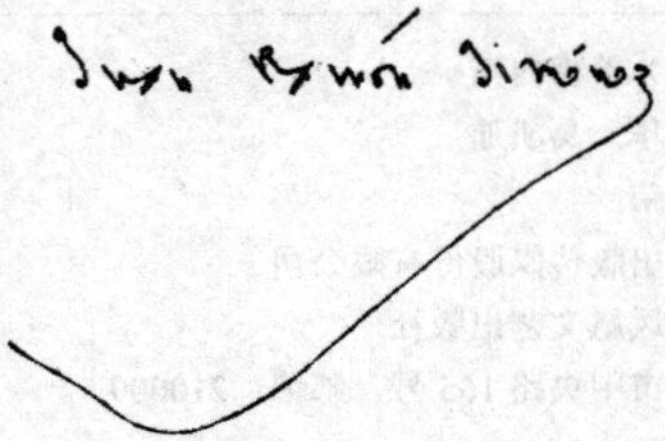

陈华 葛凯迪 译

江苏凤凰文艺出版社
JIANGSU PHOENIX LITERATURE AND ART PUBLISHING, LTD

图书在版编目（CIP）数据

三个世界的西班牙人 /（西）希梅内斯著；陈华，葛凯迪译.
— 南京：江苏凤凰文艺出版社，2015（2022.8 重印）
（诺贝尔文学奖获奖者散文丛书）
ISBN 978-7-5399-6561-1

Ⅰ. ①三… Ⅱ. ①希… ②陈… ③葛… Ⅲ. ①散文集－西班牙－现代 Ⅳ. ①I551.65

中国版本图书馆 CIP 数据核字(2015)第 000028 号

书　　名	三个世界的西班牙人
著　　者	（西）希梅内斯
译　　者	陈　华　葛凯迪
责任编辑	孙金荣
出版发行	凤凰出版传媒股份有限公司 江苏凤凰文艺出版社
出版社地址	南京市中央路 165 号，邮编：210009
出版社网址	http://www.jswenyi.com
经　　销	凤凰出版传媒股份有限公司
印　　刷	三河市燕春印务有限公司
开　　本	880 毫米×1230 毫米　1/32
印　　张	8.5
字　　数	210 千字
版　　次	2015 年 3 月第 1 版　2022 年 8 月第 2 次印刷
标准书号	ISBN 978-7-5399-6561-1
定　　价	59.00 元

目录 CONTENTS

附录Ⅰ

附录Ⅱ

小银与我

三个世界的西班牙人

陈　华/译

旧世界，新世界，另一个世界
——抒情漫画(1914—1940)

这本名为《三个世界的西班牙人》(这三个世界分别指的是西班牙、美洲和冥界)的小册子如果得以完成的话，它所呈现的视角将足以涵盖我所处时代的方方面面。现在这一部分收录了六十一个漫画人物。全书由一百五十个人物构成，并分为五类，即“纯净的亡灵”、“九八年一代[①]及其他年代的市井小民”、“名人和隐士”、“魔界的可怕人物”以及“净界的美学家”。开篇是马德里人马里亚诺·何塞·德·拉尔腊[②]，他是一个著名的自杀者；结尾是一个孤单的安达卢西亚人，他渴望能一举成名。最初的书名被定为《西班牙人物肖像画及漫画》，后来改为《形形色色的西班牙英雄》，再后来又更名为《西班牙人》。我原本想把人物描写分为写实的描绘(即肖像画)和夸张的描述(即漫画)，肖像画用于描写那些最正派的人，而漫画则用在那些最古怪的人身上。但很快我就意识到，这样硬生生的分类着实没有必要，因为所有的肖像画都可以成为漫画。而最终所采用的书名对于这样一本小小的人物集来讲可能过大了，正如我之前所说的，目前这本书还太不完整、太支离破碎了，我希望有朝一日能够在命运的指引下将其修补完善。

当今社会所缺失的东西在西班牙却能够找到：它们一部分存在于我们马德里楼房的房间里，另一部分存在于我们某些朋友或熟人的一些能力中，他们可能会用这种能力去欺骗那些正经的女士，或是将之用于其他不良企图。但是，有一天，这些朋友中的一个改掉了他身上的这种毛病，而他身边的那些敌人也许某天会幡然醒悟，做出同样的改变，因为他们会发现，他们已经不再恨我，同

---

① “九八年一代”是西班牙文学史上一个重要的文学流派，是美西战争后一群年轻的西班牙文人作家组成的团体，其代表人物有阿索林、乌纳穆诺、巴列-因克兰等。他们关心国家命运，反对君主政体，在当时的西班牙社会兴起了一股新的创作思潮。

② 马里亚诺·何塞·德·拉尔腊(1809—1837)：西班牙浪漫主义作家、记者、政治家，因为感情问题于1837年结束了自己年轻的生命。

样地，我也不再记恨他人。这么一来，新的道德观念就会应运而生，并且烘托出一部分人的高风亮节。这栋楼房并非由任何政府机构负责拆毁的，而是一些在西班牙国内和国外的文人们凭借一己之力夷平的。我要感谢那些在这件费解的事情中耐心调停的政府工作人员，不过出于尊重，在这里我不便讲出他们的名字。

我的这些人物漫画尚有许多欠缺，其中一些我记得非常清楚，如“理发师费加罗[1]”、菲德里科·德·卡斯特罗、埃斯普龙塞达、迪亚斯·米隆、阿尔贝尼斯、加哈、毕加索、特蕾莎·德拉·克鲁斯、巴勃罗·加萨斯、何赛·德·加索、马拉加、佩德罗·恩里克斯·乌勒尼亚、巴列-因克兰，等等。我多么希望他们能回到我身边，但我却不能也不愿重新为他们画像。而另外有一些人物我则非常希望能从不同的视角再去创作一次，例如乌纳穆诺、鲁文·达里奥、法雅、何塞·奥特嘉·伊·加塞特、莫雷诺·比利亚、佩德罗·萨利纳斯，等等。在我的人物中，不难发现有许多年轻人的形象。这本选集能体现我对跟我同时代的人们，尤其是对年轻人所持有的浓厚兴趣。我一贯坚持的原则是“颂扬年轻人，严格要求并惩罚成年人，宽容老年人”。请原谅我引用上面这句话。豪尔赫·纪廉[2]曾经在一封饱含敌意的密信中谴责我对年轻人的这种兴趣，他认为我的这种兴趣和我文章中的模仿痕迹都过头了。但是他的某些最优秀的作品不也始于模仿吗？另外，一些西班牙的虚构人物，还有宇航员、化学家、语言学家、工程师之类的人物形象我尚未涉及，等条件成熟时也许我会弥补上这一块空缺。书中所描绘的美洲人物不多，等将来我认识了更多的美洲人或是我灵感突现时，我打算再继续补充。

根据每一个人物原型，我为他们绘制出风格迥异的漫画，或朴实或奢华，或写实或夸张，或贬低或褒扬。我一直相信，散文同诗

---

① 拉尔腊的笔名。

② 豪尔赫·纪廉(1893—1984)：西班牙诗人、文学评论家，“二七年一代”作家代表人物。二十世纪二十年代，西班牙出现了一批优秀诗人，他们被称为“二七年一代”，代表人物有佩德罗·萨利纳斯、豪尔赫·纪廉、达马索·阿隆索等。他们对于西班牙的封建统治厌恶至极，主张以更加自由和独特的方式去进行文学创作。本书中谈及的众多人物均属于这一派。

歌一样都具有多样性。我认为在漫画中最能体现出巴洛克风格（戈维多也持同样的观点），因此我在大多数漫画中都使用了这一风格，但是我得声明，我不断用适当的抒情风格去加以修饰。我在创作本书和其他作品（《童年的人影》、《怜悯的臂膀》、《长篇故事》等）时萌生了“抒情漫画”这个想法。我按照自己的意愿把书中这些西班牙人放进我的空想广场和回忆大厅里，这样一来我就使他们“不朽”了，就仿佛他们确确实实地生活在现实生活中的广场和大厅里一样。在活着的人中，我只描写那些跟我打过交道或是见过面的人；而逝去的人中，我只描写那些我在想象中或是梦中打过交道见过面的人，他们对我来说与活着的人无异。这些我以漫画形式来描写的人，不论是从人类还是从神灵的标准来看，都不符合普罗大众的特性，但他们的这种特殊性对我却大有益处，至少我得感谢他们给我提供了一种我所需的写作风格。我用这种风格来塑造自己的特质，也许同时也赋予了他们新的秉性。对每一个形象我都尽量还原他们自身的特点，每一章节的标题中人名下面对应的年份有如下意义：如果该人物原型是我私下并不认识且已过世的人，那么这个时间指的是他去世或显灵的日期，因为他就是从那一时刻起变成幽灵的；如果该原型是我认识的人，不论他是已故还是在世，这个时间指的是我们见面的日子或是指我的写作日期。那些表明去世时间的日期是我凭着记忆写出来的，因此我恳请大家能根据你们所掌握的资料来纠正我。我的这些人物漫画由我的一些朋友抄录下来并替我保管，我再把它们收集起来。但是我没法把这些复制品同我的原版漫画进行比较，因为它们肯定有所不同，这是再自然不过的了，我本人在每次要再版某部作品时都会做一些改动。有的段落是我摘自报上曾发表过的一些文章，其中不可避免有打印时的拼写错误，对此我十分理解。对佩德罗·萨利纳斯和何塞·贝尔加明的描写片段，其实来源于我给他们的处女作《预兆》和《火箭与明星》所写的序言。正如吉安·卡索[①]所言，我

① 吉安·卡索（1897—1986）：法国作家、艺术评论家、西班牙语语言学家，曾任法国现代艺术博物馆第一任馆长。

对他们的描述是面向未来的，到今天依然正确。萨利纳斯在文学道路上曾一度偏航，盲目去追求埃菲尔式的标新立异，但难能可贵的是，他最终重归了《预兆》中铺就的正确轨道。而贝尔加明依然是那个创作了《火箭与明星》这样宝贵作品的贝尔加明。

我的这些漫画在客观现实面前，有时显得惟妙惟肖，有时却像一个谎言，常常让我大吃一惊。漫画中这些人物的原型没有几个能忠实于我的创作，或许是我对他们的描写失真了，又或许是他们对我撒了谎，隐藏了真实的自我。聪明的读者们自然能明辨是非。我曾犹豫过是否应该把所有的人物漫画都收录进这本小集子里。最近几年西班牙的形势一直在变，尤其是自 1936 年之后，可以称得上物是人非，至少看上去是跟从前大不一样了。为了适应这种变化，我差一点得重头创作这本书和我的其他作品。但是如果我们以这样的眼光来看待世间万物的话，可能我们到死去那天也写不出什么东西来，至少我会是这样。如果我们一开始对某人抱有一定的敬意，到后来发现他比预期的更加受人尊敬，抑或是并不值得人尊敬，但我们对他画的漫画却不能因为种种正面或负面的情绪影响而有所增减或是删改。我们可以为他绘制另一幅肖像画，我就是这样做的。如果非要在原有的作品上进行什么改动的话，那只能是出于美学和艺术上的考虑，而不是因为别的客观原因。比如说，对加深理解或改善文章质量做的一个小小的改动，前提是不能改变这个人物的容貌，因为我们、我可能会牵涉其中。同样，对作品风格的改动我也是不排斥的，比如由一首诗歌变为任何一种别的文体。而最最糟糕的情况就是，因为我们的改动而毁掉了人物的原型。我认为对人物描写做本质上的改动是幼稚甚至是可笑的。不能根据人物原型持续的行为去对肖像画进行修改，漫画更不能改，抒情漫画尤其不能改，因为所描绘的人物已经具有了他的形象。我在这里谈的不是诗歌创作中根据我们个人的意图编造出来的人物，而是文学模仿（散文和文学）中塑造的不同类型的人物，他不是也不能被创造成我们的虚构人物。

胡安·拉蒙·希梅内斯

科勒尔盖布尔斯，佛罗里达，1940 年 10 月这些人物漫画可以分为如下五类。

1. 纯净的亡灵：

古斯塔沃·阿道夫·贝克尔
爱德华多·罗萨雷斯
尼古拉斯·萨尔梅龙
贝尔纳多·洛佩兹·加西亚
罗萨莉亚·德·卡斯特罗
何塞·马蒂
伊萨克·佩拉尔
何塞·亚松森·席尔瓦
托马斯·梅阿贝

2. “九八年一代”及其他年代的市井小民：

米格尔·德·乌纳穆诺
鲁文·达里奥
拉蒙·梅嫩德斯·皮达尔
安东尼奥·马查多
胡安·德·埃切瓦里亚
费尔南多·德·罗斯·里奥斯
何塞·古铁雷斯·索拉纳
拉蒙·德·巴斯特拉
何塞·莫雷诺·比利亚
费德里科·德·奥尼斯
胡安·何塞·多门齐纳
哈维·德·温图森
佩德罗·萨利纳斯

3. 名人和隐士：

弗朗西斯科·希内尔
何塞·恩里克·罗多
曼努埃尔·巴尔多洛梅·科西奥
卡门
恩里克·格拉纳多斯
里卡多·卢比奥
何塞·奥特嘉·伊·加塞特
马诺埃尔·德·法雅
阿方索·雷耶斯
尼古拉斯·阿丘卡罗
特雷莎·德拉·帕拉
欧亨尼奥·弗洛里特
诺拉·博尔赫斯

4. 魔界的可怕人物：

拉蒙·戈麦斯·德拉·塞尔纳
厄内斯提娜·德·尚波尔辛
费尔南多·比利亚隆
巴勃罗·聂鲁达
拉斐尔·阿尔韦蒂
达马索·阿隆索
费德里戈·加西亚·洛尔卡
罗莎·查赛尔
安东尼奥·埃斯皮纳
埃杜阿尔多·维森特
厄乌赛比娅·戈斯麦
何塞·贝尔加明
厄内斯托·希门内斯·卡巴耶罗
塞拉芬娜·努涅斯

5. 净界的美学家：

何塞·玛利亚·伊斯基尔多
豪尔赫·纪廉
弗朗西斯科·柏斯
本哈明·哈尔内斯
安东尼奥·马里查拉尔
曼努埃尔·阿尔托拉盖尔
孔查
文森特·阿莱克桑德雷
杜塞尔·玛利亚·洛伊纳斯
埃米利奥·普拉多斯
本哈明·帕伦西亚
路易斯·赛尔努达

1 古斯塔沃·阿道夫·贝克尔[①](1870)

贝克尔伸出一只手，走出旺盛的金银花丛，冲进肆虐的狂风中。五月的雷阵雨说下就下，而这金银花丛给他提供了临时的庇护，它淡淡的清香也让他暂时忘掉了烦恼，享受片刻的欢愉。贝克尔浑身发抖，双唇发紫，咳嗽个不停。他一边用手扶住随时可能被狂风吹掉的礼帽，一边徒劳地裹紧身上的短外套，却根本无法抵御这初秋的寒冷。狂风中夹杂着尘土和雨滴，以及那把假想的竖琴。他真的如他的诗中所写，"在那个早晨，在大厅中那个昏暗的角落里"拨响了这架竖琴吗？它的裸弦音色饱满，像含苞待放的杏花。他要把它带去哪里开音呢？金银花，烦闷，季节交替，女人，寒颤，理想，竖琴，这些东西全纠缠在一起，使他迷茫。究竟是竖琴还是女人，是琴弦还是手臂？其实一切不过是一场梦罢了，所有的爱情

① 古斯塔沃·阿道夫·贝克尔(1836—1870)：十九世纪西班牙晚期浪漫主义诗歌代表人物，主要作品有《诗韵集》、《传说集》、《斗室书简》、《给一个妇女的文学书简》等。

都是虚无的。

她用一个吻封印了这段故事。

有一个声音始终在他灵魂中心某个地方回响，它就像甜橙树上一根巨大的刺，扎在他心上，不断折磨着他。这种让人难以忍受的心绞痛曾差点要了他的命。为了配合这剧烈的疼痛，他的心脏变成了一个鼓手，不休不眠地擂鼓，尤其在主动脉的第二心音上加强鼓点，仿佛想通过鼓声把这种心绞痛沿着条条血管铺就的河流驱赶到大海里去。这震耳欲聋的鼓点一直从脚后跟传到太阳穴，让人快要窒息。这尖锐的、振聋发聩的声音汇成了他诗歌的韵脚，在每句诗的第二个音上加强，铸造出他这颗肥厚的、黑暗的心脏铅锤。他的种种忧虑乘着幻想中那白色、紫红色和金色的翅膀，彻底瓦解。借着这样的韵脚，他改变了那个时代的西班牙语诗歌，并打上了自己的烙印，使之成为永恒，这是他用生命写就的诗篇。

今天阳光抵达了我的灵魂深处。

贝克尔的抒情诗在他身边飞舞，就像那团金银色的花丛被无数的小鸟环绕，它们欢聚在一起，为它戴上桂冠，它们啾啾欢叫着，用热情的小嘴去亲吻它。在贝克尔之前和之后有如此多的诗人，他只是其中一个，然而他却是独一无二、最真实的一个，别的诗韵在他面前都显得那么生硬和暗淡。很多年来，除了贝克尔，在西班牙无人敢创作声乐诗和抒情诗。声乐诗，抒情诗，抒情诗，声乐诗。他的抒情诗出自他那黑白分明的胸膛，藏身于门廊组成的盾牌后，藏身于石头堆砌的坟墓里，藏身于修道院的围墙边，藏身于塞维利亚西部封闭的阳台中。在玻璃窗中倒映出碧绿的湖水和玫瑰色的太阳。源于内心的声乐诗，随燕子翩翩起舞的抒情诗。在当时那样恶劣的氛围中，贝克尔最好地诠释了浪漫主义，含蓄、精确、朴实无华。贝克尔，你用短小的抒情诗，谱出了最响亮的乐章。

2　爱德华多·罗萨雷斯[1](1873)

一位与爱德华多·罗萨雷斯自年轻时就相识的优秀西班牙老画家，曾向我描述他带着激动情绪和巨大震撼观看罗萨雷斯绘制《卢克莱西娅之死》的场景。爱德华多·罗萨雷斯没有自己的画室，于是某位热爱艺术的大臣交给他一间议会大厅来作画。大厅中除了那幅画和罗萨雷斯，便只剩空荡荡的寒冷。据说他每次下笔前，都要在某个地方咳嗽一阵，像是要把自己的力量、体能和重量都从胸腔中连根拔出再传递到卢克莱西娅那秀美的胳膊上。那位老画家还告诉我，这幅画后来曾在佛尔诺斯一间帆布屋顶的小茅屋或是马戏团之类的地方展出过。那时马德里下着大雪，得到紧急通知的罗萨雷斯一边咳嗽一边流着汗，将这幅画作从雪堆深处挖了出来。

我仿佛正从一面古老的、远离现实的银幕上看着他，看着他在贫困中、在雪中、在艺术中不停地无声地咳嗽，看着他的血液和油脂一起溶于油画中，看着他的血液喷洒在圣弗朗西斯科大教堂的墙壁上，喷洒在《遗嘱》、《多比亚斯》和《女人的裸体》的画布上。他的天赋、实力和巨大毅力都是他那贫瘠身躯的养料。他一直在颤抖，因为他柔软纤细的手再也无法拿起画作，只能在他赤诚灵魂的火花映照下黯然失色。谁又能丈量一个思维的火花所带来的能量呢？这星星之火最终将燎原成神奇的火团，燃烧于天际。

爱德华多·罗萨雷斯的生命之烛由紫色变成灰色，再变成黑色。他身材瘦削，留着柔软的山羊胡，脸颊像玫瑰色火焰一般，八字胡飞撇。他呼吸困难，痉挛，身体无法保持平衡，他内心的追求和外部的压力造成万钧力量将他压垮。由于精神世界从未被世人理解，这位优雅的、高洁的西班牙主人灵感枯竭，搬离了居所。爱德华多·罗萨雷斯与他的影子一起搬入塔顶，他屈服于他的影子，吸收了影子的黑暗，变成冰冷的棕色。他越来越喜欢那影子的所

---

[1] 爱德华多·罗萨雷斯(1836—1873)：西班牙十九世纪画家。

在，他的眼睛失去了美丽的金色光泽。最终，他隐匿于祖国的土地之下，再也不需要别人的帮助，不需要站得笔直，也不再需要保持平衡。

3 尼古拉斯·萨尔梅龙[①](1908)

这是一双特别的眼睛，目光坚定，眼仁黑白分明，更突显出放大的瞳孔。它们是那样的乌黑明亮，就像一台凸出的探照灯，发射出超人类的光芒。这双眼睛带有一丝异域风情，应该属于某类最优秀的种族，或许有一些印度的色彩。它们是那种最全神贯注、最认真、最“现代”的眼睛，它们是西班牙公众形象的真实写照。因此当大家想到尼古拉斯·萨尔梅龙时，首先想到的便是他那双像磁铁般吸引人的眼睛（即使在他去世后，我们仍可以在那些绿色的邮票上见到这双迷人的眼睛）。同样，我们也会想起他是当时最专注于提倡诗的实证主义的西班牙人。他刻苦钻研了大量书籍，把德国和法国哲学引进西班牙，并将它们融入到自己的演讲与文学创作中。要将这三个国家最新的哲学思想（德国的克劳泽主义、法国的孔德思想以及西班牙的一元论）结合在一起，是一项非常艰辛的事业，因为它们分属不同的语言，在国内外的重要性和意义都截然不同。但最终，他还是依靠自己的力量做到了。伟大的医生路易斯·希马罗常对我说，尼古拉斯·萨尔梅龙能通过谈话来雕刻和塑造一个人的思想。这就类似于如今人们对何塞·奥特嘉·伊·加塞特[②]的评价，他与前者一样，也是形而上学课程的教授。这两位雕刻家对这些文字组成的石块和木料就行雕琢，它们的废料飞散开来，静静地掉落在西班牙那黄褐色沙漠的草丛中间。萨尔梅龙本身就像一尊彩色的雕像，他的五官由明暗对比法来烘托。何塞·奥特嘉也是用铅石灰从鼻子到下巴一点点雕刻出来的，只不

---

① 尼古拉斯·萨尔梅龙（1838—1908）：西班牙政治家、哲学家，曾于1873年7月18日—1873年9月7日期间任西班牙第一共和国主席。

② 何塞·奥特嘉·伊·加塞特（1883—1955）：二十世纪西班牙最伟大的思想家之一，在文学与哲学上都有很深造诣，创办了著名的西班牙报纸《太阳报》。

过他的风格更偏伏尔泰一些。

我之所以会产生这样的感觉，或许是因为我小时候曾见过萨尔梅龙活着时的样子，或者说是他死后复活的样子，就在那间长长的小茅屋里。这茅屋离近看有些恐怖，就像一列停在韦尔瓦圣母[①]像旁边带帆布顶棚的火车。他脸上和手上的皮肤都似象牙般苍白，身穿一件极黑的燕尾服，身上斜挂着一条三色绶带，并在左胯处打了一个结。他的眼睛给人很深的印象，就像两台有生命的光学仪器，眼神总那样平静。在大厅入口处有一块招牌，打着凄凉的蓝光，上面写着“西班牙第一共和国展厅”。我记忆中的萨尔梅龙一直是“主席、哲学家、演说家”的形象，这些头衔都记录在他塑像的基座上。我走到最后的一个房间，那里一个人都没有。我跑开了，心跳得很厉害。从那天起，每晚我都单独跟萨尔梅龙待在一起，或者说是跟很多个萨尔梅龙在一起。那个房间里，点着一盏乙炔灯，灯光蓝紫色，忽明忽暗，照在萨尔梅龙淡黄色的雕像上。贝里克·加西亚·莫拉雷斯和别的小孩觉得这儿很无趣，也可能是因为害怕，便都走了。我在那些蜡像和它们的影子之间穿梭，却不知道自己在寻找什么。那些影子味道很大，非常灵活好动。蜡像们彼此之间的空隙很小，全都穿着燕尾服，披着帆布，就像穿着丧服的活人！我的眼睛一直追随着这位“演说家、主席、哲学家”，他胸前披挂着红色、黄色和紫色的旗帜和绶带。萨尔梅龙的雕像就这样陈列在这些人迹罕至的白色帐篷深处，它们是流行的集市小摊，是便携式的国家博物馆，同时又是这些杰出绅士们的可移动墓地。在另一边摆放着空的棺材，是用木头和野兽皮、蛇皮或锡铁皮打造的。从某个模糊的时刻起，尼古拉斯·萨尔梅龙就不知不觉地成了我心中传播真理的使徒。之后，那些展厅消失了，时间让一切都变得简单，也几乎让一切都变得平庸。然而在时间的洪流中，却有一个人是不朽的，他被后人画在邮票里，因为他是那样美好而杰出，像史诗中的英雄一般，拥有最崇高的理念。

这位言语的雕塑家，他的金属工具无声地敲打在身体和灵魂

---

① 韦尔瓦圣母是西班牙南部城市韦尔瓦市的守护神。

铸就的石头上。哲学，西班牙，形而上学！是谁将这些石块和楔子拼接在一起？是谁把这些像迷宫一样错综复杂的图案按顺序排列好？我们在塞维利亚大学里刻苦学习的理性和实证一元论那零散的片段应该去哪里寻找？……午饭后，尼古拉斯·萨尔梅龙从他的墓中出来，回他的工作室待了一小会，因为他要在那里接待我。他的这间工作室位于一个秘密的维度里，非常干净，充满浪漫主义色彩，在里面讲话会有回声。在马德里这个冷冷清清的午后，他出现在我面前。他在演讲用的燕尾服外面套了一件雕刻时穿的工作服，在两件衣服之间系着他的彩旗。他的桌子还保持着他去世时的样子，上面摆满了錾子、凿子、雕刻刀和三角板，还有各种类型、各种色彩和各种尺寸的石头、单词和木料。左边是未经雕琢的材料，右边是已经打磨过的；刻好的正方体、锥体和球体又按颜色来分类，白色的放一边，灰色的放一边，黑色的放一边。桌上的书也是用木头和石块雕成的。这位哲学家那探照灯般的双眼发射出坚定的光芒，他看了看我，又四处看了看（他很着急，因为他得赶紧回到那边去）。他把他的思想、爱和勇气通过眼神灌输给了我，他在死后仍将这些东西珍藏在大理石、乌木、栎木和花岗岩中。他黑亮纯净的双眼中映出西班牙午后的阳光，它们比看上去更加深邃和生动，在深处闪着红色的磷光。伴随着黄昏的降临，我们俩在丽池公园傍晚的月光下进行了短暂的告别。

4 罗萨莉亚·德·卡斯特罗[①]（1885）

整个加利西亚都在下雨，天地之间的界限被大雨冲淡，心脏被其内部的纤维和大雨分成四个内腔。加利西亚就是一个巨大的、隐隐作痛的心脏。那些村庄和教堂，在大雨中变得越来越黑，散发出潮湿的人类居所的味道。罗萨莉亚·德·卡斯特罗身穿丧服，在家门口、在她的田野上思索。她方方正正的屋子流水环绕，屋里

① 罗萨莉亚·德·卡斯特罗（1837—1885）：西班牙女诗人、小说家，用卡斯蒂利亚语和加利西亚语双语写作。

有玉米、葡萄和一个不大不小的粮仓。她回头望向雨中柔软的草地，土壤里饱含水分，而流水又卷带着泥沙；成群的奶牛，苍白的白化病少年，衣衫褴褛的路人，毛发蓬杂的朝圣者，脏兮兮的神父，长雀斑的瘦小女孩和可怜的小马车，涉水而过。巴斯塔巴莱斯的铃铛淹没在氤氲的空气中，低声响起：

巴斯塔巴莱斯的铃铛
每当听到的时候，
都让我想起故乡。

穷困和孤独将她包围，让她窒息。人们张着大嘴，用绝望、大声哭泣和小声抽泣来表达他们丑陋的同情。罗萨莉亚・德・卡斯特罗，悲剧的加利西亚诗人，她绝望，她大声哭泣小声抽泣，她一身黑衣，内心痛苦不堪，她遗忘了自己的躯壳，但她的文学造诣却为她的灵魂镀上金衣。她美丽的灵魂走投无路，孤立无援，伤心不已，被生活掩埋。芸芸众生对她围观，他们仿佛是丧失人性的动物，每个人都垂头丧气，装出难过的表情，散发出同样的标志性气味，一样的驯服和麻木。罗萨莉亚・德・卡斯特罗不顾自己糟糕的健康状况，她随着内心的韵律疯狂踱步，直到溶于哭泣的大雨，溶于心中的铃声。整个加利西亚是一座潮湿的疯人院，它其实最应该把自己关入其中。它也是一座监狱，监狱的窗户是水，是雾，是哭泣。罗萨莉亚・德・卡斯特罗透过窗户，只能看到自己灵魂那灼热的最深处。

加利西亚的雾，像一团棉花，像咸奶油，像石蜡围网，漂浮在海湾上空，包裹着墙壁，笼罩着海岸。在雾里，白茫茫一片，什么都看不见。那些小船盲目地闯入雾中，却无法深入，三三两两的行人消失在这忧郁的雾霭中。浓雾使她的家、她的田地和荒无人烟的海岸看上去忽近忽远，也缩短了她与家乡的距离。罗萨莉亚・德・卡斯特罗在四块黑色的岩石旁踱步，它们就像四面被雨水浸湿的墙。她的步子时大时小，步伐时缓时急。她感觉有很多个可怜的罗萨莉亚在她的周围，她们存在于每一个孤单的家里，每一块孤寂的岩石里，每一座或空或满的双墓穴里。在加利西亚这个永恒的傍晚，这些年轻或年老的罗萨莉亚，这些“无人安慰的寡妇或守活寡”的罗萨莉亚，就这样静静地陪伴着她。

5　贝尔纳多·洛佩兹·加西亚①(1870)

在一堆大同小异、糟糕透顶的十行诗中，仅需一句看上去像废话但却魔力无边的诗句，便能使贝尔纳多·洛佩兹·加西亚这位已故的爱国主义诗人脱颖而出。它就像一棵枝桠繁杂的灌木，孤零零地等待着如豪尔赫·纪廉这般著名的十行诗诗人的救赎和串联：

印度的太阳光芒万丈。

这行独一无二的诗句总能把我拉进诗人那个时代，看他如何在二十八年的时光中，在地狱边界最光明的地方苦苦斗争，那里环绕着细细的石英和灼热的紫色霓虹：

印度的太阳光芒万丈。

到了西班牙一天中最孤寂的傍晚时分，印度的太阳直抵诗人的坟墓，安达卢西亚的宴会烛光增强了孟加拉的阳光，让他的坟墓更接近黄昏时的盛大幻象。

6　何塞·马蒂②(1895)

在到古巴之前，我对何塞·马蒂并不十分了解。他的领域，他的内在。一个没有内在的人算不得一个真正的人，而无疑何塞·

① 贝尔纳多·洛佩兹·加西亚(1838—1870)：西班牙诗人。

② 何塞·马蒂(1853—1895)：古巴诗人、思想家、革命家，四十二岁时牺牲在独立战争的战场上，代表作品有《伊斯马埃利约》、《纯朴的诗》、《自由的诗》等。

马蒂是具备的。我待人接物总喜欢先看他们的内在，人和物的内在让我能看清他们真实的模样。如果不了解他们的内在，那这些人和物对我来讲就是透明的、虚无的。

古巴是绿色、蓝色和灰色的，这是一个属于阳光、水域和飓风的国度，偏僻的开阔地带和密集的绿洲上遍布棕榈树，细白的沙滩上缀着点点植被。大风、丛林、山谷、小山、微风、海湾或高山的每一处都有马蒂的身影。我在马蒂的作品和他的相关书籍中找到了他。米格尔·德·乌纳穆诺[1]和鲁文·达里奥[2]写了很多有关马蒂的文章，因为西班牙更了解马蒂或者说更了解它的马蒂。由于马蒂反抗满怀恶意的西班牙，这就使他成为了那些同样反抗西班牙的西班牙人的弟兄。达里奥应该感谢马蒂，乌纳穆诺更应该感谢他，而西班牙和西班牙语美洲很大程度上应该感激马蒂在诗歌中率先引入了美国的形象。马蒂在他的流放途中（当时的纽约之于那些被流放的古巴人就相当于巴黎之于西班牙人）将美国同西语美洲和西班牙放在了一起，并且运用了最生动和最确切的手法，在这一点上没有任何西班牙语作家能与他媲美。我认为惠特曼[3]（他比爱伦·坡[4]更偏向于美洲）来到西班牙人身边是因为马蒂。我敢肯定，马蒂关于惠特曼的那篇随笔启发了达里奥的十四行诗，让他写出了《蓝》里面那位“好心的老头”——这是我第一次接触到达里奥的作品，我认为这位写出了《秋天的小溪》这样作品的诗人是精力充沛而又心思细腻的。如果当时达里奥也去了美国的话，那他的诗歌中会更早出现马蒂的影子。马蒂除了在自己的身体里仰望他的古巴以外，他还活在达里奥的身体里，活在他的散文和诗歌里。达里奥从一开始就承认他接受了这宝贵的遗产。我读过这两

---

① 米格尔·德·乌纳穆诺（1864—1936）：西班牙著名作家、哲学家，“九八年一代”代表作家，作品有《迷雾》、《抒情十四行诗集》等。

② 鲁文·达里奥（1867—1916）：尼加拉瓜诗人，开创了西班牙语文学中的现代主义，在二十世纪西语文坛产生了巨大影响，代表作品有诗集《蓝》等。

③ 沃尔特·惠特曼（1819—1912）：美国诗人、散文家、新闻工作者、人文主义者，因创造了诗歌的自由体而享有“自由诗之父”的美誉，代表作有《草叶集》。

④ 埃德加·爱伦·坡（1809—1849）：美国作家、诗人、编辑、文学评论家，以悬疑及惊悚小说著名，被公认为推理小说的鼻祖，代表作有《黑猫》、《失窃的信》等。

位作者的所有作品，我不得不感叹：这是多么好的馈赠者，又是多么好的受赠者啊！

我在很小的时候就读过马蒂的一些诗句，尽管已不记得是在哪里读到的：

我梦见大理石砌成的修道院，
那里笼罩着神圣的寂静，
英雄们站立着安息了。
夜幕降临，就着灵魂的光芒，
我对他们说：到晚上了！

我试着去"感受"他，但却未能如愿。我看到的他有一些奇怪和不同，他已经不再是我们西班牙人中的一员了，而是古巴人民和全体西班牙语美洲人民的马蒂。他看上去更加正直、更加有力、更加直白、更加尖锐而又更加沉默，更属于他的国家而又更属于全人类了。在他同时期的作家中有一位叫做胡利安·德·卡萨尔[①]的（他因为曲解了现代主义的含义而表现得过于古巴化了，这也是当时的一种错误趋势），他的作品矫揉造作，但达里奥还是将它引入了西班牙，之后萨尔瓦多·鲁埃达[②]和弗朗西斯科·比利亚埃斯佩萨[③]也做了同样的事情。我从来都不甚喜欢卡萨尔。达里奥虽然像他，文风里也带着没落的法国气息，但他深刻的印加西班牙特色却显而易见，他的这些优美而洒脱的诗歌是最好的，也是我最欣赏的。我之前可能说过，我认为对文体的过分雕琢虽然能使它看上去十分精巧，但却增加了心理过程即"心灵的风景"和抽象过程即"思想的风景"的难度。那些异国他乡的公主、大纪念章上的希腊人和罗马人、"变幻莫测的"日本文化和"黄金时代"的绅士们从来

---

① 胡利安·德·卡萨尔（1863—1893）：古巴诗人、作家，是拉丁美洲现代主义的代表人物之一。

② 萨尔瓦多·鲁埃达（1857—1933）：西班牙记者、诗人，被公认为西班牙现代主义的先驱。

③ 弗朗西斯科·比利亚埃斯佩萨（1877—1936）：西班牙现代主义诗人、剧作家、小说家。

都不能打动我。对于我来讲，现代主义是一个另类的新生事物，它是内心的自由。而马蒂就是这样的另类，并且他支持这样的“另类”，在这一点上他的观点跟我非常相近。同样，我们也无需置疑，西班牙语美洲有很多现代主义作家也跟马蒂一样。

当时在巴黎印刷的西班牙语美洲作品很少，所以马蒂的书在西班牙很难见到。我那时读马蒂的书读得不多，但也足以去理解他的精神和他的文字。他的散文很西班牙式，也许太有西班牙风情了，其中古典主义的文风过重，让我几乎不能理解。或者这样说，我理解也很喜欢这些作品，但是我却看不出这是出自马蒂之手，因为同样的文字我可以在达里奥的《时事报道》中读到。达里奥的《卡斯特拉尔》就完全可能是马蒂写的，只不过马蒂不会像达里奥那样被西班牙语中的华丽辞藻所吸引，以至于像一个未见过世面的乡下小孩，深陷其中无法自拔。达里奥的作品很多时候都脱离了“人物”，不管这些人物是国王、主教、将军还是学者，他都按照习惯用各种富丽堂皇的话语去堆砌他们，而马蒂从来不会为外部设备也不会为女人分心(虽然达里奥也一样，但其形式却大相径庭)。马蒂的仿古风格仅仅体现在一些词语上，并且只是为了使所要表达的思想或感受更加准确。在来古巴之前我都没有想过要将马蒂和达里奥做这样的比较，不过即便我对马蒂做了如此高的评价，我也丝毫没有想要贬低达里奥的意思，因为他在很多方面都是非常杰出的，我十分崇敬和喜爱他，而他本人也常常表达自己对马蒂的崇敬和喜爱(我可以保证他讲过这样的话)。他俩的不同除了体现在他们的作品上，还体现在他们的经历上——马蒂的内心深处曾受过西班牙的伤害，而达里奥却从来没有。

何塞·马蒂，这位“蜘蛛船长”在玫瑰丛中吐出爱与恨的丝，备好了文字与白色的吻，等待着他的猎物。也许因为激情、嫉妒和冷漠，肯定还因为时运不济，他在他描绘的风景前倒下了。他就像一个坠入爱河的骑士，他可能来自过去、现在或将来的任何时代和任何国度。这位古巴的堂吉诃德，他懂得什么是精神的永恒，也懂得什么是理想的西班牙语。古巴的人们啊，你们应该写一本《颂歌》或是《何塞·马蒂歌谣集》来记录这位独一无二的英雄，因为他牺牲了自己诗人的生命来保卫他的土地、他的女人和他的人民。射杀他的子弹就是为他而准备的，谁会怀疑呢，事实就是如此。这颗子弹就像所有那些不公平的子弹，它们来自丑恶的地方和低贱的时代，虽然我们不愿意承认，但这颗微小的铅粒却沾上了西班牙和古巴的指纹。我很幸运，这颗子弹没有射向我，因为它不属于我，但它却击穿了马蒂的身体。我常常为他遗憾，也为他在阳光中、在树下、在水边、在花丛中感受和领悟到的东西遗憾。我永远都相信好人有好报。善，可能会在表面上被其它东西击溃，但它一定不会像恶一样被自己摧毁。布鲁诺·瓦尔特[①]曾用不同的方式表达过相同的观点，这位纯洁安静的音乐诗人是马蒂的兄弟，也请允许我自私地把他视作我的兄弟。

7　伊萨克·佩拉尔[②](1895)

这位西班牙的发明家、航海学家和物理学家，和国王阿方索[③]一样，在下巴上有一道竖纹。他穿着只有在重大场合才会用到的华丽制服，出现在莫格尔的骑士俱乐部里，全神贯注、略显担心却又充满勇气。我曾有一条奶黄色的丝绢，在正中间的位置画着紫色的佩拉尔潜水艇。这项发明和这位发明家为民间艺术提供了素材：在剧院里，人们用歌谣和短剧的形式来表现他们；在墙上，人们用长炭笔和圆赭石来描绘他们。我曾经在特拉斯穆洛街上画过一艘巨大的靛蓝色潜水艇，它长得有点像鲨鱼，又有点像气球，在一定的光线下，看上去有些狰狞，让我心神不宁。

在塞维利亚[④]，躁动的人群不分昼夜地聚集在蛇街上讨论这件

---

① 布鲁诺·瓦尔特(1876—1962)：美籍德国犹太裔指挥家、钢琴家和作曲家，被视为二十世纪最重要的指挥家之一。

② 伊萨克·佩拉尔(1851—1895)：西班牙科学家、海军军官，发明出世界上第一艘可施行鱼雷攻击的电动潜艇“佩拉尔潜艇”。

③ 阿方索十世(1221—1284)：卡斯蒂利亚王国国王、莱昂王国国王、加利西亚王国国王，1252 年至 1284 年在位，是欧洲最有学问的国王之一，享有“智者”的美誉。

④ 塞维利亚：西班牙安达卢西亚自治区和塞维利亚省的首府，西班牙第四大城市。

事情，他们就像成群结队的蜜蜂粘附在蜂箱上不肯散去。无论在马德里酒店、斯拉夫马戏团里，还是在火车车厢或德里西亚斯大道上，到处都在谈论它。我觉得我好像在城里城外所有角落里都能见到佩拉尔，但是他移动得太快，快到让我无法看清。在海港中学里的第一个晚上，当院子里的探照灯照向我们，照亮我们的乡愁时，所有的孩子都在聊伊萨克·佩拉尔和他的潜水艇。

那个九月是多么难忘啊，混杂着刚开学时的感伤，还有佩拉尔的潜水艇！加的斯、皮卡尔多、杜阿尔特和托佩特的孩子们说，潜水艇第二天就会出现在卡拉卡海军造船厂里。第二天是个周日，下午是自由活动时间，于是我们三个一组地排着队来到海滩上，想着也许从那儿能看到潜水艇。那是一个像石膏一样没有颜色、空洞而又天真的下午，那是住校生活中无数令人不快的下午中的一个。我们正处于童年和青春期的交界口，我们头脑灵活又善于思考，感觉自己已经长大成熟。在这些让人恼火的下午里，我们感觉世界的绝对值好像从不曾有，而相对值却又不值一提（尤其是那在远方的姑娘）。沙滩上遍布着水坑，煤气厂的黑烟和废气比往常更加严重，使我越发悲伤。我们踩着淤泥和金雀花丛中的空罐头，快步走着，却没有留意到那棕褐色的乌云上镶了一层金边。

从海滩上能看到潜水艇吗？有人说能，有人说不能。“看，潜水艇在大教堂前边！”“你没看到吗？在那儿，就在城堡旁边！”“它在那儿，在海军造船厂那儿！”我看见它了，但又没看见。老实说，我并没看到。我爬上黑色的牡蛎岩，还是什么也没看到。其实谁也没有看见它。这一切看上去是多么奇怪啊！圣玛丽亚港[①]和加的斯[②]之间的海好像不见了，海湾仿佛被晒干了，变成一个人工水池，一个坑，一道排水沟。当水面起波纹时，加的斯看上去甚至高出圣玛利亚港。城墙上那些黑黑的像蚂蚁一样的东西是人吗？海水闻上去很脏、很浓、很苦涩、很刺鼻，它艰难地流动着，水面闪着黑绿色的光。我无法想象潜水艇怎么可以在这样的下午成功而高

---

① 圣玛丽亚港是西班牙安达卢西亚自治区加的斯省的一座城市，坐落于瓜达莱特河畔。
② 加的斯是西班牙西南部的海滨城市，加的斯省的省会。

兴地进入加的斯，所有鲜艳的颜色和旗帜在我心中都黯然失色。难道潜水艇要像一只死去的帽贝静静躺在海底吗？浅滩那边浮着的死鱼尸体难道就是它吗？

我在童年时光中常常想，最好的潜水艇其实就在我的手绢上，它因被洗过太多次而变成了紫红色，停在一片像丝绸一般柔软的淡黄色海面上。这就跟特里斯坦·科比耶尔①对维苏威火山②的感觉一模一样。我把我的这片海、这艘潜水艇和包着银色锡箔纸的巧克力棒放在一起，放在我的制服口袋里。我的制服跟伊萨克·佩拉尔的一样，是黑色、红色和金色的。

8 鲁文·达里奥(1940)

这已经是我第五次、第七次、第十三次、第十七次写关于鲁文·达里奥的文章了。我写过太多关于他的文字，这些作品里出现的鲁文·达里奥总是栩栩如生，每次都以崭新的形象出现，如此相似，却又如此不同。但是，这些作品中，诸如《我的鲁文·达里奥》、《鲁文·达里奥的支持者和反对者》、《西班牙的鲁文·达里奥》等，没有一篇像下面这篇。写作这篇文章是因为听闻他的死讯，这让我伤心不已。1916 年严寒的二月，我在从西班牙去纽约的旅途中听到广播里播报鲁文·达里奥去世的噩耗，我难过极了。那天下午，在他弥留之际，我却正被纽芬兰的暴风雪困在路上，这条路不久前他曾走过。后来，我终于到达纽约，心情极度复杂。纽约，鲁文·达里奥人生的倒数第二站，到处都留下他的印记，尤其是在西班牙协会博物馆，他在那里的一张桌上留下了他的签名，字迹仍坚实圆润。

现在，在这个更接近埋葬他的里昂、更接近他遗骸的地方，幻想的思潮不断涌动，一个海员鲁文·达里奥的形象出现在我脑中。

---

① 特里斯坦·科比耶尔(1845—1875)：法国诗人。

② 维苏威火山位于意大利南部那不勒斯湾东海岸，是欧洲大陆上唯一的活火山，它在公元 79 年的那次大喷发将著名的庞贝古城变成了一片废墟。

鲁文·达里奥忠实要好的朋友阿方索·雷耶斯[①]在几年前送给我一幅画，幻想中的鲁文·达里奥也许正是从这幅画中跃出的。画上，他穿着舰长白色的夏季制服，从佛罗里达平原和海岸尽头那连绵不绝的多雨的地平线，向东南方向奔跑，直达尼加拉瓜。

奔向一个炎热、金色的傍晚。

我时常认为，鲁文·达里奥不是他诗中的海狮，而是一种奇异的半人半海兽怪物，集野蛮和优雅于一身。他对我而言，不像陆地上的生物，倒更像是海洋之子。我知道他最终归于了尘土，但我觉得他应该没太受到乱石的烦扰，因为掩埋他的黄沙上已长出片片新绿。我认为西班牙的马拉加和马略卡岛更适合他，他曾从这些地方寄给我成行的诗句。马德里将他困住，并且像海蛇一样缠绕他，催眠他。马德里虚无的海洋让他的鼻孔张开，他通过全身的毛孔和玫瑰罗盘的每一根指针感觉到了它或者说预感到了它的存在，他去嗅闻去品尝这维纳斯的气息。我常见到他就着威士忌吃海贝，他自己本人也有些像一只巨大的搁浅的海贝。而毫无疑问的，他最喜欢的吹奏乐器便是海螺。他的诗，不正是用海螺和里拉琴谱成的一曲大合唱吗？

我听到翅膀扇动的声音和一种未知的口音。

鲁文·达里奥心中有太多海，异教徒的海。不是形而上学的海，也不是心理学的海，而是最本质的海，是永恒的历史地平线上的海，是著名岛屿的海。他的写作技巧即源自大海，他依照海浪的形态塑造诗句：海浪做成的男人、胸脯、臀部、大腿、腹部。高高的海浪满溢着泡沫，慢慢将他托起，推向潮顶。他的彩虹、他的竖琴、他的星星都属于大海。他所有的海——大西洋、太平洋、地中海，

---

① 阿方索·雷耶斯（1889—1959）：墨西哥诗人、散文家、小说家、外交家、思想家，先后被美国普林斯顿大学、法国索邦大学和美国伯克利加利福尼亚大学授予名誉博士学位。

都汇成同一片海——孕育了维纳斯的塞浦路斯之海[1]。

天空的灯塔点亮船灯。

鲁文·达里奥总是对海浪、大海、盐和滋补剂感到眩晕不适，正如他无法适应礼服、手套、圆礼帽这类东西，尤其反感社交的虚伪。这些服饰既不符合他诗里"东方女王"宠臣的身份，也不符合海神尼普顿舰队司令的身份。他把这些华丽的服饰挂在他公寓的衣架上，宁愿赤身裸体。于是，人们有时发现，他倒在人行道上，束缚在他的制服里。他的身躯庞大而肥胖，西装背心无法容下它，但他的脚却很小，他就像一条头大脚小的鲨鱼，我是说，头大尾巴小的鲨鱼。有时候我觉得他像一头海豚，是海洋里的苏丹，在珊瑚丛中游弋，成群的美人鱼嫔妃围绕着他。不，先生们，他持续而有节奏的摆动并不是因为晕船，而是因为海洋将他举高又抛下。当他掏出他那块过时的手表，不停地敲着表盘，失神地四下张望，在街头巷尾寻找那不可能存在的盐碱地时，我明白了，有一个罗盘在为他指引方向。

好像是那猛烈的海浪声。

鲁文·达里奥真正的故乡是岛屿，是阿尔戈英雄[2]的岛屿，是塞浦路斯的岛屿，是哥伦布的岛屿。他最喜欢的词是"群岛"，每当他从喉咙深处发音讲出这个词时，就好像一个热恋中的巨人水手，在狼吞虎咽一打牡蛎。陆地对他而言没有什么意义，不过是偶然成为了维纳斯的神族和人族后代的天堂而已。维纳斯，是一座有着绿色空间的女性小岛，自他年轻时起就一直关注着他。

维纳斯从深渊用悲伤的目光注视着我。

---

① 传说维纳斯诞生在塞浦路斯的海上，从一只巨大的贝壳中走出。

② 希腊神话中同伊阿宋乘坐"阿尔戈号"去科尔基斯（今天的格鲁尼亚）寻找金羊毛的五十位英雄。

在鲁文·达里奥的转变过程中，他的异教徒神性（基督像一个好奇的灵魂，也出现在这些神性中，因此每当基督降临时，鲁文·达里奥都十分感激）也许将他指向了一座绿宝石般的小岛。那是一座绿色的、明净的卵形小岛，坐落在蔚蓝的大海上，岛上刮着西风，是天地间最初也是最后的宝石。小岛是人们希冀中那永恒的、安静的神话般的所在。从岛上每天所刮的西风谱成的交响乐完结篇中他看到了永恒，在思乡的船员身上他期待着不朽。我经常梦到他，梦中他是寻找海中宝藏、女神、云朵、珊瑚、星座、美人鱼、太阳、珍珠、海风的海盗船长。他从忧郁的海上记者的身份中解脱，变成一位能自己做主的收藏家，收藏荣耀的战利品。这些战利品只用于他的诗歌里，为他的家平添奢华，他的家漂浮在天空和大海这两个时空之间。蓝色，加倍的蓝色！鲁文·达里奥啊，你是船长们最好的使者，无人能及。

用海上国王们的旗帜
染红天空蔚蓝的绸布。

9　弗朗西斯科·希内尔[①]（1915）

仿佛一团裹带着风的火球，来来去去。这条火焰的巨蟒直立起来，发出丝丝的声响。接着散开来，变成无数燃烧着的火炭，像迸着火星的攀援植物缠绕万物，像发光的小狮子扑向一切，然后又汇成闪着金光的涓涓细流。虽然肉眼看不出它在何处联合，但这魔鬼般的火焰却遍布每一个角落，轻灵而虚幻，自由灵活，难以企及。那些对这团灵敏的火知之甚少的人们，在他燃烧和熄灭时分别给他起了怎样的名字呢？什么“圣弗朗西斯科”、“小弗朗西斯科先生”、“堂巴科”、“阿西斯”、“小圣人”或“巴科”？不对！这些都不是他的名字！他的名字不应被压上一座净化后的地狱，而应该被赋予更多的含义，比如他给自己起的名字“弗朗西斯科·希内尔”，

---

① 弗朗西斯科·希内尔（1839—1915）：西班牙教育家、哲学家、散文家。

或是像他最亲密的朋友们那样称呼他为“堂弗朗西斯科”。

毋庸置疑，他是一个好人，非常善良，无比慈悲。而他的善良和慈悲都出自他的意愿、他的陶醉、他的勇气和他全部的痛苦和自责。对，他是一道被贬到人间的愉快火焰，饱含思想而保持警觉。他像一个神出鬼没的幽灵，急切地期待热情的升华。他每时每刻都用灼热去炙烤一切，以蒸发出它们的本质。但他的灵魂却一直清凉而永不枯竭，像夏季原野上的一眼清泉，冒出滚滚鲜血。他不断创新，伸出无数条舌头，仁慈地舔舐着一切——玫瑰、伤痕、星星。他在万物之中，而万物也在他之中。他是孩子中的孩子，女人中的女人，男人中的男人。他是年轻人，病人，聪明人，恶人，健康的人，老人，无辜的人。他是风景画中的树、鸟和花。又或许，他什么也不是，只是一道光，一道可爱的光。

这道熔化万物的光从北到南、自西向东贯穿整个天空，永远如此耀眼，为白昼增辉，给他滚烫的内心提供一把剑。这道光直抵他人生的每一个十字路口，进入他每一瞬的秘密。它毁灭所有人和所有物，亲吻他们，烤焦他们，使他们死去为他们哭泣，又替他们欢笑让他们复活。一天晚上，就像东方传说中所述，这光到很远的地方去完成一件事，来不及赶回它的剑尖上，剑与光就这么分开了。剑，狠狠地插到大地做成的剑鞘中，发出耀眼的蓝色火星；光，因为失去了主人而无比哀伤，在无边无际的小麦田里漫无目的地游荡。

10 曼努埃尔·巴尔多洛梅·科西奥[①](1915)

“好吧，兄弟，好吧……”

搭在肩上的手，独具特色的笑声，洋溢的热情，手势，票根，有着上百种语音语调的玫瑰。他摘下眼镜，因为戴着它看红霞时有一道深深的印痕，使红霞沾上一种不对称的柔软。有一瞬间，因为无法适应心灵的光芒和阳光间的斗争，他感觉自己失明了。突然

---

① 曼努埃尔·巴尔多洛梅·科西奥(1857—1935)：西班牙克劳泽主义教育家、艺术史学家。

间，太阳冲破黎明时分的云层，仿佛他的花朵在缠绕着蔓藤的树枝间绽放，他五颜六色的海星在浪涛中的海藻间现身。花朵，海星。心灵的光芒取得了胜利，植物和蓝色。

是的，他现在能看见了，眼神清冽，如空中的石磨。我不禁记起一幅北部拂晓时的海景图，它就跟科西奥一样：多云的海景图，浓墨重彩，画中有一艘搁浅的小船，海与天颠倒过来，启明星静静地注视着一切。他直起身子，就像一株即将凋零的百合在有了新鲜的水源后再次变得挺拔。科西奥既像娇嫩的植物，又像富饶的矿石。他就像一幅风景画，很难再有人给我这样的感觉。他就在这，他拥有闪光的思想，他是被缚住一只脚的传达圣音的天使！

当他讲话时，花园随风舞动，大地在我们脚下翻滚，就像一片固体的汪洋，而我们是充满热情的水手。这样的热情会使他晕厥吗？会让他窒息吗？不，不会！他还活着！这条生机勃勃的海豚在摇着尾巴。这就好比将一把铜炉倒过来敲碎，里面的炭火全倾洒出来挤压在一起，它们是唾手可得的宝藏。只要翻动一块灰烬，它又会自内而外地燃烧起来，使这铜炉发出强烈的、尖锐的声音，醉倒在它发酵的灵魂中，永远竖立在它强烈的火花中，眼神错乱，声音颤抖。它的一块铜片就像埃尔·格列柯[①]的画作《基督的复活》里那位跌倒的侍卫手中出鞘的剑。

11　卡门[②]（1920）

卡门就在这儿，但现在又不见了。她去了哪呢？

“她在加利西亚，”科西奥忧伤地说，“是的，她在加利西亚。”他望向东北方，眼里闪着光，用近乎神秘的语气说着。她在加利西亚，在那个与世隔绝的农家花园里，那里一到雨季就无法通行。而在那个废弃的大厅里，在那悲哀的绿色阴影里，也许还有她留下的

---

① 埃尔·格列柯（1541—1614）：西班牙文艺复兴时期画家、雕塑家、建筑家，代表作品有《脱掉基督的外衣》、《圣母升天》、《托莱多风景》等。

② 卡门是前文中曼努埃尔·巴尔多洛梅·科西奥的妻子，患有精神疾病。

另一个由锦缎、刺绣、西班牙民俗服饰、皮革、丝绸和无数苦苦等待的妇女组成的花园。

卡门不停地走来走去，不安又兴奋，像一只闪着青铜色光芒的巨大蝴蝶，从一个花园飞到另一个花园。她用她那棕褐色、闪光的形象和生动、幽默、带着北部凯尔特覆盆子气息的言谈，去照亮、雕塑、镌刻、宠爱、引逗、笑对人和物。科西奥用三个词语——“一个”，“濒临崩溃的”，“金发女人”——来形容她是多么深刻而形象。在认识卡门之前，这几个词就已经把她的形象深深地刻在了我的脑海里，所以当我真正见过她以后再回忆起来，竟觉得这是第二次见她。她就应该是那样的女人，体贴、快乐、利落、“金发”、“精神濒临崩溃”。卡门曾是我某个磁极上的指南针，是那绿色和金色的小棍，是我诗里盘旋的小鸟。

她巨大的心脏像一颗剥开的石榴，舞出一股音乐和色彩的旋风，就像一个用覆盆子绘成的音乐陀螺。如果在她的双脚和头之间架一根琴弦，她就能发出优质大提琴才有的声响。科西奥也笑着，愉快地晃动着他那暗红色、天蓝色和灰色的脑袋，像一个老顽童。而她，也许是受了他的鼓舞，也变成一个小女孩，热情邀请大家，为大家服务，走进来又躲出去，跟所有人聊天，转圈，大笑，抗议，离开，带来食物，弹奏钢琴，炫耀，把我们从花园里叫到阳台上，又从阳台上叫到花园里。这鲜活的幻象在她渴望的双手间跳动，她是所有悲哀而欢乐的客厅、阳台、楼梯和花园的女主人。她是它们的主人，也是它们的奴隶。

12　里卡多·卢比奥[1](1915)

宽阔阳台的玻璃窗没有窗帘，在晴朗的北边，阳台那明亮的无色尽头呈现出一片灰色。又灰又紫，是雾天的松树吗？嵌在粗犷下颌的温柔微笑，就像从普普通通的矿山里延伸出的白银矿脉，又像荆棘中流转的潺潺小溪，也像从树干中钻出的嫩芽。如卡斯蒂

---

① 里卡多·卢比奥(1876—1954)：西班牙画家。

利亚乡村一般安静温柔的烟云，不知什么时候散去，也不知散去的时候是痛苦还是满足。里卡多·卢比奥缓缓地点头，这究竟是梦境还是现实？

每当我想起他时，总能看到他模糊的身影走进一间粉刷过的走廊，在一个侧门中微笑着无声消失，和木头融为一体。这个神秘的小门通向何处，竟像一口有磁力的深井吸引着他？它究竟是门，是镜子，还是一幅画？是的，卢比奥从那扇门里进进出出，年复一年，有时准点到达，有时却姗姗来迟。他像已故之人般栩栩如生，穿过那门、那镜子、那画的外框，他便可以和活着的自己、镜中的自己、画中的自己相互转换。只有当踩到一块松动的砖头时，当摇篮曲的一个音符轻声奏响时，或者当灯光迅速变幻时，我们才会将他在那条被遗忘的通道上行走的身影弄错。有些时候，那扇门、那面镜子或那幅画出现在土坯墙外，此时，这位梦中和蔼的访客，是虚幻而孤独的路途上的同行者，是永远矗立在岸边的树。我们每走十步就能遇见一棵，它们单调地排成一排。树皮上覆盖着潮湿的地衣，时不时沾在我们手上。树冠上有一只漂亮的鸟儿，发出流水般的叫声。

他现在不在阳台上。他是已经对我们厌倦了吗？因为我们已相信了他的显灵，所以他又找到其他藏身的方式？他现在躲藏在哪个小屋、哪面画布、哪声音调、哪块水晶、哪个山洞里呢？“是里卡多！”科西奥说道，他抬起头，从一边看向另一边。突然，一阵不期而遇的美妙音乐从最后一间房中传出，穿过所有的门和墙壁。那乐声是用木制乐器奏响（巴松管、黑管、双簧管或长笛）的，乐曲像隐藏的源泉，是对他那从未被触动的秘密发出的回应，那秘密是比钢琴、大提琴或竖琴更悠扬的音乐。

13　何塞·亚松森·席尔瓦[①]（1896）

何塞·亚松森·席尔瓦诗集中的《夜曲》这一首诗，使我脑海

① 何塞·亚松森·席尔瓦（1865—1896）：哥伦比亚诗人，是现代主义最重要的先驱之一。

中一下子浮现出诗人潦倒落魄时的形象。我不需要再阅读他别的诗歌，不需要再浏览其他描写他的文章或是传记作品，我也不关心他那没落的一生和他混乱的写作。蚕丝面料的内衣，愚蠢的茶话会，巴黎的精致包装，俱乐部里的炫耀，随处可见的紫胶，纨绔子弟所特有的所有这些俗气、轻浮而可笑的招牌都被可怜的何塞·亚松森·席尔瓦挂在了身上，从而阻隔了他真实的灵魂，就像可悲的胡利安·德·卡萨尔一样。他用这些招牌去吓唬哥伦比亚的平民大众，并妄图改变他们。这些人们虽处于一个冷漠的波哥大[①]，但却是无辜的，并且或多或少也算是敏感和宽容的。

纨绔子弟的作风总归是不好的，尤其当这种作风变得肤浅外露时，它在日常生活中就是毫无用处且不分场合的做作和荒唐古怪的代名词。真实的、有节制的纨绔风，即当一个富家子弟能够完全地做自己而不是附庸风雅的时候，尚且能被理解，但却不能被容忍。我听说在我的故乡安达卢西亚，纨绔子弟在摩尔人口里曾被用来指长子之外的其他王子，他们没有继承国王名号和财富的权利，虽然我希望但却不能将他们从既定的贵族阶级中除去。我希望却不能除去的纨绔子弟派头是那种土气的、令我作呕的模仿。也许是因为这些人的青年时代太过浑浑噩噩，因为人年轻时往往过于注重外在的东西。但既已成年，就不能再这样生活了。纨绔作风有很多种，但许多都能归于佩特罗尼乌斯[②]或布鲁梅尔[③]这一类。有俗气的纨绔作风，也有精致的；有过分修饰的，也有不自然的；有波德莱尔的，也有王尔德、邓南遮[④]、雷·德·古尔蒙[⑤]、

① 哥伦比亚首都。

② 盖尼斯·佩特罗尼乌斯·阿尔比特(生于公元 14 至 27 年间，卒于公元 65 至 66 年间)：罗马作家、政治家，生活于罗马皇帝尼禄统治时期。

③ 乔治·布赖恩·布鲁梅尔(1778—1840)：别名美男子布鲁梅尔，十九世纪伦敦社交界名流，被尊为当时英国男装潮流领袖，是英王乔治四世的密友。

④ 加布里埃尔·邓南遮(1863—1938)：意大利著名诗人、小说家、剧作家、民族主义者，因在政见上支持墨索里尼而饱受争议，代表作品有《玫瑰三部曲》、《初春》、《新歌》、《阿尔奇奥内》等。

⑤ 雷·德·古尔蒙(1858—1915)：法国小说家、记者、艺术评论家，代表作有诗集《西茉纳集》、随笔《海之美》等。

谷克多[①]、戈麦斯·德拉·塞尔纳[②]、达利[③]的纨绔作风，等等等等。第一个打扮成某种样子的人是可爱的，但第二个去模仿他的人却是附庸风雅。莫扎特、戈雅[④]、夏多布里昂[⑤]、歌德绝不做作，如果谁要认为他们是的话，那他自己才是真正可笑的。自然的、真诚的东西永远不会是做作的，只有再现它们的东西才是。青春时代的"感伤"不做作，只要愿意，它可以是纯真的、无邪的。贝克尔不做作，因为他不是冒充高雅的纨绔子弟；席尔瓦对巴黎轻微的、戏谑性的模仿却是做作的，连他在公众面前的自杀方式都透着矫揉造作。纨绔作风所表现出来的这一半特性不能算作感伤主义，感伤主义是对其他人慷慨地付出感情并给予他们支持，比如对一个夭折的孩子、一个远方的母亲、一个不幸的姐妹的感情，或是对自身遭遇、孤单、疾病等的难过。尽心尽力是应该的，装腔作势却不对。使徒保罗的拒绝是崇高的，是仁爱的，所以何塞·亚松森·席尔瓦的《夜曲》不是也不可能是做作的。

这篇《夜曲》是那么多文学作品的起源，它无疑是西班牙语美洲浪漫主义尾声和现代主义开端最具代表性的诗歌。它将两个理想的文学流派和阶段精确地结合在一起，并去其糟粕取其精华，使其更加天然而纯粹。这是纯粹的诗歌、真实的诗人、率真的女人，所以才不被接纳，正如毕加索画中未加修饰的牛马群中那些普通的斗牛士不被世人接受一样。这样的诗仿佛是无形的，是用手指

---

① 让·谷克多（1889—1963）：法国诗人、小说家、剧作家、设计师、艺术家、编剧、导演，代表作有《可怕的孩子们》、《骗子汤姆》等。

② 拉蒙·戈麦斯·德拉·塞尔纳（1888—1963）：西班牙作家、先锋派记者。

③ 萨尔瓦多·达利（1904—1989）：西班牙超现实主义画家，他与毕加索、马蒂斯被认为是二十世纪最有代表性的三个画家，代表作品有《记忆的永恒》、《一条安达鲁狗》、《黄金时代》等。

④ 弗朗西斯科·何塞·德·戈雅-卢西恩特斯（1746—1828）：西班牙浪漫主义画家，西班牙宫廷首席画家，代表作品有《裸体的马哈》、《着衣的玛哈》、《五月三日》、《农神吞噬其子》等。

⑤ 弗朗索瓦-勒内·德·夏多布里昂（1768—1848）：法国作家、政治家、外交家、法兰西学院院士，法国早期浪漫主义代表作家，主要作品有《阿拉达》、《基督教真谛》、《墓畔回忆录》等。

写在空气中的，它具备不朽的肖邦所谱写的夜曲、前奏曲和练习曲的美感。有人说肖邦太阴柔，因为他的音乐里充满了女人和月亮。这位不幸的哥伦比亚作家的音符谱成一条河（这曲用诗谱写的音乐是爱情、美梦、心灵、魔法、感官、人间旋律和仙乐的总和），永远流淌在我的身体和灵魂里，每每听到它总让我失眠，令我陶醉。它像肖邦的一块天然宝石，又像德彪西[①]的一股率真激流。

14　恩里克·格拉纳多斯[②]（1917）

他进门时穿着两层大衣，苏格兰围巾包裹着脸，只露出眼睛，手里拿着一块小毛毯。他的眼球跳凸出来，像苏格拉底的眼睛。这个留着亚洲式大胡子的好心人，一边笑一边讲出温柔而亲切的加泰罗尼亚词语。我已记不清那次是什么场合了，当时恩里克和我在角落里，聊起我的《小银与我》，他告诉我他喜欢那本书是因为书中所呈现出的敏感和讽刺。这时佩里盖特[③]也到了，带着他为《戈雅之画》首次上演赶写的歌词。

那是1916年的纽约，下着雪，天很黑。试管般的大街像是从一个巨大烟囱里散发出的烟，烟囱的尽头是一个地下室。在这充满奇异巧合与不和谐的地下室中，无数微不足道的生灵像显微镜下的昆虫般，从世界各地带来清晰的色彩和微弱的荧光。我们也在其中。这里的每扇窗户都像是一幅画作，上演着顺应自然的生与死。这是一座窗户的博物馆，这些窗户是世界上所有画家所有作品的集合。而所有这些画作取景的地方（大街、公园、房间），包括那些最奇怪的画，都反映了这个时代的特点。我们中有很多人

---

① 阿希尔-克洛德·德彪西（1862—1918）：法国作曲家，代表作品有管弦乐《大海》、《牧神午后序曲》，钢琴组曲《贝加莫组曲》、《意象集》、《版画集》和歌剧《佩利亚斯与梅丽桑德》等。

② 恩里克·格拉纳多斯（1867—1916）：西班牙钢琴家、作曲家、画家。1916年他为当时的美国总统伍德罗·威尔逊表演完自己最著名的钢琴组曲《戈雅之画》后乘船前往英国，途中却遭遇德国潜艇鱼雷袭击，与妻子双双遇难。

③ 费尔南多·佩里盖特·苏亚斯纳瓦尔（1873—1940）：西班牙作家。

从自己的画框中走出来，自言自语，就像纽约的人们那样，自语着逃离或到达。

恩里克·格拉纳多斯从灵魂到躯体都感到害怕和恐惧。他在恐惧什么？他恐惧一切，尤其害怕大海，害怕抽象的纽约，害怕酒店，害怕戏剧，害怕人群。他善良的性格让他包容这一切，但是他的焦虑十分明显，无法伪装。我曾听他演奏钢琴，羞涩，遥远，优美，就好像在为自己辩白，好像在安娜·菲休[1]肥胖而颤抖的躯体下隐藏自己。而后，在收到观众的掌声时，他竟不相信掌声是给自己的。他站在阿根廷华丽的红色大厅里，在大提琴家帕博罗·卡萨尔斯[2]身旁，眼睛却看向别的方向。

纽约捉住了恩里克，将他带来又带走。这仿佛是一种预示，就像大海在警告即将遇难的失事者。肮脏的海浪将他冲来卷去，他在浪中浮浮沉沉，悲悲喜喜。一阵垂直的旋风卷走了我的礼帽，把它带到狭窄街道五十层楼高的地方，但很快又扔还给我，将它像一个句号般丢弃在垃圾桶旁。而这阵风，带给恩里克一块升高至第六音符的火炭，烧焦了他的围巾和胡子。快跑，快逃！旋律，空气，海水！

为了水源，他逃向大海，逃向这片他最大的恐惧。在船舱里总有人告诉我："如果有狮子追你，就跳到海里去。"他在甲板上探了下身子，遮住眼睛不敢多看。他怕水，所以跑开了，仿佛在逃离内心深处的怪兽。他在逃避什么呢？苏塞克斯号却让他的计划落空了。恰恰是出于对大海的惧怕，使他和妻子安帕罗一起跳入了海中。其他人都留在船上，安然无恙。海面上的人们看着海中的他们，而恩里克和安帕罗在卡戎[3]的木筏上，从天空看着海面上的其他人，永远地消失在一阵海浪中。恩里克逃离了恐惧，而他忠诚的爱人却出于对浪花和强大的维纳斯的妒忌，决意追随他而去。

---

① 安娜·菲休（1887—1967）：美国女高音歌唱家。

② 帕博罗·卡萨尔斯（1876—1973）：西班牙大提琴家、作曲家、指挥家，他在 1958 年曾被提名诺贝尔和平奖。

③ 卡戎是冥河上摆渡亡灵的船夫。

15　米格尔·德·乌纳穆诺(1916)

那是乌纳穆诺先生正从山岭间走来吗？他径直向我们走来，好像俯冲的雄鹰或芬芳大海中一只海豚的行迹路线，没有丝毫犹豫，带着精力充沛的梦游者对梦中人生的确信，越过艰难险阻向我们走来。我仿佛睡着了，却在他的人生中醒过来。

但是，这是什么，跟着我们，也跟在他后面？不，原来我们不在这里。那是乌纳穆诺在燃烧的金色平原上发出的耀眼光芒。他躯体通红，平坦而黝黑，像松树般挺拔匀称；他似笑非笑，双手插在口袋中，在正午的电闪雷鸣中与暴风雨斗争。就像大卫与非利士人①搏斗，像参孙和野兽角逐。他挺起宽阔的胸膛，镜片后的眼睛十分敏锐，听觉坚实可靠。现在莱昂②已经不在，哥利亚也已倒下！

小心，请你不要醒来，否则这些画面都将从我们眼前消散。你们不要再推搡了，那样的话我们永远也接近不了他，他也无法接近我们。请你们按次序排好！乌纳穆诺先生像圣克里斯多福③一样，穿过沙漠越过海洋，膝上沾着沙子和美丽的地中海海水，跪在圣婴面前。

他又出现在我们身后，他的火焰像最寒冷的冰一般燃烧，火光让我们失明，黄金的风暴将万物席卷一空。乌纳穆诺赤身裸体，像基督教中经典的彩色肖像，带着圣马丁④的信仰之书，在马德里的太阳门广场徘徊。一个汗流浃背的自杀者拿着天平站在附近，一个同样赤身裸体的剧作家在微笑的雕塑家评委面前，在夏日的艳阳下颤抖不已。

---

① 非利士人是居住在迦南南部海岸的古民族，其领土位于今加沙走廊及以北地带。

② 莱昂位于西班牙西北部，是卡斯蒂利亚-莱昂自治区莱昂省的首府。

③ 圣克里斯多福是基督教历史上的圣徒，传说中他的本名为欧菲鲁斯，因身形巨大，皈依基督教后便自愿在河边背负往来行人过河。有一天基督假扮成小孩去请求欧菲鲁斯助他渡河，过河后基督现出真身并为欧菲鲁斯施洗，克里斯多福(Christóforos)在希腊语中意为“背负基督的人”。

④ 圣马丁(1130—1203)：西班牙牧师、作家。

万籁俱寂，人间天上重归平静。看哪，多么新鲜的汗液！从午间小憩中醒来，已经到了柔和的色彩丰富的傍晚。好奇怪，窗外仿佛没有了风景，只剩下一望无际的平滑天空和大地。八月的萨拉曼卡，米格尔·德·乌纳穆诺先生在他和衣而眠的午睡中做了一个梦，梦到那年冬天他重回马德里。在那枯燥艰辛的梦中，他朝着东南方清澈的空气和虚幻的玻璃棱边掷出石头，划出低平准确的轨迹，直接命中目标。石头砸在我们这边的墙上，发出回音。

16 何塞·恩里克·罗多[1](1917)

我所见到的罗多，总像一尊雕塑般纹丝不动。这位杰出作家的作品是一个铸件，它被塑造以替代他。他的散文很普通，但其中蕴含的元素却很特别，散文的精神得以自由地停留在蓝色的空气里。他在美洲激起了一个时代，它虽有自身的限制却得以不朽。与希腊、罗马、西班牙和法国的往来，给罗多提供了一个美丽而坚实的石基，他再将自己的石料按一定顺序摆放好，以修建新的庙宇、廊柱和高地。对我来说，罗多是一个古典文学素养极高的闲人，一个双脚紧贴着长满可爱小草的不朽地面的朝圣者，一个博物馆、图书馆、花园（它们的位置都向阳）的常客。这个善良的美洲人希望能将他的乌拉圭由内而外变成一处圣地，正因为他，我们看到蒙得维的亚[2]变成了雅典、佛罗伦萨、萨拉曼卡[3]和巴黎。人们拥有三张美丽的脸庞——爱情的脸、祷告的脸和诗歌的脸，而罗多希望将这三张脸融为一张。

一个神秘的活动将一些西班牙年轻人组织在一起。而在1900年马德里的聚会上，我们听到了罗多的名字。当时西班牙仅有的一本《爱丽儿》在我们之间竞相传阅，大家都为之惊叹。我那时多

---

① 何塞·恩里克·罗多·皮涅伊罗（1871—1917）：乌拉圭作家、政治家，曾任大学教授、国立图书馆馆长、议员、新闻工作者，代表作品有《爱丽儿》、《普罗特奥的宗旨》等。

② 乌拉圭首都。

③ 位于西班牙西部，是萨拉曼卡省的首府，于1988年入选联合国教科文组织世界遗产，该市的萨拉曼卡大学建于1218年。

么希望得到罗多的三本小书啊！这三本薄薄的、干净的小书就是《爱丽儿》、《鲁文·达里奥》和《将要来的人》，蓝色的纸张，红黑色的字，排版清晰。随后在1902年，因为我的拙作《诗韵》，罗多给我写了一封信，这信于我而言简直是无价之宝。接着，他将我一直渴望的那几本书独家赠予了我。再接下来，1908年，他为我的另一篇拙作《挽诗》写了书评——《隐秘的安达卢西亚》。最后是《普罗特奥的宗旨》、《普洛斯彼罗的阳台》，还有……

通红的脸庞有些发暗，但红润的脸色将其遮盖。何塞·恩里克·罗多突然径直从他的扶手转椅上站了起来，就像一截肥大而生机勃勃的美洲树干，我们的好朋友就这样出现在了大家面前。我居然没有预料到这件事！我居然不知道在马德里那样一个阳光灿烂的早上，罗多一直在西班牙普拉多街上那间何塞·奥特嘉·伊·加塞特和“费加罗”的编辑室里“等我”，我实在是太后知后觉了！我竟不知道马德里那美丽高大的树木和涂有孔雀蓝珐琅层的花岗石已经为罗多建好了一座隆重而庄严的坟墓，因为它们需要他，而他的血管里也早已流着它们的血！我居然不知道佛罗伦萨的博物馆、植物园和学院已经向罗多抛去了橄榄枝，邀他前往！我竟不知道大西洋的海水和土地要将罗多彻底地、永远地留住！要怎样才能阻止命运的脚步呢？

是啊，我是多么愚蠢，居然丝毫没有意识到我们之间这次短暂的相遇竟是生死诀别！我居然未料到，这位强壮、健康、最优秀的旅人，这位骄傲而慷慨的老师，匆匆忙忙离开了我的西班牙奔赴希腊，在途经意大利时却走向了死亡的无情命运！

17　费尔南多·德·罗斯·里奥斯[①](1931)

他总是彬彬有礼，和蔼可亲，脸上总挂着笑容，嘴角微微斜向一边，脸颊上的酒窝使他看上去既稚气又精明，充血的眼睛半眯着（也许是因为长时间的阅读，或是熬夜工作，或是为了表达亲密）。

---

① 费尔南多·德·罗斯·里奥斯(1879—1949)：西班牙政治家、社会主义理论家。

每当有小型聚会时，他都会走出去迎接客人，远远地就能听到他们惬意的笑声。这种在西班牙的山中、海边以及小村庄里举行的同胞朋友间的小聚是多么美妙啊！当他走进时，就能听到一叠声的"对，对，对"。这些"对"字有着脉搏的节奏，愉快而有力，从中能听出他的愉悦、乐观和热情洋溢。"对"让我们又想起弗朗西斯科·希内尔先生那些遥远的"对，没错"，也让我们想起科西奥那些拖长音调、略带忧伤的"对"。这些"对"字体现了这位终日醉心于自己事业的劳动者的旺盛精力。

他的肯定句与疑问句带有不同的标记，一个是直线一个是曲线，在这些肯定句与疑问句之间（也许还包括那些短暂的停顿间），概括了这位龙达市人的特点。"对，对"，表达了他的温和有教养。首先给予肯定和接受，之后再来进行讨论，并且要友好地询问对方"您同意吗"。接下来，赞成与反对的观点达成和解，笑声立刻环绕在地平线上，前路也显得无比清晰而高远。他常有的笑容再次绽放开来，一直延伸到春天的帚状砾芥的根须里，那里有无数愉快的小鸟，那里刮着清爽蔚蓝的南风。

这些亲切的波浪撞击在安达卢西亚或是卡斯蒂利亚、埃莱斯科里亚尔[①]或是格拉纳达的岩石上，突然生硬地被中断。现在的他感到了隐隐的疲惫，悲伤的面容严肃而冰冷。太阳被牢牢钉在遥不可及的天上，而他的影子却徒劳地想去追寻最深远的地方。灵魂星球上的云朵自沙漠上升起，像一个不完整的椭圆形，笼罩着孤单的金雀花和蔷薇花，使人不寒而栗。他摔倒在地上，折断了他彩虹般的羽翅。他将要面对的会是怎样的厄运呢？他需要紧绷的羽毛来支撑自己并除去脸上的皱纹，这位曾经热情洋溢面带微笑的费尔南多·德·罗斯·里奥斯。

这是与全人类息息相关的不幸……"对"，用双倍努力发出的这个字，现在已经变得严肃，语调也略显低沉。"对"出于友善的重复。"对"遗留在空气中，有些失去了前进的方向，就像一个永恒的冰块被遗弃在西班牙炎热的正午里，眨眼间便诡异地消失不见了。

① 西班牙马德里自治区的一个城镇。

18　拉蒙·梅嫩德斯·皮达尔[①](1932)

在秋末初冬的下午三点一刻,他穿着一丝不苟的丧服,将大衣抱在怀中,穿过林荫大道,从文图拉·罗德里格斯街来到阿尔马格罗街。

他的回忆愈加具象,他投下的影子在这清澈锐利的时刻也愈加黑暗。这影子和十一月的太阳渐行渐远,像两个密度不同的液态灵魂,又像静力学中两块完美的固体。在与这条街的尽头相交的瓜达拉马,山间云朵结成巨大的一团,变幻成蓝色、白色和透明的锦葵,让那些山仿佛变得更加高远。

这位干瘦的西班牙人是直接从他的家里来到这个中心点的吗?拉蒙先生总是那么严肃,好像刚结束某场葬礼,匆匆赶来指挥他的乐队;又像是从某个高等学院走出,急急赶往某个发掘现场。毫无疑问,他工作时讲究礼节,但是那些上过浆的硬衣领、大礼服、缎带、十字架以及所有他身上必要的和不必要的装饰物都会让他在高强度的工作中感到不适。他从内外的忙碌中抽身而出,仿佛完成了一次礼节性的拜访。拉蒙先生匆忙赶到大厅,参加特殊游行或葬礼仪式。是他在讲话吗?是的。

他在讲话。他那风琴和蜂蜜般的声音,像加利西亚风笛的鼓风袋,让这次弥撒变得更加有序。那甜蜜的声音仿佛来自一位侃侃而谈的英雄,对本质不折不挠,对历史却十分柔顺。尽管他不用嘴讲话,人们却能从他那看守者的眼底听到他的声音。他小心翼翼地隐藏目光,因为那双眼睛是他看守秘密的宝贝。摘掉眼镜后,他那珠宝般的眼睛从一侧看起来疲惫而忧伤;从正面看去,这双眼睛却带上了东方的色彩,就像他本人一样。

拉蒙·梅嫩德斯·皮达尔先生可能是整个西班牙最能保持严厉的矫正、自私的纯洁以及与世隔绝的另类之人。在那个时代的

---

① 拉蒙·梅嫩德斯·皮达尔(1869—1968):西班牙语言文学学家、历史学家、民俗学家,1902年成为西班牙皇家语言学院成员。

某一瞬间，他内心的逃亡者颤抖着将划分时间、光线和空间的界限融化。

19 马诺埃尔·德·法雅[①](1926)

他为追寻宁静和晴好天气去了格拉纳达，而格拉纳达给予了他和谐与不朽。在安特克路尔拉阿尔达街上闲逛时，他偶然看到这样一幅画面：在一座二层花园的楼上，钢琴的琴键上下翻飞，夕阳映红了那被地中海波恩尼特风侵蚀的砖墙，雨燕在鸣叫，一些人在楼下花园的圆桌周围落座，品尝点心（是苹果汁和饼干吗?）。那里有浪漫而苗条的格拉纳达姑娘，戴着网眼面纱；有永远美丽的老太太，穿着别具风情的短披风；有装腔作势的外国舞者和留着蘑菇头的小男孩马西奥；还有一位西班牙诗人。

法雅心底那珍藏已久的坚毅与果敢，在这里的音乐中变得不同。他每周都会投身于阿尔汗布拉坡道深邃的绿荫中，拥抱内华达山脉连绵不绝的精致水晶、蛋白石和玫瑰，寻求泰奥菲尔·戈蒂埃[②]的真相；或者将自己置身于圣尼古拉斯塔楼方形的胭脂色实心建筑物前，静静欣赏夕阳从云中漏出的光线下，这些塔楼安静而孤独地矗立在不可预知的岔路口；又或者，他不再悲伤，决定加入那一排永恒的意大利柏的队伍，等待皎洁愉悦的月光洒在白色的花园别墅。

到了晚上，格拉纳达的声音渐起：孩子们的喊声，钟声，羊叫声，这些声音就像满天繁星（我们与那些最大的星星同在一起）。一位短号手在演奏半首情绪起伏的哀叹曲，拉维加连绵的灯火忽明忽暗，安特克路尔拉的孤独在那绿色的阳台、绿色的百叶窗和绿色的街灯（街边小溪中漂着一只死老鼠）中显而易见。戏剧般的诱惑中，那秘密的一角，开始占据他的时间和感受。他躲藏在月光的

① 曼努埃尔·德·法雅-马特乌(1876—1946)：西班牙作曲家，代表作有《火祭舞》等。
② 皮埃尔·儒尔·泰奥菲尔·戈蒂埃(1811—1872)：法国诗人、小说家、戏剧家、文艺批评家，代表作品有《莫班小姐》、《珐琅和雕玉》等。

影子中，躲藏在音乐家的梦中，通过拨弄念珠和祷告获得微笑和幸福。吉卜赛乐曲中的幻影混杂着隐秘的迷人叹息。

20　何塞·奥特嘉·伊·加塞特(1919)

远方为何塞·奥特嘉·伊·加塞特下了很好的定义。当何塞·奥特嘉·伊·加塞特在远方踩中一条电鳗时，他像大家那样跳了起来，这时的他身上已经没有了我们之前所熟悉的那种深邃的眼神和饱满的语汇，取而代之的是半边肿大的面孔，或者说是整个肿掉的脑袋，包括他的脸、眼睛和下巴。他整张脸都皱了起来，像是被小心地包裹在一片犁过的土地或是铅块里边，使他看上去很僵硬，但他却尽力在我们面前保持亲切和蔼。

他曾来到我的面前，满腹经纶，向我勾勒他将要走上的道路——那是一片长着巨型植被的茂密森林，里面住着美丽的仙子。他摇晃着他的《观察家报》对我说："我是一只困在自己迷宫里的野兽。"他就像一条蛇，像德国书店里的阿索林[①]。我回答他："是一座长满月桂树的迷宫。"但这次来时，他心里的黑影却背叛了他。这黑影长期伴着他，他的意志力同样也伴随着黑影。由于他之前觉得它是不道德的，刻意将其遗忘，所以黑影一开始并没有表露出来。在何塞·奥特嘉·伊·加塞特身边待上一小会，就会感觉像是待在一株果实累累的大树旁边，能觉察到他血液里那颗苹果又酸又甜的特质以及鲜红健康的色泽。

他狂暴而粗鲁地在寻找，也许是为了找到某个能理解他、支持他的人，因为他需要友谊，需要有人能赞赏他的灵感。当奥特嘉注意到这个人不愿意进入他每天绕行的椭圆形轨道中心时，他就会把这人驱赶到他所在的地方；或是自己向后跳开，这样这人就被迫处在中心，被迫地进入他的世界了。奥特嘉穿着镶满金银的盔甲，他鼓起胸膛讲话，对自己无比自信。不久他便完全地屈服于他内

---

① 何塞·马丁内斯·鲁伊斯(1873—1967)：阿索林是他的笔名，西班牙小说家、散文家、剧作家、文学评论家，"九八年一代"主要作家，代表作有《堂娜伊内斯》等。

心的欲望。他的嘴是火焰，他的见识是磁铁，吸引了海那边的大众。人们因为他的自负，向他发射出无数恐吓的子弹。而日暮的光辉中，观众们那被压制着的掌声回应了他。“从前的我，”他站在一座绿色的小山上对我说，“也需要像您一样坐下来思考。但现在的我喜欢边走边思考。”这时的他已经舍弃了他那些争辩得来的成果，将它们留在了暮色中。他一边说一边考虑着自己的道路，他的正方形已经变得平稳。他的幻想就像微弱的气球，去探索科学与诗歌的奥秘，也像是长出了崭新翅膀的小彩旗或气体。而他的话语顺着他的幻想走了进去，并将它引导至先验哲学最崎岖的地方，在最富饶的有星星的荒漠上，伴着最后一缕日光，摇动着西班牙颜色的旗帜。

21 尼古拉斯·阿丘卡罗[1]（1914）

“黎明”，是我在认识他之后给他起的绰号。我俩于 1902 年在奥拉阿将军大街上胡安·马蒂纳威伊蒂亚和路易斯·希马罗的实验室相识，我犹记得那时的小山岗、孤单的黑杨木和自由的山峦。他走进来时，感觉好像初升的旭日在照耀。那是一轮宇宙的太阳，一轮天使与魔鬼的太阳，一轮属于所有东方青年的太阳，带着一切美好清晨所特有的光亮、射线和语言。虽然他并不想以医生的身份走进大门，但这轮太阳依然透过窗户用他那强烈的光线治愈了我们。

我不明白在他能接纳一切的身体里，他的灵魂为何总散发出金黄色的酒意和醉意，像一杯在四月晴朗的太阳下泛着玫瑰色和金色的香槟。我们看到他带着燃烧的热情正在触摸病人心脏中心某个娇嫩的深处，以拯救生命。他的手里沾着理想的鲜血，丝毫不觉疲惫。他是智慧女神密涅瓦的猫头鹰，稳稳栖息在她的肩上。女神灰色的垫肩显得有些凌乱，上面沾着一些金色的长发。她不需要多余的饰品，只用看看她双眸中透出的亮光，人们便不敢嘲笑

① 尼古拉斯·阿丘卡罗（1880—1918）：西班牙医生、神经学家。

她的简朴。一只比利时或安达卢西亚的金丝雀在歌唱。“你是带翅的加亚雷①”，一位来自瓜代拉堡的老师这样对那只黄鸟讲，这位优秀的老师在我的青春时期也曾教会我啼鸣。

在他所有的旅程、家园、语言、舞会、实验室、音乐、登山、书籍和图画中，这位国际化的医生总是保存并携带着满腹才华与辛勤耕耘的旗帜。它们迎风飘扬，就像女人和女神的长发。她俯身为他歌唱，送给他可贵的礼物。希望不要有人阻止他的逃亡之路。如果有人令他不快，他将自他逃亡的围墙彼端用七种外语和纯正的毕尔巴鄂②语来咒骂他。他快乐、灵活、好动而善良，尼古拉斯·阿丘卡罗！

而现在的他，因为稍稍触及了这提早到来的秋天的一个秘密而变得像一只生病的金丝雀、一株生病的黑杨木，反射着地球某一处悲伤的阳光，不知道要将自己玫瑰色的信仰投射到何处。但透过那沉默的金色翅膀和沉默的金色树叶，他依然像旭日在等待着喷薄而出，哪怕此时也许已是日暮时分。这是一轮更大、更显眼、更近、更像天体的太阳，已临近下一次食相。他是深刻、罕见、真实、美丽、智慧的太阳，他的外表稍微有些像一个半透明而失去颜色的铁饼。失去颜色？这个地球可曾绕着这轮自由的巴斯克太阳转过一圈吗？某些东西夺去了他的三种能力，把它们变成了黄色，可从前的它们曾有着春天般浓密的绿色。

仿佛黎明正降临在他的身上，但他并不情愿，因为这个黎明里已没有黎明、没有他了。这黎明使他因为伤心而变得孤立沉默，让他因为害怕而痉挛，令他处于一种奇怪的、可怕的状态中。

22　安东尼奥·马查多③（1919）

我只看到他沿着杂草丛生的红色小径绕着一栋古老的塔楼走

① 胡利安·加亚雷（1844—1890）：西班牙男高音歌唱家。

② 毕尔巴鄂位于西班牙北部，是比斯开省的首府，巴斯克自治区最大的城市。

③ 安东尼奥·马查多（1875—1939）：西班牙诗人，“九八年一代”最年轻的作家，代表作有《孤独》、《卡斯蒂利亚的田野》等。

来。他步履维艰，仿佛不想踩到路上的小花，这些小花一定是为了他才从银色的天空坠落到人间的。他来到我身边，在嶙峋的乱石堆中，仿佛变成一位巨人。他突然飞升，化成黑色，像一块燃烧的幕布里升腾出的黑影，又像一棵枝繁叶茂的大树。如果此时有人来到这里，在这绝无仅有的时刻，他便有幸能看到这棵树的庞大身躯。

就像一首感人的音乐，安东尼奥·马查多沿着“海岸”，沿着他生活过的城市（索利亚、马德里、巴埃萨、塞戈维亚）那些整齐的城墙慢慢散步。他步伐缓慢，透着高傲，手中拿着一本破旧的书，在那单调的踱步中他永远显得心不在焉。我在他福恩卡拉尔街那饱受地中海波恩尼特风侵蚀的家中，看到过他弟弟何塞的一幅画，画中的安东尼奥尚年轻，在和他奶奶玩牌。他的手伸在空中，正在出牌。他的眼神望向他瘦小母亲的阳台上那些特里阿纳茉莉，嘴角不经意地带着微笑。他的微笑，在他整齐的牙齿间绽开，就像一整棵帚状砾芥，在我们西南地区（埃尔普埃尔多、罗塔、圣卢卡尔）海边的城墙角开放。

他用微笑应对一切，这微笑的宝藏也被大家发现。他无法看见自己那魁梧的身躯。他应该完整地奉献给自己，但他的脑子里却永远装着别人。他模糊不清的身影确确实实出现过，他那美丽的心不在焉也曾如此栩栩如生。他在旋转，就像福恩特皮尼亚[1]的甜橙园尽头那孤单的水牛在水车旁转圈。在这附近，时间仿佛静止，坎哈雅尔的水车上水流自下而上，从那黑暗狭窄的底部深处循环，一切都被遗忘。

每当安东尼奥·马查多离开，在我面前都会浮现那张不幸之牌。我入神地想着那位漂泊在外的旅行者，那位亘古大地的不朽水手，那位《在途中》里模糊不清的永恒英雄——这本秘密小书描写了令人窒息的地平线上那些忧伤的巷子与城墙。

---

① 是西班牙韦尔瓦省莫格尔市市郊的一栋小屋，作者曾将他心爱的毛驴“小银”葬于此处。

23　费德里科·德·奥尼斯[①](1929)

时间已过三点,其他人都进来了。人声嘈杂,把太阳孤零零地留在了“杨树坡”上。他总算来了,胳膊下夹着鼓鼓的公文包快步走着,用右手的拇指和中指按压着太阳穴,试图让不安的大脑冷静下来,脸上不自觉地做着各种表情,一边走一边三下五除二地吃着他的甜点、葡萄、面包和奶酪。这位绿草从里长出来的英雄！何塞·奥特嘉·伊·加塞特从低矮的绿色窗户里看到他走近了,于是对我们微笑道:“托尔梅斯河的农神来了!”只见这位农神的眼睛紧盯着小冠花,一边大笑着一边讲着一个并不好笑的笑话,希望我们能原谅他的迟到,就像一个中学生在编一套拙劣的谎言。他仍是那个萨拉曼卡的小男孩费德里科·德·奥尼斯吗?

我记得海涅的一首诗,但具体是哪首我已经想不起来了,也许永远都不可能再找到它。诗中描述了一颗正在上升的星星突然从诗人的天空陨落,变成了一块厚厚的玻璃片。而费德里科·德·奥尼斯正是被这块突然坠下的粗糙玻璃砸到,弄伤了脖子。他静静而忧伤地看着这块躺在地上的玻璃,再次忘记了他急急忙忙赶来所为何事。他又一次用左手的中指和大拇指按压着太阳穴,试着让大脑清醒,他的眼睛湿润,泛着绿色的金属光泽。他好似森林里一位天生的演员,开始大声而专注地向我们背诵起豪尔赫·曼里克[②]民谣中一段精雕细琢的诗篇:

人生的法则
让生命一次又一次地
去冒险……

① 费德里科·德·奥尼斯(1885—1966):西班牙作家、文学家,曾在哥伦比亚大学教授西班牙语文学课程。

② 豪尔赫·曼里克(1440? —1479):西班牙诗人和军人,代表作是为其父亲所作的挽歌《祭父词》。

或是路易斯修士[①]写给圣杯的那奇幻赞美诗的欢乐开篇：

田野已从它的内部
收获了自己的美丽……

他突然陷入了回忆的怀抱中，并且再次俯下身来大笑，这笑声像雨水，又像繁茂的枝叶。他略带夸耀地讲着这件事或那件事，反复吸吮着他那被难闻的雪茄误烧毁的稿纸的残篇。纸屑消散在风中和大地上，就像一个魔术师新手用魔法让它们从手掌中消失了一样。当又一片蝴蝶般的纸屑飞起时，他试着去系那并不存在的粗粗的鞋带。他的鞋子沾满灰尘，仿佛走遍了七个萨拉曼卡。接着他开始肯定地讲 A 的不好，或是尊敬地讲 U 的笑话，这些故事是他的最爱。

他长着青春期少年特有的胡子，就像年轻时的卡莱尔[②]。然而由于稍稍有些发胖，再加上已经过了打扮和玩乐的年纪，他跟年轻人比起来还是有一点差别。不过他从内到外，永远都跟昨天的自己和去年的自己一样，而且我相信，直到西班牙或美洲的尽头他依然不会改变。他从美洲来，经过了一次又一次的旅行。我觉得他非常像美国的查理·卓别林，卓别林在拉丁语中的名字是查洛特，卓别林留胡子的样子像极了美洲的卡莱尔。奥尼斯身上的行头来自美国某条秘密的萨拉曼卡第八大道，这使得他的服装换来换去却永远都和从前一样。

为了缩短时间与距离，他回忆并重复道：

上帝是多么富有诗意，
一座天主教的神殿也多么富有诗意，
它将多少原创、独特和奇妙的东西锁在这里！

① 路易斯·德·莱昂(1527—1591)：西班牙奥古斯汀修会修士，诗人、翻译家。
② 托马斯·卡莱尔(1795—1881)：苏格兰评论家、讽刺作家、历史学家。

诸位不知道这是谁的诗吗？这是索里利亚[1]的诗啊！是的，豪尔赫·纪廉先生，是您和努涅斯·德·阿尔塞[2]的同乡索里利亚的诗！于是他再次笑起来，就像一株在风雨中被吹乱了的灌木。

属于他的果实的真正花朵一直在改变，经过那么多次笨拙而肤浅的调解后，人们出于保护他的目的，将这花移植到了最高的地方，以对抗语言学和其他史学。而他却从通向大海的窗户里探出头来，依靠他的皮鞋花盆里那一小撮生命必需的土壤，长出了健康、柔嫩而甜美的根须。他的汁液流遍粗糙的四肢，让膝盖、手肘、肩膀和警觉的太阳穴发芽闪光。在同一个旅行箱里他还保存着他那敏捷的、灵活的、新鲜的蓝色翅膀，他经常借着它们在卡斯蒂利亚的林荫大道上空飞翔。这条林荫道就像异国大海某条支流的姐妹，而这片大海为了他，改变了自己浪花的方向，流回他的身旁。

24 何塞·古铁雷斯·索拉纳[3]（1930）

他站起身来，脚上穿着鞣制过的灰色皮鞋，但由于鞋底钉得不牢，他行进得很艰难，或是只能在原地打转，像一个不稳固的风向标。

我上一次见到他是在庞波，当时，空气里充满冬天的水汽，宴会闻起来有淡淡的猫尿味，还有女士们小口吃着的菜肴味。那时的他感觉就像是一个用粗盐、混凝纸浆、呆滞的眼睛和腌制好的金枪鱼做成的假人，头上还长着鱼刺。他藏在他那三层厚的玻璃瓶底镜片背后，浸泡在自己的酒精里，显得朴素而呆板。他的活力被囚禁起来，被凝结住，跟当时周遭的一切事物都不搭调。他的衣领、领结、衣服、靴子、假发，都跟当时的潮流格格不入。他已经不属于这里了。

---

① 何塞·索里利亚·伊·莫拉尔（1817—1893）：西班牙诗人、剧作家，其诗剧《堂胡安·特诺里奥》至今仍是深受大众喜爱的保留剧目。

② 加斯帕尔·努涅斯·德·阿尔塞（1834—1903）：西班牙诗人、政治家，曾任巴塞罗那市长、议员、外交部长、内政部长、教育部部长。

③ 何塞·古铁雷斯·索拉纳（1886—1945）：西班牙画家、雕刻家、作家。

应该相应地创造出不同类别的可爱的氢元素，以及不同的物体、原料、人类，例如，人形狐狸的臀部，佛罗里达的去污剂，化石做的甜点，石蜡做的胸脯肉，固体绸缎做成的松脆点心，以及猴子的松节油。他用这些可怕的东西来陪伴她，就像那一直被埋在地下的沙丁鱼在陪伴着他自己一样。他现在处在雕版、樟脑、金枪鱼之中，感觉自己被施以绞刑，快要窒息而死。他在用金刚砂打磨自己的玻璃橱窗，实际上他自己就是一座橱窗，是考古学博物馆里的又一座橱窗。当他想从自己的历史里走出来时，却已无法融入人类历史了。试想一下，怎样的女性历史，怎样的女人才能配得上他呢？我的上帝！

暗红色的天鹅绒长沙发上已经没有他的位置了，所以他其实不应该向她伸出手的。他应该爱上那夸张的歌剧，爱上里拉琴和钟声奏响处的低地，爱上充满另一种气体的夜晚。

在装饰西班牙版《最后的审判》时，他让我们按照他独特的要求将它挂起来。我们这位杰出的、被幽禁的画家正在将他最奇怪的生命推向最丑陋的时期。他用神奇而美味的黑色颜料做成的凉菜散发出香味，他不断地靠近或远离我们，开始试着去适应他人。他宝贵的画笔使我们驻足，他小心制作的蚀刻版画令我们欣喜，他让我们成为他的观众而不许我们伤害到他。这强大的硝酸腐蚀出的版画，经过可怕的销蚀和分解却具有了独特的视角，变得美丽起来，就连那些被粘在里面的彩色虫子，也仿若被永久珍藏的瑰宝。

25　何塞·莫雷诺·比利亚①(1917)

一晚的小憩中，在一个不合时宜的时刻，他叹气，他厌倦了一直等待应得的尊重。为了骗过这西班牙的孤寂，他选择单向的或交错的小道，悲伤地离开了他的砖头壁龛。他是用精挑细选的木头制作而成，光秃秃的，拥有天然的纹理，带着不张扬但却栩栩如

① 何塞·莫雷诺·比利亚(1887—1955)：西班牙档案管理员、图书管理员、诗人、作家、评论家、艺术史学家、画家，“二七年一代”重要人物。

生的描金。他的手是中空的树冠，和药店里售卖的一样，覆着苦木皮，浸在水中是如此苦涩，那些未患肠胃癌的人、帕拉斯和斯提克斯的早产儿当然不愿饮这样的水。他只能孤身一人回家，带着含土质的绿色胆汁，回到那凄苦的小巷。

他蹩脚的歌声在尖利的旋律中拖行，仿佛坚硬的喉咙里卡着植物纤维，与空气发生激烈的摩擦。有时，被人间的氛围所感染，他激动起来，胸腔起伏，唱出明净的星星，就好像蟋蟀的乱弹，或是像金属花朵短促的冰冷气息。

有一天他自燃起来，树梢被烧得焦黑，歌德式的头发也被烧成灰烬，他那檀香木制成的心脏经过烘烤，在热情的雨林中隐隐散发出独特的香气。他的树干在近旁的德国和初始的卡斯蒂利亚已经牢牢生根。雾气散尽后，在清晨阳光的照耀下，他老去的躯干上萌发出新芽。这些萌芽尚未舒展开来，十分孱弱，但却透着无限生机。他说巴赫的声音从艾森那赫流至巴利耶加斯，绕过布满杂石的干涸河床来到他的身边。我觉得，他本人就像巴赫的另一首托卡塔。黑管、竖笛和短号发出的不协调三重奏，是在诠释他那理想尽失、黑暗、边缘、沉于地下的人生所谱写出的粗糙咏叹调。

26　费尔南多·比利亚隆[1]（1930）

两点，马德里，委拉斯开兹大街的长椅上。那一晚的满月巨大，呈玫瑰色。费尔南多·比利亚隆将他黢黑的圆脸贴向月亮，那月亮紫红中透着绿色，就像塞维利亚的油橄榄。他止住我们，把注意力集中在那明澈的东方之镜上，这镜子是他收集了整个塞维利亚的银子而制得的。“他们现在在灌溉庄园。”他说。那位通神论者，那位牧场主，和那位诗人，合为一体。融合了这三个灵魂的微笑，在他的嘴角浮现。

带着感伤与怀疑的微笑，从一侧嘴角升起，在他脸上绽开，就

---

① 费尔南多·比利亚隆（1881—1930）：伯爵，西班牙诗人，曾是作者希梅内斯的中学同学。

像阳光透过水晶，反射出一道模糊的光线，映在陌生人身上。但他的微笑却不再是从前那样，并且很快就消失不见了，被他牧师般的讲话代替，被一个遮挡住的哈欠代替，就像是用他那粗糙的手赶走一只恼人的苍蝇一样。在遥远的马德里那个光芒四射的黎明，在孤零零的长椅上，费尔南多·比利亚隆只身一人在东边的走廊！两点半，他不知道要不要离开。三点，他艰难地翻身。三点半，他乘着诗歌的快艇，带着不断增加的奇异，思绪被另一段韵节打断。四点，他胸口的那些匣子装得太满，其中一个在他挪动的过程中破损了，而他没有去修复。他那由奇迹支撑的内脏，也一个接一个地失灵。

该把他抬走了。（1930 年 3 月，我在美丽、金黄而寒冷的塞维利亚。）优秀的诗人费尔南多·比利亚隆，永远地倒下了。

27　哈维·德·温图森[①]（1920）

这是熊的新品种吗？是的，这是园丁之熊，他有着金色的毛发，敏感而幽默；他啜饮泉水，以茴芹花为食。

温图森像一只永远长不大的幼熊，在森林中的山洞学校学习如何开口讲话。那时的他还未拥有第二双眼，因为他的智齿都还没有长出。透过他天堂般的、隐秘的第一双眼，透过绿色睫毛后面那浅紫色的双眸，他长久地打量着安达卢西亚真真切切的、开阔的美好大自然。然后，他用自己的颜料，绘制出一个新的大自然。

他总是习惯用左手。你们知道那句贪图享乐之人所惧怕的俗语："当你会用右手之后，改换用左手。"而他从来不会用右手。他的那些想法、那些感受，从来不易被破坏却也非常容易被破坏，它们如此绝妙又如此糟糕，事实上，它们是如此自然。

他的田野和他的花园将建筑的科学藏匿在深处。这些田野和花园优雅而远离世俗，它们不是装饰品，也不是模仿品，感谢塞维利亚之神，它们仅仅是田野和花园而已。温图森在这些田野和花

① 哈维·德·温图森（1874—1956）：西班牙画家、园林设计师。

园里四处漫步，孤身一人。他的眼神贪婪却心不在焉，像蓝色的、粗犷的、明亮的星星。他用亲密去报答生命赐予他的肉身，用充满爱意的目光去回望那玫瑰色、绿色、金色的安达卢西亚，人们在他的眼睛里能看到母亲安达卢西亚的影子。他带着感激之情望向她，为她付出全心全意，他如此庄重、如此谦虚又如此孝顺地回忆着他的母亲。

28　佩德罗·萨利纳斯[①](1923)

佩德罗·萨利纳斯就在这里，像一株枝繁叶茂的大树，火红的花和果实一簇一簇，在树叶间若隐若现。这株亲切和蔼的大树从他那孤独的园子里将自己连根拔出，根上还带着泥土。他微笑着，不动声色地悄悄接近我们期盼已久的友谊。但即使他什么也不做，我们也能注意到他。

这样伟岸的身高难道只是为了将这位慢悠悠的、优秀的卡斯蒂利亚莱万特诗人与小孩区别开来吗？即便他什么也不做，我们也能注意到他，他是那一类“最自然”的男人。他想要在塞维利亚、剑桥和巴黎撑起同样的蓝天，想要让这片高远的蓝色掠过他那在夏日里苍翠健硕的躯干，也想看看自己高贵的、坚实的、神秘的、慷慨的灵魂树冠能否抵达这样的蓝天。然而这样孤单的努力让他感到有一些疲惫了。

就这样结束了吗？没有！在仅仅一个小时的歇息后，佩德罗·萨利纳斯又一次匆忙奔赴马德里。“我的天哪！太晚了！我的天哪！”这棵全神贯注的树，请注意你那美丽的树冠！他的脸金黄又通红，脸上重现微笑，回到他孤独的树坑，那处欢愉的栖身之所。他要让永恒的太阳变绿，让宇宙间明净的五月开满花朵。

但是，诸位请看啊：这夏日的黄昏虽似停滞，却留给我们大量金色的、美味的人间果实，仿佛为了忘却，也像是为了记忆。烟尘

---

① 佩德罗·萨利纳斯·塞拉诺(1891—1951)：西班牙作家，尤以诗歌和散文见长，“二七年一代”最优秀的作家之一。

间透着纯净的胭脂红，在讲述着种种超人类的预言。

29 阿方索·雷耶斯(1933)

我是在马德里黄紫色的有轨电车“萨拉曼卡”号的站台上认识他的，那辆有轨电车穿过卡斯蒂利亚，开往图书馆。我登上车的时候，隐约看到他向我微笑。是的，他的微笑永远如此，就像后来在他赫内拉·帕迪尼亚斯低矮的蜗居、在他塞拉诺的住宅、在历史研究中心、在墨西哥使馆、在我的家中，他都是用这和善阳光的微笑迎接我。我仍清楚记得，那时的阿方索·雷耶斯留着一撇墨西哥式小胡子，胡须平直，两边尾部对称上卷；目光如炬，透着痞气，面颊上有些许雀斑。这些元素，都是他微笑的组成部分。在那时，这个男人仿佛一个淘气的小男孩，就连现在，他虽已成名多年，却仍带着天生的年轻气质。他不是古典故事里写的双面雕像，一面朝向过去，一面朝向未来。他将那两张脸熔为一体，变成一个可以转动的球，以脊柱为轴。因此，他的本能、灰质、痛苦和养分，都是别人的两倍、三倍。阿方索·雷耶斯像是三人合一，超越了灵魂、分歧、文化、意识、智慧及宽容。他从何而来，让他如此不同？是什么让他意识到这些不同之处，并做出取舍，将其中一些融于自身？这便是既定命运中的美丽意外。他的身上至少汇集了三个人种的特征。究竟是哪些人种呢？他的散文，他的诗句，会给那些不认识他的人一个答案。这些文字展现了他的七种人格：斜的、圆的、直的、尖的、方的、水平的、垂直的。原始的路、西班牙的路、墨西哥的路全都殊途同归，通向永恒的终点。这些道路原封不动地取自宇宙轨道，被呈现出来供人分析，内含深意与愉悦，决绝和沉静。

阿方索·雷耶斯是所有亟待拯救之人的拯救者，是墨西哥优良榜样与深厚友谊的传承者，是慷慨的给予者，他带来最好的却不求回报。当你想要歇歇脚时，他便是路边一座优雅的城堡；当你想走出城堡时，他则是一顶帐篷，为你挡风遮雨，让你看清那最简单却又最丰富的现实世界。他来到那些需要他或是他喜欢的地方，安置好他的收发站，在那里热情地给予和接受。你们听啊，他在大笑和歌唱（他通常是很严肃的）。他通过炎热凝滞的空气，从山谷深处，从山川丘陵，从他所在的地方，给我们送来鲜花和水果，从西方、北方、东方、南方和其他的地方，从所有那些他停留过的美好地方。

30　托马斯·梅阿贝[①]（1919）

朋友们将他的手稿装在衣兜里带走了。真的没关系吗？他每日在极度窒息中发出的两三声喊叫，便足以概括他那如悲伤可怜的小鸟般美丽的一生吗？他是一个敏感而粗心的男人，在他的冬日里仍生长着金色银色、湿淋淋的小树，在他的天空里仍飘着粉色紫色的幽灵。他知道，我们最终都将被云朵和土地缠绕。

他的名字不会被忘记，托马斯·梅阿贝已成为我永久而真实的日常生活中每天都会忆起的人名。他从他那孤单、不眠的道路上微笑地望着我，他现在虽从那里走开，却从不曾离去。他像一只迷途的燕子，曾一遍遍在那条路上徘徊、盘旋，他是贝克尔笔下那些燕子的远亲。

我从托马斯和梅阿贝这两个单词以及墓穴和棺材这两个单词中，看出了手套与手、手指与指甲之间的关系。托马斯·梅阿贝的死亡仿佛比其他人的死亡更加彻底，这从他的名字里就能看出。他的名字似乎就暗指死亡，而他的死亡里又裹挟着他的名字。他死去之时亦是他的重生之日。他的死亡是一种有效率的死亡、新式死亡、每日每夜的死亡，他的死亡比浪漫主义的死亡更加沮丧而感伤，他的死亡是死亡中的死亡。

书至一半，我抬起头来，他用黑色白边的长羽将我带至街口参加一场孤单的葬礼，看一个死人和四个活人的故事。他慢慢溶解，渐渐消失，就像一本未经发行的书……眼前只留下冬日那矮小、冰凉、孱弱的村庄，那里已不再有托马斯·梅阿贝，他不再站着或躺

---

① 托马斯·梅阿贝（1879—1915）：西班牙作家、社会主义政治家，西班牙社会主义青年团创办者，该社团是西班牙工人社会党（PSOE）的青年组织。

着，他的壁龛旁也不再有拿着书的朋友，更不再有迷途的燕子。

31 胡安·德·埃切瓦里亚[①](1928)

很多年来，从前的西班牙画家们都错误地理解了罗萨雷斯对"朴素"的定义，他们用罐头、鸡粪、嚼过的纸来作画，却盲目地排斥《如何画好素描》、《风景画速写》、《头像素描》这一类基础教程。他们的画发白、发绿、发灰、发黑、变质、腐烂。胡安·德·埃切瓦里亚是罗萨雷斯最优秀的继承者，他超越了其他所有人，或者更确切地说，他们想要追上他，却只能望其项背。他所作的艰难斗争、他所扮演的困难角色和他所从事的艰辛工作就在于用他那徐缓而色彩艳丽的画笔将这朵刚绽放出的花朵与之前的鸟粪隔离开来。

他站着工作，表演，斗争，绘画，用左脑思考。巴格利亚[②]眼中的他面带微笑却异常固执，一只眼闭着另一只眼大睁着，不夸大自己的想象力，一步、一秒都不逾越。他仍旧穿着保暖拖鞋作画，加布里埃尔·米罗[③]曾这样描写过他，奥斯卡·埃斯普拉[④]也应该在自己的音乐中这样谱写过他。埃斯普拉，米罗，埃切瓦里亚，他们三个几乎融为一体，他们用仅有的一只翅膀努力前进，但却因为身体构造的不平衡而只能艰难拖行。由于位置不佳他们无法起飞，也无法傲立于黑暗的资产阶级审美观之上。他们焦急地想要从之前那面悲伤的、深沉的镜子所反射出的未来里逃离出来，去开创自己的生活。

埃切瓦里亚将一只眼睛睁得极大，盯着调色板，搅动着手里的画笔，嘴上显示出不快。当他的视线从颜料上抬起时，能看到其中蕴含的乡愁。在他成年的岁月里，他一直在固执地追求他作品内容的品质。他的模特(花、男人、水果、小孩、女人，哎，女人!)都不

---

① 胡安·德·埃切瓦里亚(1875—1931)：西班牙画家，"西班牙野兽派"代表人物。

② 路易斯·巴格利亚(1882—1940)：插画家，是西班牙二十世纪上半叶最重要的漫画家之一。

③ 加布里埃尔·米罗(1879—1930)：西班牙作家。

④ 奥斯卡·埃斯普拉(1886—1976)：西班牙作曲家。

知不觉地给他施加了这种复杂难言的压力，使他眉头紧锁，分解了他的身体与灵魂。直到有一天，他们终于被这敌人般的朋友、胜利的战败者给拼接和拆开，并被永远保存了下来。这是一种奇怪至极的状态，一半优美，一半鄙陋。他画中最丑恶和最卑鄙的那些东西就像一个动脉瘤，遇到美的抵抗时便试图去改变它，最终让美好的东西染疾并引起了人们的反感。

32　何塞·玛利亚·伊斯基尔多[①](1924)

何塞·玛利亚不靠双脚来支撑，而是由一根穿过脑袋和肩膀的极细极细的线来稳住自己。在一些令人惊叹的美好瞬间，当他身体内部达到峰值时，伴随着阵阵太阳雨，这根丝线会折射出斑斓的彩虹光泽。我们无法辨别一根蜘蛛丝从何处垂下，却能通过反光点来找到它。这根线出现在他的肩上、额头上、耳旁、眼前，让他如此厌烦。我这可怜的朋友徒劳地想要以某种方式摆脱它，却不敢弄断它。他努力让自己相信已经把这烦人的线拂去，已经脚踏实地地站在了地上，用脚掌而不是脚尖站在了这片他从未曾达到的地面上。

何塞·玛利亚就这样被悬在无尽的高空。他是传达圣音的天使，是星辰的使者，是超自然的奇怪迹象，是安达卢西亚母亲用柔弱的手塑造出的集合了上天恩赐的人类。他在宗教上非常传统，传统到让人不解的地步。他迷失在一个古老的世界里，这个世界现在已不在水平面上，而是像一条由影子汇成的宽广溪流，向上涌入一个模糊的所在。他散发出光芒，熟悉他的人都知道这绝不是夸张。在金色的阳光里，在蓝色的夜晚里，他的身体散发出一种白色物质，柔软而娇嫩，散发出晚香玉的味道，带着刚挤出来的牛奶的温度。哎，那看得见的香味和温热现在也许已经变成了一道磷火！他宽大的嘴和薄薄的唇上带着微笑，是一把折刀，不容置疑地发着光；他大大的眼睛透着光，占据了整个前额，与他的微笑平行；

---

① 何塞·玛利亚·伊斯基尔多(1886—1922)：西班牙作家、人文学家。

他朴实的思想闪着光，是他优秀大脑里的星星；他身上所有无形的物质都带有光泽，包括他那淡淡的风趣和他那悲伤的“天使”。

有时他会从地球上消失，仿佛是因为悬挂他的丝线松弛了，可怜的他便坠入灰暗的秘密风景里，掉入一个不真实的、双重的、被幽禁的圣塔克鲁兹区，落入它的生命街道里。在那里只有上帝能救赎他，但他也从未告诉我们上帝到底有没有救他。我总以为他躲进了云层里，但事实是他钻入了地表下。一阵可怕的、独立的风刮过，对塞维利亚来讲，这样的风实在太大了，它吹断了那只粗心大意的手中攥着的细细的线。这根线支撑了他那么长又那么短的时间，他对它怀有那么多又那么少的恐惧。就像一个最终失去庇护的可怜木偶，在某个骚乱的清晨的一场噩梦中，何塞·玛利亚这个拥有如此多天赋的小丑就这样掉到地上，像一把象牙做的米尺，摔成了两半。他富有感染力的双眼圆睁着，可怕的微笑永远裂开在脸上，从一只耳朵延伸到另一只耳朵。他的下巴狠狠撞击在地面，一声无可奈何的“再见”还未出口，他额头上的星星便渐渐熄灭了。但他月亮般的头颅依然高昂着，支撑着他站立在这黑暗舞台的甲板上。一艘空荡荡的船将他接走了，船上没有协会的演出，没有花园、公寓和图书馆，而他在转眼间毫无预兆地被魔鬼般漆黑的瓜达尔基维尔河[1]吞噬了，成为了信仰的遇难者。

33　拉蒙·德·巴斯特拉[2]（1924）

身为一个尴尬的巴斯克人，拉蒙·德·巴斯特拉认为，西班牙语就像一个他永远得不到的女人。他轻蔑地从比利牛斯山[3]上向下俯视她，嘲笑她，不可一世地在山顶随风摇摆，却对如何能得到她一筹莫展。他乞求她，对她生气，用手杖抽打她，辱骂她，对自己对她都失去了理智，直到泛着蓝光的落日在非洲大陆坠下。接着

---

① 瓜达尔基维尔河全长 657 公里，是西班牙第五长的河。

② 拉蒙·德·巴斯特拉（1888—1928）：西班牙诗人、作家、外交家。

③ 位于欧洲西南部，是法国与西班牙的天然国界。

他又近似卑微地臣服于她，轰然倒下，并尽力去感受她的肌肤，哪怕只是极小的一块。然而这位西班牙语女士却起身，像一块缄默而冰冷的岩石一样待他。她就这样离开了，却在所到过的地方都留下她的花朵、她的呼唤、她的浪花、她的空气。她再次带着纯洁的处女之身回到西班牙，因为她跟他在一起时是勉强被迫的，但却依然是贞洁的。

于是，巴斯特拉可笑而又可悲地改变了对她的态度，固执地像对待保龄球和球瓶那样对她。保龄球瓶与西班牙语女人留在他的小腿里，保龄球留在他的鼻子里。来自遥远北部的巴斯特拉认为，诗歌的力量实实在在地蕴含在纵向的感叹词和张扬的性感里。这的确是一个让人想要效仿且具有创造力的驱动力。1913 到 1915 年间他与维尔哈伦共事，这个满脸皱纹和胡须的比利时人在创作诗歌的时候，就像是伴着马德里正午的阳光、戴着白色的手套在网球场上玩水晶球一般。我感觉他就像一个比斯开和马拉巴的小伙子，既有北部人的稚嫩，又有南部人的辛辣；像榆树，也像松树。他不肯脱掉自己粗糙的草帽、坚硬的靴子和一直戴着的围巾，徒劳地在灰色的法国象征主义与红色的西班牙极端主义之间做斗争（这一切现在早已弥漫在空气里）。这对一个在灵魂深处愿意真实而自由地讲方言的人来讲无疑是一种糟糕的结合。

我不知道还有哪一种区域性诗歌会像巴斯克语与西班牙语这样做如此深入的抗争。史诗与抒情诗人巴斯特拉就像悲伤的大力士参孙，而波德莱尔则像是红色与黑色的大利拉[①]，剪掉了他的头发。压在他身上的巨大庙宇不停坍塌，可这并不是被困在神庙中的他所摧毁的，恰恰相反，他试图用自己的双手、膝盖、手肘、牙齿、脚掌、后颈、腰部和整个后背去支撑它。他的每一首诗都是一块正在崩塌的语言石基，这些石基由一个徒劳的、孩子般原始的意志艰难地排列在一起，并组合成倾斜和失衡的诗歌柱石。他就这样被自己打败了，像一个永远不能停止下来的、无法言说自我的钟摆，

① 《圣经・士师记》中记载，大力士参孙爱上了一名来自梭烈谷的女子大利拉，然而大利拉却将他出卖给了非利士人。参孙被非利士人关入地牢后不断向耶和华祷告，最终得以毁掉整座宫殿，与非利士人同归于尽。

在北部和东部、西部和南部之间摇摆，向后发出骄傲的大笑，向前吐出有力的讽刺。他骄傲的自尊坐在一把高高的铁制三角凳上。在这次失利中，他就像是诗人中的拿破仑，穿着便服困在他的监狱里——一个遍地都是温软马粪的马厩。而要在这次欺诈行动中从马粪堆里挖出他宝石般、深绿色的双眼，这是怎样的一种悲痛！他的双眼想要变得尖刻，但却依然那么纯净，并且在他爱尔兰式的雀斑中显得如此神秘，就像是沙漠中闪光的沙粒。

他的耕耘、创作和劳动，就像是一块用努力、忧虑、喘息做成的魔毯，他猜想他完完全全地看到了它的光芒和色彩，但结果却是相反。他所有的作品，他那些创作于美丽的废墟、富饶的天堂中的优秀作品，都被毁掉、被取代、被改变了。它们是两个庞大而精致的语言间激起的海浪的殉难者，这是巴斯克西班牙语抒情诗开出的一朵悲剧之花，是这个后退的毕尔巴鄂激进派人士、共产主义王室正统论支持者、反基督教的天主教徒——拉蒙·德·巴斯特拉——所发出的稀有光芒。厌倦了自己的家乡普伦特西亚的大房子、牛、马鞍、书和卷心菜，穿上外交官的制服，在呐喊和蹬腿中，拉蒙·德·巴斯特拉驾着他的魔毯，在疯狂的太阳雨中飞向罗马的圣彼得广场。这是一个潮湿的中心区域，他在那儿徜徉，大石柱和喷泉立于蛋青色的乌云下。诗人心里一直怀念着西班牙语这个女人，但却不得不借助罗马语在暮色中寻求歌德的一臂之力。

34　胡安·何塞·多门齐纳[①](1930)

在黄白相间的纸上，气氛沉闷压抑，几点星星挂在夏日傍晚的紫红色天空，八月孤寂的马德里，缓缓陷入了困境。胡安·佩佩[②]戴着一顶巴拿马草帽，警觉地直起身子。我从我的屋顶天台看到他，他像一支巨大的温度计，用不同颜色来反应波尼恩特风导致的发热程度：他的橘色，就是我们的红色；他的红色，是我们的紫色；

① 胡安·何塞·多门齐纳(1898—1959)：西班牙“二七年一代”作家、评论家。
② 佩佩是何塞的昵称。

他的紫色，是我们的灰色；而他的黄白相间，对我们而言则是黑暗一片。颜色越来越淡，在八点四十五分时，淡得几乎透明。那时我听到他的声音从两列有轨电车之间发出，好像胡安·佩佩胃中有一只小鸟，好像有两只大手把空气压进他的胸腔。一闪念间，我朝他喊道：多门齐纳！！！

我不认识胡安·何塞·多门齐纳，也不知道他身居何处，是在汪洋大海上，还是在崇山峻岭间，我们相去甚远。这位佩佩伊麦迪奥[①]是从酸性光线中演化而来，他在这浓汤般的黏稠空气中孤独至极。他不断重复着所谓“西班牙的宽广高度”，但除了我，没有人听见他也没有人关心他。他像一位在大庭广众下表演的腹语演员，那些棘手的事情在他体内斗争，在他内心深处留下了某些无法擦除的美丽印记。他的诗句像臂膀与肌肉般紧紧交织在一起，他有意使用那些关于胯部、假声与胳臂的新鲜语汇。那些钟情于小露台和小阁楼的姑娘们觉得，胡安·佩佩的文字有一些不知廉耻，但他们依然愿意做这位蟋蟀占星家的朋友。

另一个夏日的傍晚，燃放黑色烟花的狂欢舞会，摇摇晃晃、空空荡荡的有轨电车。我们正坐在偏僻的街道边喝啤酒时，有人告诉我：“这就是多门齐纳。”只见他高个子，略显臃肿，慢慢走在塞拉诺大街上，正穿过一排枯萎的洋槐树。他的胳膊下夹着一本厚厚的书，几个小孩拽着他的手，像拽着生命纤细的缆绳。我突然感到心脏一阵收缩，一种带有寒意的惊慌骤然浮现，我害怕胡安·何塞·多门齐纳突然飞升到自由的第三层空间去，以逃离这充满嘲讽、让人窒息的酸性气体。他会不会带走这些孩子呢？我越来越确信他就要离开，因此十分担心那些小孩。我跟在他后面奔跑，可是一瞬间我什么都看不到了，于是我又一次大喊：“多门齐纳！！！”

35 豪尔赫·纪廉(1928)

人们眼中的他就像歌剧中的里拉琴，世俗却神圣(而人们眼中

---

① 希梅内斯为多门齐纳起的绰号。

的堂曼努埃尔·雷伊纳却像轻歌剧中的铜箔，不太招人喜欢）。圣彼得总是随身带着琴键，尽管并不弹奏它。他随时随地带着它——在圣器室里、在舞台上、在大学里。雨天他用油布包裹它，晴天他用阳伞遮蔽它，哪怕是幕间休息时也不愿将它放下。高举着里拉琴，伴随着诗与修辞表演的高潮，清瘦主教的私人护卫队列队而出，沿着大理石铺砌的台阶上上下下。这石阶的建筑风格连接了近代与古代，人类与天空，原始与未来。也许他会停下来，再次在洗礼盆边、天鹅旁、圆形的香蕉园畔歇一歇，饮一杯浑浊的咖啡。象征主义中那只奇怪的、变了形的夜莺将再次为这绿色的夏日欢唱，歌颂高蹈派①诗歌里那朵典型的玫瑰。

他集所有时代的象征主义与高蹈派于一身，他拥有熔于黄金坩埚中的奇特继承物和缠绕在一起的血管，它们由这些如雷贯耳的名字主宰：贡戈拉和维格尼、达里奥和卡尔德隆、里瓦斯公爵和马拉梅、瓦列里和塞万提斯。他是拥有无上智慧的、精确无比的指挥家，在他的乐队里只使用最高贵的乐器，因为他要用这些夸张的乐器来追求和谐。豪尔赫·纪廉，这位朴素的西班牙占星家的成就和意义就好比一个语言的打磨工，他将凹陷的地面打造成完美的星空钻石，并且发现了神话故事里那半个被施了永恒魔法的石榴。他沿着魔法师们孤单的道路在第二个时空里奔走，用錾子敲打每一块石头和金属，将手指在每一条冰冻的、流动的、静止的河流中浸湿，只为寻找大海；他从最标准的圆形里颤抖着轻轻抚摸那螺线形的理想。

他是受济慈、波德莱尔、荷尔德林、雪莱、兰波的诗歌感染的发明家吗？他是天顶那朵冰冷的大丽花，是装满优质蜂蜜的石头蜂房，是装着高级铅弹静静在博物馆展厅里躺了好几个世纪的手枪。他知道如何给水银塑性，晓得怎样用无线电来固定镭。从洞穴到射电刀，他能从世间万物中找出诗的物质。我不会将豪尔赫·纪廉和他的学生兼老师佩德罗·萨利纳斯称为“纯粹的诗人”，同样

① 十九世纪下半叶法国兴起的一种诗歌流派，以反对雨果的浪漫主义、主观主义，主张诗歌应脱离社会和政治，代表人物有戈蒂埃和德·列尔。

我也不希望别人这样叫我。他们是主张纯粹主义的文学工作者，是纯白的修辞学家。他们在咬文嚼字上体现的新古典主义的技巧过重，却缺少了陶醉、气味、韵律和最重要的自然——风趣中的自然，感官中的自然，尤其是晦涩中的自然，而这才是诗歌真正的奇迹所在。愿上帝将他们所欠缺的“恩典”赐予他们！

豪尔赫·纪廉从他的工厂、教堂和天文台回来，披上他那华丽却深深局限他的家居服，或是不着衣物赤裸得像一尊独特的雕像。他用大写字母逐词逐句地拼写他那史诗级别的赞美诗，以抵抗这不朽著作每字每句的重量。他调研了一座根基，吹走上面的瑕疵，透过窗户用天和地的眼睛去分析这朵混种花朵的花萼，触摸未知海滩上的贝壳，用食指描绘记忆中的翅膀。他握住来自西方的雏鸡那柔嫩的骨头，绽开它的羽翼，用显微镜去观察它羽毛上的泡沫和云朵。最后他终于从太阳穴上感受到了内部喧嚣世界的跳动，他对自己的星球、王国和赞美诗非常满意。在一个经过化学过滤、镶着永恒曙光的清晨，在一个美好的静止时刻，末代帝王豪尔赫，这位合法的星际间王位继承人，威严地在巴利亚多利德高高的长廊上漫步，在筑着围墙的花园里徜徉。然而花园里那些高大的花朵后来被移走，随他一起被放逐出了这个他曾经疯狂想要统治的国度。

36　厄内斯提娜·德·尚波尔辛[①](1930)

一团火云，一朵带着粉红色小刺的安静艾菊，一个无法理出头绪的纷乱迷宫，一群飞舞的带刺蜜蜂——这就是她，厄内斯提娜。她是刚从哪片燃烧的、危险的欧洲黑莓丛林逃脱出来的吗？她坐下来，想要控制自己，她通过练习来努力调整呼吸抑制欲望，但留给她的却是喧闹、车票、凌乱和恐慌。

是的，厄内斯提娜对诗歌有一种惧怕感，她甚至对自己的诗歌

① 厄内斯提娜·德·尚波尔辛(1905—1999)：西班牙“二七年一代”女诗人，她的诗歌受希梅内斯影响很深。她在1936年与前文中的胡安·何塞·多门齐纳结为夫妻。

也感到害怕。河的两岸变得模糊，甚至开始不停地互换位置！可是她难道没有看到在她身边，那些年轻苗条的天使们穿着僵硬的绿色华袍一直在守护着她吗？她难道没有看到在她那漫长宁静的春天，这些天使们始终在默默激励着她吗？

但厄内斯提娜的诗歌原野无疑将是黑色的，周围立着葡萄藤做成的篱笆，只盛开着红色的花朵。原野上的河流悄无声息，流过西方的平坦草原，一去不返。它在巨石间流淌，水滴四溅，形成一个圆圈。诗的语句在圆圈中流转回旋，发出回声。

在厄内斯提娜的森林深处，住着一匹怎样的狼？它占据了她身体的多少部分？她好像与来自地狱的恶狗进行过搏斗，留下了灼热的印记。她身上明显混杂着好几种血迹，她的牙齿因为防卫的撕咬而损坏，眼神傲慢而迷茫。这是她留下的秘密，我不知道在她的身体或灵魂何处，藏着那个扭曲的、烟灰色的残躯，神秘却光芒四射。她就是马德里的女巫吗？

37　本哈明·哈尔内斯[①](1934)

在阿拉贡美丽的地平线上，有一座胭脂红色的岩石城堡。可是，这座城堡为何拒绝接收带着美好意愿和乐观主义前来的吟游诗人本哈明·哈尔内斯呢？他笑了，在烈日下攀登，在风中挥洒汗水，装作并不在意的样子。这笑容的源泉，就像一串用智慧而丰富的材料制成的气泡，这些气泡由于内在的力量，紧紧挤在一起，最终形成一个大的气泡。

轻快的小溪在泛酸的院子里发酵，在他坚实的、多彩的土地上涨起，在灰色的石板上形成他的样子。欢乐的水流反射出耀眼的光芒，映出无限。水面漂着杨树扁平的叶子，在伯尼恩特风中流过阿拉贡六边形的细塔。水流带着最深处的冰冷，轻柔流过年轻男孩女孩的掌心。这水是感性的，是清晨的，是原始的。在水边，在

---

① 本哈明·哈尔内斯(1888—1949)：西班牙小说家、散文家、传记作家、文学评论家、翻译家，代表作有《风的情人》等。

岸边，好像还有另外两件事情要做。在安全而美丽的约会中，为这两件事写下散文或诗句。你们看这位萨摩恩、阿特卡、弗拉斯诺、努埃瓦罗斯的小姑娘，她可能就是哈尔内斯的女英雄，她像一只雌狍子般感知和跳跃。她身上没有染上斑点，她面带笑意，来来去去，将她拥有的、曾拥有的和将要拥有的全部交给我们。在夏夜繁茂的星空，在阿尔哈玛石砌的城堡旁，在最后一棵杨树圆形的阴影下，她笑得那样开心。

你的风湿病呢，哈尔内斯？再见，哈尔内斯！好吧，哈尔内斯……浮雕中的本哈明·哈尔内斯直立着，轮廓像一匹好动的马，三色堇般的眼睛闪着火花。他戴着新款眼镜，惶恐紧张，审视着正在发生的幻觉。他又笑了，同时投入孩子般焦躁的忙碌中。他的笑容警觉而严厉，就像楼下大街上那些共济失调的患者们的游行，但包括这些人在内，没有任何人能够抑制他的笑容。

38　拉蒙·戈麦斯·德拉·塞尔纳(1928)

缓慢，是我对他的第一印象。我第一次见他是在1912年，在我们一段时间生动而热烈的通信后，在黑灰色的普罗米修斯像附近。“我很充实，我的声音也很充实。”过了一会，他接着说，“在我体内让我如此充实的，毫无疑问，全部是心脏。”那心脏是第一次世界大战时期的集体心脏，现在已经失去了研究的价值和感情功能，它把这些都让位给了肝脏。确实如此，拉蒙的肝功能良好，代替了心脏的很多作用。他的肋部填满内脏，像石榴中的石榴子，橡果中的橡子，橘子中的橘子瓣。这些水果被挤压在一起，就像拉蒙一样，期待着一次爆发。

这次爆发，就像节日上燃放的礼花炮，但不是那种使用火药的礼炮或鞭炮，而是用种子作为炮弹，洒落在安静的谷物场上。他戴着黑白格的领带，手持一支灌满血的巨大钢笔，仿佛拄着一根拐杖一般。如果有时拉蒙没有瞄准，错失靶心，那是因为他缤纷的迷醉。他来来去去，从书店到咖啡馆，从戏院到报社，从火车站到马戏场，却忽略了身旁矿井里那取之不尽的黄铁矿和大自然画廊中那些既圆又方的混乱蜂巢。拉蒙，是所有这些事物糅合产生的结果，是致醉的饼干和冰冻果汁造成的产物，是西班牙圆形的正方形或者说是西班牙方形的椭圆形。

他的嘴不再尖利，而是变得像乳房般圆润；他的牛角被套上木球，再也不能钻顶。他不会为了不被忘记就用匕首去对准他人，他走过的可怕道路不像吉卜赛流浪汉那么长，也不像马德里人每日的闲逛那样悠闲，这些糟糕艺术他不需要。有益健康的哭号最终使他对这样的不可饶恕开始充满母性。拉蒙闭上眼睛，发自内心地微笑。他的眼睛像桑丘，眉毛又浓又长，他柔软的、戈雅似的蓝色络腮胡子在他面庞上框出长方形的一圈，最能体现出这位宽阔、低矮、扁平、健康的西班牙发明家的慷慨好意和融会理解。

39 安东尼奥·马里查拉尔[①](1927)

一个美丽的广场，正中间竖立着一座新古典风格的纪念碑。广场通向一个深深的公园，两旁宽阔的人行道上长满树木，树枝透过来往的小轿车车门钻进车厢内。某一天，从北边那些环绕着它的阳台背后，这个广场接收到了一个小小的、瘦瘦的意念。一个机灵、机警、机敏的小男孩从阳台上探出头来，又走进屋里，然后从镜中映出的阳台里探出头。一年又一年，他在那里看见黎明降临；当人们都在午睡时，他从那儿观察颤动的大自然。他看到夜色渐浓，看到花岗岩的纪念碑，看到背后多风的公园，看到他那美丽而孤单的国都里黄昏时分的月亮和清晨时分的太阳。

另一座温文尔雅的广场和另一条街道无疑会塑造出具有相同身体和灵魂的人。他们的感觉背后也许有着同样的背景，但不同的内容却会将他们塑造得完全相异。安东尼奥·马里查拉尔有意无意地塑造了自己的内在风格，因为他喜欢把阿尔卡拉门、丽池公园、马德里公园和纪念碑上空那东方色彩的日月保留在自己心中。正因如此，这位少年的彷徨岁月持续的时间非常短暂。突然间，出

---

① 安东尼奥·马里查拉尔(1893—1973)：西班牙文学评论家、历史学家。

于一种神秘的同化作用，假想的语言仿佛搭上了梦中的飞机，他写出了人生的第一篇随笔。圆的半径延伸向同一个准确的圆心，就像林荫道上弧形拱顶的半径延伸至中心那根隐形的弹簧，又像一个美丽而整洁的圆形广场的半径指向建筑的核心。

年轻的细胞因为恒心而不断成长，冒险培育出的鲜血滋养了意识。他的文笔越来越优秀，越来越流利。于是从笔记到随笔最后到成书，他的作品融合了景物、评论、人物、诗歌、轶事，情节引人入胜。已经长成为年轻小伙的安东尼奥・马里查拉尔，或者说仍然是年轻小伙的安东尼奥・马里查拉尔，像小时候那样走到他的阳台上，用明镜般平静的眼神去注视那永恒的场景。这场景的投影早已在他的灵魂深处建造出了有序、和谐而严丝合缝的实体。他已成长为一个真正的男子汉，童年那迷惑而对称的渴望现在已经变得清晰肯定。

40 特雷莎・德拉・帕拉[1](1936)

我与特雷莎・德拉・帕拉只见过一面。她来时穿着厚厚的毛皮大衣，身上散发出一圈雾气。她灰蓝色的眼睛清澈而明亮，向我们传递着温柔与优雅。她看上去，怎么说呢，十分“优雅”。她讲话时声音仿佛裹在丝绸里，似远似近，好像从冥界传来。

后来她因病去了瓜达拉马的福恩福里亚疗养院，她从那儿给我们寄来她的著作《布兰卡妈妈的回忆录》。我拜读完后，也回寄了一本我的书给她，并在上面写下了我真诚的赠言。我们一直都想去看她，但却未能如愿。但是我相信那个用她那含糊不清的声音讲话的亡灵会一直住在她心灵的阁楼里，而我们中有很多人的心灵却已经枯死了；我也相信她身体里那些最美好的岛屿终将冲破她的血液河流里那些有毒物质的包围。然而事实却不是这样的。那小小的丑恶的有毒物质打败了这伟大而美丽的生物，这是

---

① 特雷莎・德拉・帕拉(1889—1936)：委内瑞拉女作家，被认为是当时最具影响力的女作家之一，代表作品有《伊菲格涅亚》、《布兰卡妈妈的回忆录》等。

生命中常常会发生的事情。于是今天我（在《太阳报》上）读到了她平静去世的消息。

特雷莎·德拉·帕拉，这位有着西班牙血统（瓦伦西亚和巴斯克）的委内瑞拉人，用纯正的西班牙语记录下了她真实的声音，并将它留给后人。在她诗意的叙述表达中，抒情与讽刺极好地融合在一种精致、优美而自然的语言里，随意自由而又优雅流利。她是一个留在美洲城市里的可爱西班牙人，这些城市对他们这类人来讲就像西班牙的省会城市一样，是位于海那边的美好天堂。我打幼时起就常常梦见这些天堂般的美洲城市，梦见它们的颜色、时间和居民，也许比梦见西班牙本土天堂的次数还要多。我感觉特雷莎·德拉·帕拉从“我”的西班牙来到了“她”的西班牙，离开了这个她深深想念、热爱并祝福的西班牙。我在我的梦中肯定早就认识她了。在辽阔的西班牙天堂的某个角落里，我梦见我非常享受地听她流利地讲着她的语言、我的语言，整整讲了一个小时。那梦里的一个小时肯定也发生在了现实世界里，它是那样柔和，那样愉悦，而又那样简单。

莉迪亚·卡布雷拉曾对我们讲过，在特雷莎·德拉·帕拉去世的那个清晨，她一直陪伴在旁，还熬了一点咖啡。当她问特雷莎·德拉·帕拉想不想尝尝的时候，特雷莎·德拉·帕拉告诉她：“我想吃点儿土。”我还记得她的声音，所以我完全能够想象出她讲这句话时的语气。的确，我们所有人在死之前都应该吃一点儿土，它是大餐前的开胃菜。我们活着时永远都不知道我们将要吃的这点儿土从哪来，又会混在空气里的什么地方等待我们。一直到这土地将我们也变成了它本身时，我们才发现原来它一直就在我们嘴边。

特雷莎·德拉·帕拉，转瞬即逝的白人旅客，我不知道你能否听见我，但我想说我们所有人都应该跟你一样，吃下那一点儿土，对于你，那土就是西班牙的土。你现在跟我们这些西班牙人在一起了，你的一瞬间在这里无疑就是一天，而你的一天是一个月，你的一个月则是一年。你没有活得“比别人更短”，你有能力将短暂的东西延长，将物品包裹并使它永恒，因此你的视线变得永恒，你的声音变得历久弥新。在这里，你并没有死去，而是作为一个女性形象活在某个下午里。你被挽留并保存在西班牙母亲的土壤中，她在高高的空中听见你正用她的声音出色而舒缓地讲话。

41　达马索·阿隆索[1](1928)

他仰起喉咙，推动舌头，声音就从喉部发出，形成杂乱而有价值的语言，飘散在空气中。达马索·阿隆索的那些想法也是一样，凭空而生，杂乱无章。而且，他好像要小心这些想法和语言从天而降，以免落在他身上，就像小心朝天吐口水后那些落下的唾液。

孤僻为这位诗人造就了清晰、贪婪、可塑的特质，而他的和蔼友善就像一位魔法师，变出一道道微笑的弧度。不，不，达马索·阿隆索，您在下楼梯的时候要小心，注意不要摔倒，那楼梯普普通通，没有黄铜包边；您在地下室的时候，在大理石柱子支撑的夹层中的时候，不要陷入混乱，那些大理石柱子，每一根都在向您讲述一个奇异的、复杂的、带有灰色纹理的秘密。

那些世界上最尊贵的原子，像千年黑暗潮湿土地里的麦子，不断蔓延，为这位固执的人创造背景。这些原子呈球形，它们是红色坚硬的球体，黄色坚硬的鸡蛋，黑色坚硬的星体，绿色坚硬的苹果吗？

他用双手和双腿分开这些球体，跌跌撞撞，弓着腿缓慢前行，艰难地挥动着双臂。一切都被圆形传染，就像是被那些有风湿病的诗歌传染。这些诗歌存在于他的眼中，他的肩膀上，他的膝盖里，他的口中。他刚刚又说了一个复杂而充满智慧的词，这些词堆积成一个完美的实心球形。

---

① 达马索·阿隆索(1898—1990)：西班牙文学家、语言学家、西班牙皇家语言学院院长、西班牙皇家历史科学院院士，曾在牛津大学任教，1978年获塞万提斯奖。

42　安东尼奥·埃斯皮纳[①](1928)

当我看到安东尼奥·埃斯皮纳时，我仿佛又看到了费加罗。没错，他们都穿着丧服，一模一样的棕色衣摆搭在脊背上，既像一个背着双驼峰的小丑，又像一个留着额发的魔鬼。他喜剧的成分可能来自于神父，不对，肯定是来自斗牛士。他的皮肤是西班牙家族遗传的棕色，富有光泽，在这棕色皮肤中，未来就像一株菌类，从平凡中诞生。在他现实或灵魂的家中，他继承了大量家当：桃花心木料的家具、绿色的"棱纹平布"、冰冷的镜子、黯淡的胶布、潮湿、石油。他是马德里的硕大心脏。

黑白相间的松动石板路如音乐般描绘了他的形象，他棕色的手放在椭圆乌檀木桌中央那块冰冷的大理石上，这个人就是费加罗，这个人就是埃斯皮纳。歌词中也同时在描述这两个人。埃斯皮纳带有很多拉尔腊的特点：尖刻、肩膀不灵便。或者说，埃斯皮纳的某些特性造就了今天的拉尔腊。神秘、放肆、尖锐的幽默感，遍布西班牙庞大的红色神经系统，在这方面，埃斯皮纳是第二名，响当当的第二名。他擅长描摹民俗，用巧克力戏弄鹦鹉。他通过气窗、烟囱、猫洞、锁孔、俄罗斯式的咖啡壶以及诸如此类种种不可能的地方，离开了这间资产阶级的小食堂。

埃斯皮纳取出费加罗夹在百科全书中的干枯花瓣，仔细把玩，吹出一口气，让花瓣在空中飘舞。他捡起拉尔腊在葬礼钟声中丢弃的羽毛以及在马德里正午阳光下丢弃的钉子，将它们掷向空中。他射中了白色靶子，而拉尔腊则用同一把手枪射中了黑色靶子。玩一局国际象棋，多米诺骨牌，西洋跳棋，摆出浪漫炫丽的十字进攻阵势，难道安东尼奥·埃斯皮纳是一个喜欢和自己决斗的斗士，一个怀揣武器的自杀者？

博塔尼戈的马德里、库兹的马德里、《西方评论》和《家族博物馆》杂志中的马德里。马德里在如今蓝色的欢愉光芒和过去棕色

---

① 安东尼奥·埃斯皮纳(1894—1972)：西班牙激进派和先锋派作家、政治家。

的悲伤光芒下被打乱顺序，重新洗牌。那金色的纯净空气和有害的丧服布料！我散着步，走过外墙，走过艾吉塔提瓦大厦、巴黎酒店和电信大楼的瞭望塔，太阳像微弱的火炭，将光线洒满砖墙。我一直走到阿雷纳尔大街尽头，皇家剧院被落日映得通红。在东方广场上，我看到铜色的西方、艾斯特雷马杜拉、葡萄牙、自杀者和大西洋……安东尼奥·埃斯皮纳心中的形象，随着阿雷纳尔大街的伯尼恩特风，像烟雾一般飘散到太阳门广场，人行道与神秘咖啡店的影子重叠在一起，让费加罗的影子显得淡了。

43 巴勃罗·聂鲁达[①](1939)

为什么他不用自己的原名内夫塔利·雷耶斯呢？同样地，为什么加夫列拉·米斯特拉尔[②]不用卢西拉·戈多伊这个原名呢？我一直把巴勃罗·聂鲁达看作一个伟大的诗人，一个伟大的坏诗人，一个伟大却混乱的诗人。这位天赋异禀的诗人还没有真正理解和学会使用他与生俱来的才华。我觉得聂鲁达是一个笨拙的翻译家，不论是翻译自己的作品还是翻译他人的作品；他是一个糟糕的采矿工，不论是开采自己的矿藏还是开采他人的矿藏。他有时会混淆原文与译文；由于他没有完全掌握自己的语言和被翻译的语言，所以当他写作时，不论好坏，总会因他的无知而连续出现明显的错误。拉菲尔·阿尔韦蒂[③]曾告诉我，他喜欢读国外的书，虽然他不能全部读懂，可他认为正是那些看不懂的部分为他提供了更好的东西。但是阿尔韦蒂比聂鲁达聪明，他是全球文化的同化

---

① 巴勃罗·聂鲁达(1904—1973)：原名内夫塔利·里卡多·雷耶斯·巴索阿尔托，智利诗人，1971年诺贝尔文学奖获得者，著有《二十首情诗和一支绝望的歌》等。

② 加夫列拉·米斯特拉尔(1889—1957)：原名卢西拉·德玛丽亚·德尔佩尔佩图奥·索科罗·戈多伊·阿尔卡亚加，智利作家、诗人，1945年获诺贝尔文学奖，是拉丁美洲首位诺贝尔文学奖得主，代表作有《死的十四行诗》、《绝望》、《柔情》、《有刺的树》等。

③ 拉菲尔·阿尔韦蒂(1902—1999)：西班牙作家、诗人，“二七年一代”代表人物，一生获得奖项无数，被认为是西班牙“白银时代文学”最伟大的人物之一。

者；聂鲁达更专注于自己，哪怕是他能够读懂的东西他也没法真正理解它们，因为他在诠释它们时会忘记已存在的东西。一首被理解和被创作的诗，不论译作或原作，都是一个有机的整体，而我认为聂鲁达至今都没有领悟这一点。

我从未亲眼见过聂鲁达，只在照片、雕塑和画像里看到过他。他尚在世时我就为他作了这篇人物漫画，这有悖于我的原则。我曾在电话里听他用鲁莽或醉酒后的歌声来羞辱我，原因是我不肯在他回应维森特·维多夫罗①那篇有失风度的文章上签名。后来他换了另一篇文章，而我本来是应该签名的，因为《欧美评论报》没有理由拒绝刊登聂鲁达的诗。我当时不愿签名是因为不管维多夫罗、聂鲁达还是洛尔卡②，如果做了这类糟糕的事情，那都是不理智的。我这么做是为了公正地对待他们三人，而聂鲁达却与他当时的朋友们一起通过打电话唱下流歌谣的方式来辱骂我。出于对他以及对我自己的坦诚，我没有回骂他，对我来讲这也是一个作家的基本素养。

聂鲁达拥有已开采过的矿藏，也拥有尚待开发的矿藏。他有罕见的直觉、奇特的搜寻和重大的发现，却没有属于自己的语气和有力的批判。他有一间仓库，用来装他在自己的世界里所发现的东西，它有时就像一个垃圾堆或者化粪池。聂鲁达本应在这些垃圾、残渣和废料里停下来，这样他也许就会发现其中有某颗石头、某朵花、某块金属仍处于很好的状态并依然美丽。他找到了玫瑰、钻石、黄金，却没找到具有代表性和说服力的词语。他无法用自己的语句去补全主语和宾语，而只是转移了宾语和主语的位置，他没能诠释出它们的本质和精髓。主语宾语看上去在那儿，其实并不在，因为他没有真正理解它们。他像一个拾荒者，四处搜寻，在他的路上捡到一小块煤炭、一片玻璃、一只鞋底、一只被丢弃的眼睛、

---

① 维森特·维多夫罗(1893—1948)：智利作家，被认为是智利最重要的作家之一，与加夫列拉·米斯特拉尔与巴勃罗·聂鲁达等齐名。

② 费德里戈·加西亚·洛尔卡(1898—1936)：西班牙诗人、剧作家，被誉为西班牙最杰出的作家之一。西班牙内战期间，洛尔卡因公开支持西班牙第二共和国的民主政府反对法西斯主义，于1936年遭独裁者弗朗西斯科·佛朗哥的军队残忍杀害。

一个烟头，然后他再毫无道理地把它们聚在一起，粘在他作坊的案板上。但他却忽视了它们中那些有用的东西，例如一支铅笔、一把裁衣剪刀、一管胶水、一张报纸、一小块肥皂。这些东西在他那儿毫无用处，但毕加索却知道如何使它们蜕变。一块马赛克散落在那里，它有时看上去是非常漂亮的，但却因为缺乏深度自信而终结了自己。这位收藏家本来应该根据每一个人和物的灵魂属性来改变它们的，然而他却没有做到，因为他的文字没法跟整体的每一个部分对应起来，他自己也不在这个整体之中。他无法找到环绕他的整体，因为他的内部没有整体。他的一切都是在他的语句中找到的，并且也都是借助于他的语句找到的，语句是他大脑的灵魂。当缺乏魔法棒的碰触时（例如，托斯卡尼尼[①]的指挥棒便拥有其内在的、不可言喻的魔力），部分是无法组合成整体的。魔法棒加上拥有它的人对它的控制力，而这种奇妙的控制力是写情诗的诗人们极度缺乏的。聂鲁达要想变得许多人所认为和所言传的那样伟大，他还欠缺一些比控制力更微妙的东西。他身上多余的东西比他缺乏的东西更多，尤其是他的不负责任最为多余。他的这种不负责任已经频繁到了令人生厌的地步！

我很好奇地看到，那些声称超现实主义已过时并已进入到绘画领域（事实上总是绘画在前文学评论在后的）的人竟能将巴勃罗·聂鲁达那混乱的、沼泽般的报刊文学看作一片浩瀚的大海、圣经或是宇宙，并把它比作我们西班牙画家胡安·米罗[②]作品的孪生兄弟，而不是萨尔瓦多·达利笔下那被囚禁的色情的维纳斯。实际上，聂鲁达并不具备这位伟大的加泰罗尼亚画家的技艺和品质。聂鲁达不具备品质，因为他既非静态又非动态，而仅仅是封闭的。一个封闭的作者怎么能成为他国家的向导、他土地的表述和他大陆的代表呢，何况还是一片如此新的大陆？为什么马蒂、鲁文·达里奥、罗多不能像聂鲁达一样被誉为“美洲的诗人”呢？尽管聂鲁

---

① 阿图罗·托斯卡尼尼（1867—1957）：意大利著名指挥家，拥有超强的记忆力和过目不忘的本领，每次指挥都是脱稿演出，他还是著名的反法西斯人士。

② 胡安·米罗（1893—1983）：西班牙画家、雕塑家、陶艺家、版画家，是与毕加索、达利齐名的二十世纪超现实主义绘画大师之一，代表画作有《哈里昆的狂欢》、《犬吠月》等。

达确实与之前那位只懂模仿的乔加诺[1]大不相同并远远超出他。一部作品、一句诗句、一篇散文能激起对美、光明和美好生活怎样的渴望呢？怎样的诗歌又能跟聂鲁达的相提并论呢？那跳动着的象形文字下的内在是骗人的吗？是什么在跳动呢？不，同样不可能把他的诗句与惠特曼的混为一谈。惠特曼的作品里饱含精华、本质、风格，尤其是意识，而巴勃罗·聂鲁达实际上只是一个多产的、不拘小节的现实主义作家，只不过他过分地强调了浪漫主义而已。在他最好的时期，他“几乎”已经是一个魔幻现实主义作家了，但却没有达到佩斯[2]、艾略特、乔伊斯的高度。他不像他们那样是一个有着很强潜意识的人，也不是一个能汇集与创造惊喜和力量、能真正坚定地进入与征服“魔幻现实主义”的惩罚者。

44　厄内斯托·希门内斯·卡巴耶罗[3]（1931）

这位难以捉摸的马德里人，时刻紧张，无处不在，他总在照相时坐在最傲慢的位置。他的眼镜模糊，让他看起来十分稳重，他的侧面和正面混淆，没法辨认从何处分开。他像是第二次立体主义实践出的作品。上升的和下沉的，次现实主义和浪漫的，明显的和内部的，对别人来说是静态的东西，对“葛塞”而言，则是爆炸性的。快跑！是不是图书馆里的狗、老鼠和猫都在跑？他扬起眉毛，像教父般笑着对它们说：“先生们，我在这呢，跟我走吧！”

他带着无线电报的绿色空气走过我们的围墙、我们的车厢、我们的长椅和我们的脚边，但却看不见我们。他骑着摩托车，踩着脚踏板，站在屋顶上。他穿着雨衣、黑色灯心绒大衣、凸花背心和绑腿、蓝色罩衫和烟灰色的马靴，围着灰色的围巾，戴着方形的帽子。他出现在口袋中、金属丝中、烈酒中、玻璃中、松脂中、粉笔中和印

---

① 何塞·桑托斯·乔加诺（1875—1934）：秘鲁作家。

② 圣琼·佩斯（1887—1975）：法国诗人、剧作家，1960 年诺贝尔文学奖得主，代表作有《流放》、《雨》、《雪》、《风》、《航海标志》等。

③ 厄内斯托·希门内斯·卡巴耶罗（1899—1988）：西班牙作家、外交家。

刷铜板中。每时每刻，从不同的门中，出现不同的角色，摆成不同的造型。这些角色都是用不同颜色的纸制作的，有彩色的、黑的和黄的。这些角色隐形而模糊的眼镜下几乎都没有眼睛，这些眼睛被遗忘在哪里了？在哪里我们才能与它们对视？在哪些洗衣店里它们化作液态的锡滴落下来？在哪些钟表店里它们失去瞳孔，被组装在一起？

我希望看到一道平滑的曙光，在这位当代罗宾逊的脑中构造出一个两侧带有轮子的烟囱或防火梯。这是一个独立的可移动建筑，带着锋利的棱角，由横轴驱动。他的心、肺、脾，按下那表面的按钮，就会出现紫色的火花；火花从他的耳中、从他的口袋、从他的袖口中迸出。他像一个紧密运转的发电机，在地下室那道高高的光线下，充满信心，期盼着洒满阳光的绿色街道。

45　厄乌赛比娅·戈斯麦[①](1937)

我在西班牙时看过厄乌赛比娅·戈斯麦的照片，彼时我觉得她像一个黑色的、野性的、汹涌的浪花，像约瑟芬·贝克的一个分类，同样擅长做撕裂的演讲。当我来到古巴并得见她的“本尊”后，才发现这纯正的黑白混血女人是那样温柔而优雅，她轻轻滑动，悄悄溜走。厄乌赛比娅·戈斯麦在我眼中成了一株精心栽培的肉桂玫瑰。

这朵柔美的穆拉托[②]玫瑰，厄乌赛比娅玫瑰，如此娇艳。她仍拥有最初的魅力和最原始的感受，也幸运地拥有她那个种族的所有优点和权利，因此她可以由着性子做一切她想做的事情却还能让自己安然无恙。希望这朵内心是肉桂的玫瑰花永远不要忘记这一点，也希望她能够原谅我。

我以为，厄乌赛比娅·戈斯麦的人性和美学意义在于使她的根茎在自由土地里永葆鲜绿，愿她带着独特的黑色和纯洁的生命，

---

① 厄乌赛比娅·戈斯麦(1901—1976)：古巴女演员，作品有《黑妹妹的白玫瑰》等。

② 穆拉托(西班牙语 mulato)：黑白混血。

永远生长在生机勃勃的纯净空气中;在于不用忍受那些迟钝的朗诵者的坏榜样,也不用强装出白人女人的娇态;在于永远不做蔷薇玫瑰或茶叶玫瑰;在于不被这世界的任何东西束缚。逃走吧,厄乌赛比娅玫瑰,逃出那面擦拭得过于干净的玻璃窗!

46　拉斐尔·阿尔韦蒂(1929)

拉斐尔·阿尔韦蒂咧开嘴大笑,笑到露出牙齿,笑容弧度与他的肩章平行,这是发自内心的笑。他为什么而笑呢?不是因为嘲讽,也不是因为哭泣;不是因为高兴,也不是因为沮丧,但又好像包含所有这些原因。在他消沉的时刻,他的目光变得更短,耳朵也张开来。伟大而美丽的安达卢西亚母亲带着各种颜色各种味道的海浪来安慰他,这些海浪混合了三个国度的生命。突然,他那像雨伞般折叠起的笑容又再次撑开来,绽放在所有地方。这位海港的孩子开始跳起奥莱舞、赫雷斯市的哈雷奥舞和比多舞。

我1925年写给他的信所缔结出的友谊快速成长起来。他珍贵的水手服来自我的海上街道,已经被穿得开了线。诗人穿着它走在马德里的大街上开始觉得羞耻,因为有大片的肌肤裸露在外。于是他离开了一小会,回来时换上了古老又时髦的各种服饰:来自鲁文·达里奥黄金时代的厚实的西装外套,预言家最爱穿的黑色与藏红色相间的外套,各类学家们专用的鲜艳夺目的西服,另外还有闪光的衣服和小丑的服装。他突然跳起来,爬上死人与活人的肩膀,像叶芝一样,捉住了画上那些赤身裸体的天使们的小腿。他通过演讲来与他们斗争,他战胜了,但同时也被打败了。他那如标枪般的咒骂是天大的谎言,但其中却又带有那么多真理。天使长当着成千上万兴高采烈的观众的面使他从晴朗的艺术天堂坠落,让他的头脑和肝脏疼痛不已。也有一些浪漫主义的天使被他抓伤了吗?

他在那里游走,他在每一个地方游走,抚摸着从天空坠下产生的脚后跟上的伤疤,并且高兴地炫耀他伤疤上的褶皱。当他揭下他彬彬有礼又善于雄辩的第七张面具后,他将技巧的魔杖扔进了深渊,逃离了他那过重的浪漫主义,重归纯净。他过度的雄辩口才被分解了，从他的言语中再次飞出了那只美丽清爽的鸟。他从自然陷阱的最后一层爬出来，穿过带有金银管状物的吊灯，它们在大地中央发出钻石般的火光。拉斐尔·阿尔韦蒂将要宣布一件重大的事情，这事情至少有加的斯海那么大（我认为，加的斯海是世上最美的海，也是我所认识的西南部最富饶的诗歌海峡）。要不是他手指发射出的蜿蜒射线，要不是从天空坠下的紫红色裸体在瑟瑟发抖，我们都无法相信这件事情真的会发生。

47 何塞·贝尔加明[①]（1922）

人们说："何塞·贝尔加明被拉伸得多细多长啊！"在被拉长的人里面，他排在第三个，也是最重要的一个。他被拉伸是为了伸手去够着那层极薄极薄、几乎没有颜色的大气层，那里有未发表的思想，有火箭与星星的斗争。

他被拉得又细又长是为着去猎取那些（几乎永远）捉不住的小鸟，不过他曾经捉到过几只，并用手握住它们的胸膛。有一些小鸟只留下了无比美丽或是普普通通的羽毛，另一些则在他手心留下它们岩石般僵硬的身体的微微余热和流浪的味道，留下它们鸣叫着逃跑时掉落的一个音符和飞翔瞬间的姿态。（那些离我们远去的猎物并不总是最糟糕的。）

在明天下午的这个时候，被拉长的何塞·贝尔加明肯定会摊开他高贵的手问："我捉住的这是什么东西？这儿呢，这又是什么？"但是没关系，也无需后悔，今天、明天、永远都不必为这些疯狂的猎物后悔，因为困在脑中的小鸟要飞走其实是件很容易的事情。

这美丽至极的拉伸练习以及他那警觉而敏捷的思想将永远留在我们每一个人心中。

---

① 何塞·贝尔加明（1895—1983）：西班牙作家。

48　费德里戈·加西亚·洛尔卡(1928)

费德里戈·加西亚·洛尔卡像一株深棕色、粗矮的人形菠萝树。这类菠萝有五个品种:古铜色、黄褐色、白色、黄色和黑色,就像组成射线的五种金属环。他不断奔跑,却一次又一次回头,因为他不愿离开那住着鼩鼱的下水道。终于,他跑到大腿粘在一起,腿肚子也凸了出来。于是他沿着被拉长了的梅兰戈里戈街道的方格人行道慢慢往前走,直到他的声带揉碎在乳白色的泉水中。在他回到格拉纳达的那个晚上,他提着暗红色的魔法灯笼,上面装饰着平行的黑色丝绸带。他突然又奔跑起来,像一只大黄蜂般撞在汽车的挡风玻璃上,撞在西风筑成的围墙上。

他在秘密街区的街道两边那些靛蓝色的墙上用炭块涂鸦,画满了玫瑰和秽物。傍晚,桥上的油灯已点亮,他在桥上用轻蔑的粗话咒骂水中的三个女巫。他一边骂一边顺着台阶抄隐蔽的近道向上爬。他爬上另一堵围墙,见到一位白衣修女正在两盏路灯间耕耘自己的菜园,于是他向她抛去一朵晚香玉。他在心里大笑着,跳到路上一段圆弧上,或是跑去角落里向孩子们借烛火。随后,他像山羊一般沿着一段老路往下走,那里布满白铜色的蜥蜴、石灰做的蓝色小铃和蚁窝。

他并没有自杀。他真的走进那间快要倒塌的房屋了吗?我们无法预计他会从哪里出来。提着彩色圣灯的他,如今正沿着哪一条通道前进呢?手举红色大理石墓碑的他,会从哪一口井、哪一条下水道或管道钻出来呢?在那里,法雅正“微笑地”等待着他。他拒绝鬼魂、颂歌和亲昵。他就像一个在孤儿院长大的孩子,在关门前回到家里,声音和眼睛里满是难过,眉间透着悲悯,手握一朵布制的百合,跟小伊莎贝拉一起唱起平安夜的歌谣和村夫谣[①]。

---

① 西班牙的一种民歌,一般以耶稣降生为题材,在圣诞节期间演唱。

49 杜塞尔·玛利亚·洛伊纳斯[①](1937)

下着雨的午后,我在一片昏暗中沿着狭窄的曲线形楼梯向上爬。繁茂的花园里隐约可见闪着潮湿绿光的刀刃,那是长着刀锋和尖刺树叶的青铜藤蔓植物,我的手掌被它割伤。它拥有直立的表皮附属物,花朵是烧坏了的电灯泡。我走进一间休息室,一位贞洁的西班牙女士坐着接待我。她是一具残缺不全的、人形大小的彩色雕塑,石灰色的象牙透过半轮明月,给她配备了仪仗队,使她散发出香味,若隐若现的香味中带着硫酸醚刺鼻的味道。

这位我预料之外、温柔美丽、拥有小麦肤色的朋友落落大方地对我说:"请坐,我的先生。"我有些慌乱地坐下,看着气流在空中游走,直到……我打了个寒颤。杜塞尔·玛利亚是一块用精致象牙切割出的女性造型,具有介于哥特主义和超现实主义风之间的特色。她的眼镜上带着金链,她把它挂在耳后。她的脑后长着蝴蝶的眼睛,微笑时露出珍珠般的灰白色牙齿。她柔弱的古巴西班牙语也同样简洁优雅,话语间不加停顿,就像用丝绸化石做成的纸。这是她的家吗?"这就是我家,这边请。"一条长廊,一个满是枯叶的老鼠笼,一堆被小心地按从小到大顺序摞在一起的银币,一座盛放在甜点盘里的巴比伦斜塔。半尊书店服务员形象的石膏像被涂抹成古怪的银红色,他从他仅有的半个身子旁向我递来一盒被氧化了的名片。一只放在地上的大玻璃杯,费德里戈·加西亚·洛尔卡曾用它来喝柠檬水,伴着钟乳石、石笋和捉来的蜘蛛一起饮用。啊,这就对了,现在我总算明白洛尔卡的作品中最近所体现出的神志不清源自何处了!杜塞尔·玛利亚在光与影的线条组成的奇异裂缝中出现又消失。现在出现的是恩里克[②],是的,恩里克,恩里克·洛伊纳斯·德·查孔,还有洛尔卡,柔软的宽盘子,让人不

---

① 杜塞尔·玛利亚·洛伊纳斯(1902—1997):古巴女诗人,1992年获塞万提斯奖。

② 恩里克是杜塞尔·玛利亚·洛伊纳斯的哥哥,下文中出现的弗洛尔和卡洛斯分别是她的妹妹和弟弟,他们三位也都是诗人。

安的牙齿，溶于梦中的话语。我不知她在哪儿，会从哪里出来，又会怎样出来。卧室，活人的房间，死人的房间，黄色的房间，化妆室，骨灰盒，杜塞尔·玛利亚的祈祷室，神圣而贞洁，但或许还带有一些中世纪的俗气。陈列空细颈瓶的玻璃柜，瓶里曾装着永恒的外国香精；摆放扇子的玻璃柜，扇骨已支离破碎；存放蕾丝网纱的玻璃柜，蕾丝被几个世纪以来的汗水所凝固；还有……妹妹弗洛尔的玻璃柜。她黑色聚光灯般的眼睛过大，她甚至因为它们的重量而跌倒。她的手里攥着遗忘与现在，黑衣服浓密而光亮，是从一块没有光泽、平滑的黑色布料裁剪而来，就像是费德里戈式葬礼上穿着的丧服。弗洛尔拥有跟杜塞尔·玛利亚和恩里克一样苍白（淡黄色，乳白色，灰色）的皮肤。她像一只粉红色的火烈鸟，站立着呼气，在岛上又一个四月的下午，因为伴侣的离去而哀号不已。最后看到的是嵌在墙里的床，床脚通向花园，那里有六十一只玻璃做的小狗和小门，正中间是杜塞尔·玛利亚的玻璃柜。这位蜻蜓姐姐，迷途的丁香水仙、蚊蚋和牙签的神圣律师，这位细致入微的奥菲利亚[1]·洛伊纳斯，既陈旧又新颖，她是自己诗歌那闪光的现实。她的诗不可思议地人性化，辞藻清新、柔美而轻灵，在她的书页间充满了遗弃、难过和神秘的讽刺，好似被卷入水流中的玫瑰。这位滑石做的圣特蕾莎曾是鲜绿色的，现在却已被刺痛的生命里那些最小的蚂蚁吞噬。这只惨遭解剖的百灵鸟，被一把刀插在小小的心脏上，她那空心好朋友蝉也一样被一根别针钉在了那样的生命上。她留在人们之中的光芒和迷失的灵魂仿佛已经枯竭，但却永远不死。

一株倒下的大树充当连接不同凉亭之间的桥梁，她在桥上保持平衡，反复试探。“从这边走，这边。”卡洛斯穿着棕色和深褐色的格子外套，平直的头发被染烫修剪得很糟糕，像是古巴秋天里一株不期而遇的黄色含羞草，他的肤色也很白，像降车轴草。由洛伊纳斯兄妹组成的室内乐团，在这犹豫不决的时段，轻轻地、结结巴

① 莎士比亚作品中的人物，是哈姆莱特的恋人，自溺于一条铺满鲜花的溪流里。杜塞尔·玛利亚曾以《奥菲利亚》为题作诗。

巴地开始演奏。这是最佳的时间吗？灯光半明半暗。这是朗诵吗？我觉得不是。这个家里除人类以外，除了他们四个以外，除了我，除了所有，还有一种异常自然的东西在陪伴着他们，伴随着他们四个人那不和谐的音符，这其中就有杜塞尔·玛利亚的小提琴或中提琴奏出的爱的旋律。饮料呢？圣坛被各种葡萄酒、烈酒、开胃饮料和果汁的瓶子包围着。有一个冰冷的玫瑰色物体，同样散发出乙醚的香味。我握着它绿宝石做成的手柄来转动它，我不安地猜想(随后被用铅笔书写的作品所核实)，我那没用过的巨大杯子将同其它尊贵的被饮用过的杯子一起陈列在这神圣的博物馆中。

黄昏到来，大家在花园中话别。街道、城市和旅店如此奇怪。这是我的回忆吗，还是我现在依然在那儿呢？恩里克坚持道："我就在车里睡，因为我的家刚装修好。"弗洛尔说："我要睡在十字形的大理石浴缸里，因为它通向河流。"小卡洛斯说："这种时候我可不要睡觉，因为我不知道该去哪儿睡，也不知道没有屋顶怎么能睡觉。"最后的一朵玫瑰，我把它拿在手里。杜塞尔·玛利亚说："别的玫瑰仍很新鲜，但这支玫瑰生来就很古老，它为我而生，长在我的卧室墙边。"我一直都觉得这朵黄色和紫色象牙做的古老玫瑰生来就已凋谢，青涩而僵硬，但却并未死去，正像是这位半梦半醒的女诗人永久的孪生姐妹。它就像她一样，既灼热又冰冷，既是肉体又是幽灵，是花中的小火山，它永远不会成为自己或其他梦游症患者的噩梦。

50　弗朗西斯科·柏斯[①](1932)

弗朗西斯科·柏斯带着黑色的细小花纹，像巴旦杏一样矮小，平直的肩章把他撑得又宽又方。他穿着宽松的裤子，双腿像剪刀一样叉开，双手插在蓝色的口袋里。这位罗萨雷斯的曾孙，已经战胜了西班牙停滞的浪漫主义绘画中那热带疟疾般的色调。他用他

---

① 弗朗西斯科·柏斯(1898—1972)：西班牙画家。

讽刺或严肃的微笑(这种微笑是当代聪明的乐观主义流派所强调的),把这种色调变成绿色。他的命运告诉他:“伟大的画家应观察并绘画。”而他,绘画并绘画,他无梦无眠,指尖永远紧握画笔,一头扎入时间和通往未来的河流。他绘制出享乐爱情的双倍和谐和双份乐曲的随意曲线,最终,他洞察到色调与乐趣。

柏斯应感激毕加索,而所有年轻画家都应感谢柏斯;所有年轻音乐家都应感激法雅,可所有年轻诗人却都想远离那个他们应该感谢的人。当所有这些年轻诗人、音乐家、画家来到西班牙时,柏斯却准备离开。他表情警觉而凝固,沿着他自然却与众不同的道路离去。这些人身上能带有这三位长者的三重印记,是何其幸运。他们三位为祖国创造了多么痛苦、多么炽热、多么狂烈的现代诗歌、音乐以及绘画,这是美丽的爱,是内在和外在的品质,也是清晰的意识。

柏斯能够回来继续参与绘画、音乐与诗歌,是他的幸运。我发现,尽管技术贫瘠,美丽事实的集合却仍不断涌现,比如拉斐尔、莫扎特和波德莱尔。这对那些喜欢把艺术拆分开来而不相信艺术是能够结合的人而言无疑是个坏消息。时尚潮流,都是从怪诞想法中孕育而生的。在当今,分解是美学青春的一大潮流,它可以用以弥补技巧、器具和热情的缺乏。但真实的东西却应该是完整的、全部的、一体的,过去如此,将来也是这样。弗朗西斯科·柏斯一直渴望着完整、合并、一体。如果得以融化结合,整个印象主义和整个立体主义(如今印象主义和立体主义仿佛正当闪耀,但在假象平息后却将变得暗淡)最终会汇成一束完整、永恒、经典的光。

51 欧亨尼奥·弗洛里特[①](1939)

欧亨尼奥·弗洛里特的眼镜大到可以遮住下巴,他躲在这巨大迟缓的眼镜后面,带着悲伤的微笑,温和地注视着我。他拉丁式古典而又具有未来感的悲伤微笑,延伸向永恒的最深处,就像一股

① 欧亨尼奥·弗洛里特(1903—1999):古巴诗人。

从隐藏的本质中散发出的谨慎气息。这香气由这位瘦弱、心不在焉而神秘莫测的预言家用他内心深处的痛苦蒸馏而出。那些真正的诗人身边总有一堵厚厚的围墙（肉体、事件），他们必须把这灵魂的监狱改建成向宇宙开放的城堡。他在坩埚中埋下忧郁的根，他要好好保管提炼出的精华，这样才能有幸获救。

欧亨尼奥·弗洛里特沿着雕像和百合花间的偏远小路，来来回回。他只能敏锐地听到那些最悦耳的音调，对吼叫声却充耳不闻。他很幸运，与生俱来带着简单而优雅的灰色，他属于诗歌和人类中永恒的贵族阶级。他生而高贵，拥有高尚的觉悟，所有的兄弟姐妹都能看到并完全理解他的耕耘。作为贵族阶级，他在寻找符合他这一阶级的、充满爱意的、虔诚的、友谊的诗句：劳拉、胡安·德·拉·克鲁兹、拉·罗萨、济慈。他笑看这些人的不幸，但对他们绝无不敬。

欧亨尼奥·弗洛里特是古巴西班牙语界的中流砥柱，他的人生和他的作品像一块抛光的玛瑙。他用永恒的西班牙语，在美洲和西班牙留下了热切锋利的融合物。这是圣灵降临时的语言，是黎明和黄昏时分白色火焰的灵魂。光线、喷泉和天鹅形成一道美丽的公式，与此人联系起来，他没有被从同类的人中孤立出去。这就是他的天鹅之路，不要忘了，那天鹅只为自己的内心吟唱，它永远不会死去，也不为死亡歌唱[1]，要拧断它的脖子则更是无稽之谈。猫头鹰和天鹅的脖子都不应该被拧断，只有学舌的鹦鹉才该被拧断脖子。

是的，欧亨尼奥·弗洛里特，这位孤独诗人“在树荫下慢慢踱步”。你向内心深处歌唱，向上歌唱，你并不沉重。要拧断这只聪慧的天鹅脖子实属无稽之谈。

52　诺拉·博尔赫斯[2]（1939）

她那光洁柔软的卷曲纯白，被银色羽毛状的皮肤包裹着，她是

---

① 西方传说中，天鹅临死前会发出悲伤动听的歌。

② 诺拉·博尔赫斯（1901—1998）：阿根廷艺术家、艺术评论家，著名作家豪尔赫·路易斯·博尔赫斯的妹妹。

叶中的山茶花，羽毛中的白色鸽子。她言语温柔，像是阿根廷流浪者奏出的乐声。她话不多，但言必有物。在寒冷的马德里，在潮湿难行的道路上，她和她的吉尔默，和其他白色、蓝色、铜色、黑色鸽子一起，轻轻微笑。

我只见过她一面，便发现她所有的画和她画中的动植物都像她的孩子一般，有着甜美的果肉和成熟的双眼，在白色的空气之上，富含曲线，无比耀眼。这片白色的空气被拆分开来，就像被锋利的诗节括弧划分开来的躯体与灵魂，像被圆形的星星烫出孔来的轻薄面纱，也像在神秘的黑暗中熠熠生辉的灵魂。漂泊不定的诺拉在她的巢中，她的巢有轮子和翅膀，被漫天繁星和蝴蝶环绕，就像鸟群中的迪尔德丽一样。

诺拉·博尔赫斯，她自己就是那些累累果实中的一个。有一些花朵，比如柿子花、菊花，不属于某一个国家，而是与生俱来就属于全世界。虽然诺拉·博尔赫斯是阿根廷人，但她像柿子花或菊花一样，可以是俄罗斯的、葡萄牙的、中国的、爱尔兰的、瑞士的、日本的或西班牙的。

无需借助望远镜或显微镜，她已经望见一个世界、一个人生。在她奇异的世界里，她变得日益完美，就像南方天空中悬挂的那轮永不坠落的满月一样。诺拉，这轮满月为何要落下？要落向何处？敏感如含羞草的夏娃，沿着自然天堂的轨迹绘出画作，在这个天堂里，所有生物（花朵、鸟儿、单耳罐、星星、鱼、果实、梯子、面包、成人、孩童）都成为她的兄弟姐妹，成为亚西西的圣方济[①]各圣殿里秘密的兄弟姐妹，更是那个最好的男人、那个温柔无比的男人的兄弟姐妹。如此，身体和灵魂都达到和谐。

53 阿莱克桑德雷·梅洛[②]（1930）

我常常把阿莱克桑德雷·梅洛看作一座高大的塔楼，他的眼

---

① 亚西西的圣方济各：简称方济各、方济、亚西西，是方济各会（又称“小兄弟会”）的创办者。

② 阿莱克桑德雷·梅洛（1898—1984）：西班牙“二七年一代”诗人，西班牙皇家语言学院院士，1977 年诺贝尔文学奖得主，著有《毁灭或爱情》等。

睛是两扇小天窗，稀疏的头发是帚状砾芥。我也把他看作一棵大树，树冠是只属于两朵花、两只小鸟和两只蝴蝶的乐园。有时一切会重叠在一起，他就用属于天空的绿色眼睛在枝叶间来回巡视，或许能在长着青草的墙角边看到美丽的公牛在安静吃草。栗色的安东尼奥·马查多，灰色的佩德罗·萨利纳斯，彩色的阿莱克桑德雷·梅洛，这三头不同的抒情公牛，却被拐骗到同一个地方。费德里戈·加西亚·洛尔卡曾评论说萨利纳斯是一头"美洲野牛"。有一点可以肯定，将它们拐骗到这里来的三个西班牙本身就是非常不同的。

花朵和窗户是阿莱克桑德雷·梅洛的眼睛，他通过它们平静地注视着过去、现在与未来。周围刮着一股不朽的风，舔舐或打磨着那块石头，它拥有完整的平面，但也可以被处理成分散的石块。在一片道德的沉默中，完整的想要分离，分散的却希望重聚。这些石料可以做成大理石，也可以做成立方体来建造新的工厂，还可以做成圆柱体来铸造永恒。一个公正的参观者一定会待在这些石料之间，爱怜它们现在这得天独厚的处境。这只小鸟和蝴蝶睁着来自天空的眼睛，观察着正字法的理想风景，在持续的旋转和熔合中，伴随着蜜蜂的叫声，从正午直到深夜。

真实而抒情的善良生长于石头、诗人和植被中。从前的丑恶已经过去，持续的春天存在于灿烂的曙光中，并且每一天都在更新。阿莱克桑德雷·梅洛是一面镜子，在蓝色的天幕下，反映出绿色和金色的大自然。阿莱克桑德雷·梅洛这棵人形大树和人形塔楼，在他自己的海水中映射出他的天空和他的山脉。平静的他是大山和翅膀的学徒，他上下翱翔，在所有幻象之外寻觅重叠的海市蜃楼，这样的海市蜃楼就像彼此交叉吻合的十根手指。这位安静的、全塞维利亚最优秀的诗人正带着春天般健康的笑容在飞翔。

54 本哈明·帕伦西亚①(1923)

本哈明这位西班牙人健康而纯净，他体内带有春天的视觉，其

---

① 本哈明·帕伦西亚(1894—1980)：西班牙画家。

中蕴藏着愉悦而幸福的节奏，但有时仍会因季节的交替而困惑迷茫。他错综复杂的血管缠绕成抽象的霓虹，难以靠近，他以此来捍卫那些“伟大的”东西。他陶醉而虚幻地绘着液体、鲜花、女人、河流、水晶、天空、鱼儿、幼童……他依然贪婪地渴望着光明笼罩下那座坚固的秘密建筑。

我们这位拉曼查的画家深深陷入了艺术家所具备的第一要素即性感中，就像陷入了一片美丽而孤单的大海。他还几乎是个孩子，所有完美的艺术家们都是孩子，但他的这种性感已经足以让人着迷，勾起人的欲望，如果他试图制止的话，人们甚至会大哭，会捶胸顿足，甚至会以武力相抗！通过这种性感的表达，本哈明·帕伦西亚像离弦的箭指向最终的汇总。有了性感与汇总，这位年轻的创作家还需要其它武器和技能吗？

面对眼前赤裸的美女，这位创作家依然保持着孩子般纯真的灵魂，他努力微笑着，摆动自己的头发。他的头发像野生的植物，像农神的头发。他那反复无常的狂热依然没有完全消除，他仍然依赖于自己头顶的奇迹。他愉快地悬挂在一根橡皮筋上，在每日的热情所刮起的无知的风中晃晃悠悠地使他的这种奇迹保持平衡，并且用极度热忱盲目地凝视它。

但是本哈明·帕伦西亚洁净的额头被第二缕曙光所刺伤。第二缕曙光只为它选中的人而来，并且永远不会改变自己胭脂般的红色。在这样的瞬间，一朵简单又复杂的美丽玫瑰用它独一无二的迷人气质将这位半人半神的艺术家牢牢钉在它的裸体前，使他变成一面象征着爱、幸福和光明的旗帜。

55　塞拉芬娜·努涅斯[①](1941)

我在生活中和睡梦中曾见过许多焦虑的抒情诗的化身。

某天清晨，一个孤单的港口边，我看见一位女孩坐在一块岩石

① 塞拉芬娜·努涅斯(1913—2006)：古巴女诗人，与希梅内斯有着深厚的友谊，希梅内斯大力支持她进行文学创作并出资帮助她出书。

上。很显然她在那儿已坐了整晚，正等待着黎明的到来。凉爽的风拂过她的头发，她定定地看着手里那张白白的纸片，时间仿佛变得透明。这女孩看上去就像一株苗条的、坐立的棕榈树。突然，太阳从含铜的云间发出炙热的光线，将她灼伤。她就这样消失了，我只能看见风中有几根她的头发，发出彩虹的光泽。太阳将她带走，卷入了它新生的火焰中。

我喜欢塞拉芬娜·努涅斯这株直立或坐立的棕榈树，也喜欢她坐立或直立的苗条抒情诗，直面这片不合时宜的海。这株棕榈树像女人和歌曲那样坐着，甚至于连她的十四行诗也坐了下来，我想它应该还能弯腰、摔倒或是躺下。卓越的十四行诗人！这位前途不可限量的古巴女人，用微笑和哭泣在崭新的光明之地寻找出路，她要逃离这里，因为光明将在另一个地方绽放。夕阳并不意味着衰败，它让我们感觉悲伤仅仅是因为我们无法看到它即将去往的西方。她也用微笑和哭泣来寻找一种方式，以满足她那不安、多变、年轻的焦虑，这方式就是生命和艺术。我认为塞拉芬娜·努涅斯拥有挺拔的棕榈树所具备的冲劲，这冲劲往上升，为银色的树干提供养分，凝结成绿色的紧实乳房，并散开来跳出一曲带刺的舞蹈。

塞拉芬娜·努涅斯的诗中有许多棕榈树的枝干和芒刺在舞动，它们摩擦着生活中的一面面玻璃，生硬地切割它们并使它们发出吱嘎或飒飒的声响。当她的诗汇入流水时，她的脚尖或指甲有时能挖到一颗颗珍珠，当波浪将它们举起时，这些珍珠就会熠熠生辉。

56　埃米利奥·普拉多斯[①](1926)

埃米利奥·普拉多斯悄悄地、秘密地回到马拉加，只为了取回他的一个玩具——属于诗人舰队的一艘日本鱼雷艇。我不知道这艘鱼雷艇的钢板上留下了怎样的印记，竟使这位戴眼镜的日本拿

① 埃米利奥·普拉多斯(1899—1962)：西班牙“二七年一代”诗人。

破仑专程为它回到封闭又黑暗的故乡安达卢西亚。他完全不知道自己的另一半在何处，只是像钉子一般站在水里、岩石上、天空中。随后他慢慢地绕着灯塔走了一会，那是他内心的风向标。现在，他透过东方与西方射出的两束具象的、忧伤的灰色灯光，定睛凝视着最后一个信号衍变成绿色和清紫色相间的蝴蝶。它像一位小草姑娘，轻盈地停在他因连夜创作而困倦不堪的睫毛上，比那静静躺在岩石上的来自地中海的海浪声还要轻盈。

那天，海里只剩下两艘小船等待返航。柔和的小山里住着黄色、蓝色、紫色、棕色的岩羚羊，山顶那边是格拉纳达高高的粉红色珊瑚礁。它们所见到的太阳还是一小时以前的太阳，它们请求五彩海滩上可爱的寄居蟹留住那永恒的海浪声。这位拥有磁力的男人已深深陶醉在港口的夜里。时间的鸟再次振翅。随着白色风车手摇把的转动，一阵柔韧、和谐而美妙的音乐响起，像电线织成的蜘蛛网。什么？那个像象形文字里的黑色火柴棍一样狂奔的男人是他的同类？那人是曼努埃尔·阿尔托拉盖尔[1]吗？这是在抒情漫画中还是在另一个现实中？都不是。快和慢只不过是两种相反的“逃难方式”。

那些东南部夏天的巨型花朵令人作呕，它们将这位逃难者悬挂起来。他腰上系着马黛茶叶做的腰带，其中蕴藏着丰富的色彩，他正要从自己的肉身中脱离出来。佩戴着这样的花环腰带，他继续入神地在海浪间踱步。灯塔已经点亮，两岸的星星也已升起。他将他写了一半的诗句扔得四处都是，像是无数扇贝、花瓣和火光，组成一个个同心圆。三个国家的深海在天空中、水中、空气中结合在一起，在永恒的时间里，它们永远不会受到伤害，因为那里住着这位被放逐的任性诗人的歌、梦和迷。

57　曼努埃尔·阿尔托拉盖尔(1924)

即便处在最艰辛的环境，比如在月球上，曼努埃尔·阿尔

---

① 曼努埃尔·阿尔托拉盖尔(1905—1959)：西班牙诗人、编剧、电影制片人。

托拉盖尔仍能够呼吸。我看见他穿着蛋白石色的丧服，被钉在一个圆形的靶子上，身上滴着水，像一位被压扁了的天文学家。我看见他站在光滑的甲板上，身上落满煤块般的雪球，像一位庄严的海军上将。他像一块最大最与众不同的多米诺骨牌，被薄板般的大海夹带着漂来漂去，苦涩的熨斗将骨牌熨洗得干干净净。秘密的大厅里一个诗人都没有，隐秘的舞台深处月亮悄悄落下。

一个夏天，他跳上孤单的海滩，把木筏留在海浪中，空中有点点星光。他以某种方式在厄尔帕罗广场奔跑，只为及时赶到且不伤害到那朵永恒的玫瑰。燕子垂直飞进他黑白色的楼里，它珍藏在翅膀间的玫瑰掉落在过往行人身上，被折断，就像一把被折断的木匠的黑色象牙米尺。不管他是到了巴黎、马德里还是其他什么地方，我总觉得他是被柔韧的马拉加推到那个地方去的。

黑键白键黑键，这株马拉加的机器灯芯草在打字机、打字盒、打字钢琴的键盘前扎根发芽，嘲笑着身边不同种类人们的灵魂。它不断成长，直到长成了苍白的、永远不老的青年。这位诚实地操纵着内心情感的人快速测量了一下被压扁和浓缩过的宝藏的体积，在无尽的明暗变化中，他只能一次次用心灵和肉体的胳膊亲切地去敲打这宝藏。

58　孔查[①](1931)

她穿着雅致的靛蓝色套装，可能是印刷厂的排字工人，也可能是舰艇上的水手，或是火车上的锅炉工，又或是齐柏林飞艇上的流浪者。一切谜底都将揭晓，因为在这四台机器前面有诗歌在四散逃跑。我们走进她所在的地方，客舱、火车头、驾驶舱、密室都在上

① 孔查·门德斯(1898—1986)：西班牙“二七年一代”女作家，年轻时曾获过游泳和体操冠军。她是前文中曼努埃尔·阿尔托拉盖尔的第一任妻子，陪伴丈夫流亡到古巴和墨西哥，却惨遭抛弃。

下左右地摇晃。我们一共表现出了四五种晕船方式，必须要抓住一个肩膀、一些字母、一颗钉子、一朵云或一把火炭才能站稳。在关于发现印加人的一张绚丽的石印彩色画中，我们看见了孔查。许多个孔查叠加在一起，遍布各个地方，身上披着羽毛、鹦鹉、箭、猴子。她像维纳斯一样，手里拿着大量海螺和牛角，热心地去执行谷神星的职责，掌管所有元素。

孔查·门德斯曾是我们年少时所见到的那种运动神经非常发达的女孩。她穿着白色运动衫，在夏日的社团活动里表演走钢丝，或是穿着水手服在蹦床上弹跳到天空，在孟格菲的单杠上摇晃，在红色的西风中描绘出黑白色的小小人体画。她像一条海里的小美人鱼，置身于海藻、珊瑚和贝壳中，从翡翠色的水晶墓穴里诡异地向少年们微笑。她是游泳、柔术、滑冰、柔软体操的冠军，我们曾在北极、赤道、默默汤博火山[①]口和塔尔西斯矿石见过她。

当我们在她的家里再次见到她时，她依然是那个小女孩，从未曾离去。现在，她躺在珍珠母贝壳里，像一位潜水员，浮到水面上来，静静地透过缀满繁星的窗户看着夜色里的天堂。那里有转瞬即逝的花朵，平易近人的动物，还有用空气、水、火、土铺成的道路。她想用牙齿去捉住它们。上钩了！于是她的嘴里和眼睛里有橙子、鸟儿、玫瑰和风筝炸裂开来。她在声音与颜色的聚会上大笑，露出白色的牙齿。她躺在万物之上，半梦半醒，要为那朵在风中挺立的玫瑰充当指南针，她十分紧张。

59　爱德华多·维森特[②](1930)

一阵来自西班牙葡萄汁、葡萄酒和茴香卷烟的香气，柔软、紧致而锐利。拉曼查夏日新鲜葡萄汁紫色表皮下那音乐般的圆润触感，与之对应的脸色和灼热的眼睛，在平行的褒奖中变质，只言片语在倾斜的嘘声中滑落。那双粗糙的手，是来自劳动者的手，也是

---

① 尼加拉瓜的一座复式火山，位于马那瓜湖畔。

② 爱德华多·维森特(1909—1968)：西班牙画家。

属于思想者的手。在他面前的是一块亚麻布，一块木头，还是一块花岗岩？是一片混沌，从玻璃窗前潜入他的工作室，与他相伴。

粗糙的赭色，稠密的灰色，被压弯的厚重材料聚合在一起的海洋。一段未成熟的大腿，阻断了水流。镜子的一角反射出的时间之光，杂乱无章的感触，迷，所有这一切，贴着墙角，沿着地板，迅速涌回，在忏悔中汇成一圈。一辆地铁，载着活着或死去的自然。车厢有两节，十三节，还是二十节？这辆地铁首先来到，巨大无比。而爱德华多·维森特浑浑噩噩，一言不发，受尽责罚，却永不改变。他擦拭掉，回来，重新作画，再扔掉作废。他手上还残留着一些颜料，像彩虹粘糊糊的残渣。一块坚固的布，一根液体的棍子。他脸上挂着四分之一的微笑，呢喃低语，眼神细碎，他离开。那些空气和光搭成的临时帐篷，带我们所有人四处奔波，而他除外。他在他的空气和光之帐篷里看到了所有人，而其他人却看不到他。他总是离开他的帐篷，离开他的内心深处，因为那里没有氛围。

爱德华多·维森特的主要工作就是擦除、抛弃、作废、离开、再来、再离开。他在寻找什么样的画笔、什么样的管子来记录这美丽的曙光？他要去哪里？为何要在崎岖山路中跋涉？要去到哪个肮脏简陋的小屋，哪个无人居住的山洞，哪个天堂般的河岸？是陀思妥耶夫斯基内心的讲座，还是弗拉·安杰利科最初的广袤平原？想了解他非常困难，想要弄懂他顺其自然的人生态度也非易事。

60　罗莎·查赛尔[①](1931)

罗莎一边看书一边走来，她黑黑的卷发在身后摇摆，露出美丽雪白的前额和脖子。她像一阵轻烟飘走了，这朵变了形的玫瑰，远离了童年时期绿色和暗红色的玫瑰丛。她戴着铃铛手环，急急穿过精心装饰的架子、石膏、花园、窗帘，把一切都碰倒在地。她精力充沛地跳啊笑啊，踏着特别的新霍塔舞节拍，最终在一个精确的时

① 罗莎·查赛尔(1898—1994)：西班牙“二七年一代”女作家，她是西班牙著名作家、剧作家索里利亚的侄孙女。

刻光彩照人地出现在那扇不真实的门里边，出现在青少年、中年人、老年人中间。

她现在已经稍微平静下来了一些，这朵轻轻依靠在自己手环上休息的玫瑰花[1]，张着薄薄的嘴唇微笑得像一幅画。她的眼睛像黑色的钻石一样闪耀，红色和黑色的罗莎！她那可爱的阿拉贡笑声像是被修剪过，笑声中有生动的实词、名词和形容词。或许她现在正躺在阳光下的湖边，铺着从阁楼里取出来的席子，就像躺在自己的海滩上一样。她现在不想看到任何跟海有关的东西，眼里只有被夹在书本间的手环、玩偶、图画和一个活泼的跑进跑出的小孩。她是舒适、闲散、任性、自由的玫瑰，专注于自己诗歌里的文字和数字游戏，专注于感觉和能力。她的姿态和颜色如此多变：圆形的、白色的、尖的、凋谢的、方的、绿色的、挺拔的、黑色的。

罗莎，罗莎·查赛尔，从另一个角度来看，她的名字属于爱情故事里犯了罪的女主人公，她是晚会和狂欢舞会上永远纤弱的蜡像和缺齿的音乐家。她出生于旋转木马上的西班牙人、马德里人、阿拉贡人。罗莎·查赛尔这个大女孩又一次突然离开我们，疲惫地走向生育她的暗红色和绿色的玫瑰丛。她带着两片叶子、两只翅膀和一个手环钻入风中，她黑色的卷发在空中飞舞，额头上永远充满波浪。她兴奋的笑声就快到了，快到了。水不断涌出，她想象着身后可能出现的危险，惊恐地叫道："罗莎·查赛尔！"

61　路易斯·塞努达[2]（1927）

这位快乐的东方神父将他那石头做的脚跨出宏伟的、不可动摇的塞维利亚大教堂的大门，他在狭窄的空气中穿越栅栏重叠在一起的阴影。他的肌肤黑中带黄，他穿着时下最流行的黑色套装，保养得很细腻的手里拿着一小束白色康乃馨，赶去搭乘下午的火

---

① Rosa 在西班牙语中除了译作人名罗莎外还有玫瑰的意思。

② 路易斯·塞努达（1902—1963）：西班牙杰出的诗人、文学评论家，"二七年一代"代表人物。

车。再见！这位清瘦而孤单的人是那样挺拔而高傲，但后来的他迷失在圣塔克鲁兹黄昏的迷宫里，又失去了母亲，他该如何熬过这样的痛苦呢？在令人窒息、震耳欲聋的颗粒下，在缺乏大气的悲伤情绪中，这朵铁打的百合花是依靠体内怎样纤细而有力的钢针和尖锐的轴线在支撑自己，并且还能在来自诗歌各个方向的风中保持静止不动呢？

只有在另一条街道的另一间房子里，在下午四点到九点的阿伊乐大街上，在安达卢西亚被稍稍经过雕刻和加工的这个亲密而永恒的下午，路易斯·塞努达才能成为西班牙年轻诗人中最深刻和实质地理解贝克尔的一位。他没有贝克尔的容貌，却有四十年前贝克尔的特质。他们一样纯净，灵魂里都住着黄金、象牙和白银，在他们的不同诗句周围都环绕着哥特风格的天使绶带。他的雪花石膏般的骨头恰似黑暗中另一个苍白的键盘，或是另一把一尘不染的竖琴，奇迹般地在另一间长长的大厅里，在正午时分昏暗的角落里响起。他诗中的一切是花朵的花瓣，水果的果肉。他混淆了木兰和晚香玉的水果与花朵，就如他分不清玫瑰色和白色的金合欢。曙光中，他的格拉纳达的土地上没有木柴。

然后，在无数个“然后”之后，路易斯·塞努达住在了马德里。他褐色的皮肤使他看上去更像是来自马来半岛、来自湖沼、来自绿色的南方居民。不论在何地，他总让人感觉他是从瓜达尔基维尔河通向大海的岸边那大片棕榈树的树荫下摇晃着走来。长着柑橘树的院子里升腾起一股蒸汽，将他包围进温柔的光芒里。他现在已经脱离了塞维利亚的束缚。我觉得他曾被囚禁在塞维利亚的建筑里，被囚禁在那些白色、紫红色和金色的魔法金属网里，被囚禁在最后的四把里拉琴里，被囚禁在关押夜莺和蟋蟀的笼子里。如果我去塞维利亚的话，我会走过那些石阶，在空空的壁柱间凝望，那里现在虽已看不见忏悔的诗人，但奇怪的飞行家路易斯·塞努达曾在那里扑打翅膀。在那静静的黄色壁柱间，如今少了他夹杂着叹息的竖琴声，少了他那带着柑橘花和茉莉花香味的呼吸，少了他那颗蛋白石心脏的心跳声。

结束语

我把投身于美学或科学学科的西班牙人称为英雄。

我不相信诗人和哲学家们还能在世界上别的国家找到像西班牙国内这种不恰当的、冷漠的和敌对的环境，这样的环境或许与人们议论纷纷的西班牙现实主义的意义相符。在西班牙，科学一直是稀缺和不连贯的，艺术是被转让的物品，这归因于当人们想要深入研究这两门学科时所受到的重重阻碍。噪音、恶劣的气候、叫喊声、生活的不便利、山峰、政体转变的迫切需求、缺乏尊重、微薄的薪酬，等等，这一切都使西班牙人生活得很悲伤。我的诗里曾一次次体现出的这种悲伤与造成这种悲伤的真正原因从来都没被联系在一起过。这悲伤的源头是青少年、年轻人和成年人被放逐、排挤、孤立于他们美好的天赋中而感受到的焦虑。如同拉尔腊生活的时代或是当今任何一个时代一样，写作、绘画、思考、雕刻、占星、发明或研究在西班牙就等于哭泣。

在西班牙社会中，一个天文学家、数学家、哲学家或是诗人意味着什么呢？他们的夫人肯定会羞于回答“我先生是天文学家、哲学家、诗人或数学家”，更别提那些作肖像画的画家和雕塑家了。医生能够拯救人的灵魂和肉体，因为人们认为他能治愈这样那样的疾病。尽管如此，当医生不愿意骑着骡子到处销售健康时，他依然希望能做一些纯粹的研究，能活得像个英雄。

这第四个种族，即英雄种族，依然大量存在于我们的土地上，也许其数量还将越来越多。古希腊人将蜂蜜、美酒、牛奶供奉给他们的英雄，用低垂着头颅的黑色动物去祭奠死去的英雄。在当今世界，尤其是西班牙，我们也应该为活着的英雄们奉上牛奶、美酒和蜂蜜；而为已故的西班牙英雄，则应献上低垂着头颅的黑色动物、讣告以及送葬游行。

附录Ⅰ

1 他们存在并将到来

已故之人仍继续活在我心中，活着的人朝我走来并走向未来。这些来自于“杨树坡”的人物形象并没奢望过要组成或代表西班牙的杰出人物，没有。在他们之后无疑还有许多优秀的天才，我选择将他们写进自己的书中仅仅是出于对他们的喜爱。

对我来说，只有这些纯净和热情的人才能存在并到来。他们是火，是感情。对艺术的肤浅涉猎，放高利贷，虽有一定才气却毫无创意的批评，搬弄是非，这些我都不感兴趣，丝毫没有兴趣。

总的来说，那些孤单的人是存在并会到来的，因为当一个人越孤单时他就越纯净，当他置身人群时也就越热情。我的这个人物肖像系列可以叫做“火与感情”。

还有一些人曾试图走来，或是已经来过，或是来了又去，如果不把他们所走的笔直道路也考虑进去，那将是不公平的。

对那些复杂的天才们我是有所让步的，因为他们都坚定地向前驶进，没有一个人是浅薄的，尽管他们可能并不是最具有代表性的。

我的书里没有提到政治家，因为这不是我的兴趣所在。

2 漫　画

我为他们作漫画而非肖像画，是因为我了解他们并能看到他们的性格特征，而肖像画则是为遥远的或没有私交的人而作的。

日本人的画就是漫画，只需描出最基本的轮廓。

埃尔·格列柯和戈雅是最伟大的漫画家。后印象派[①]的所有力量便体现在对特征所作的漫画式的强调上。塞尚、梵高、高更、毕加索、苏涅尔[②]都是伟大的漫画家，他们几乎称得上“灵魂的画师”。

兰波、科比耶尔、马拉梅、拉弗格[③]、杜卡斯[④]、德彪西、兰德[⑤]、塞尚、梵高、高更，以及我们西班牙的毕加索、苏涅尔，他们都是现代艺术最精致的产品，是当之无愧的抒情漫画。

请您不要认为我的漫画里有丝毫的轻蔑或是要针对谁。在《杨树坡》里，我增加了那些孤单的和隐形的人，他们有更多面；而本书中的人物形象却只有一面是我想突出的，他们其他的面我不感兴趣。要将人物描写完整，那就不是漫画而是另一个东西了，在那里一切都被完整地呈现出来。

3　抒情漫画

抒情风格：诗的基调，强烈的、流动的、夸张的感伤主义。漫画是流动的感觉。

4　火与感情

火与感情是我所要求我的漫画人物必须具备的品质，也是我

---

① 由印象派发展出来的一种油画流派，代表人物有塞尚、梵高、高更等。

② 华金·苏涅尔(1874—1956)：西班牙画家。

③ 朱尔·拉弗格(1860—1887)：法国象征主义诗人。

④ 保罗·杜卡斯(1865—1935)：法国作曲家，主要作品有交响诗《魔法师的弟子》、抒情童话歌剧《阿丽安与蓝胡子》以及舞剧《仙女》等。杜卡斯曾在巴黎音乐学院任教，中国著名作曲家冼星海是他的学生。

⑤ 艾茵·兰德(1905—1982)：俄裔美国哲学家、小说家，她的哲学理论和小说开创了客观主义哲学运动，代表作有《源泉》、《阿特拉斯耸耸肩》等。

认为从卡洛斯三世[①]到我们的时代，西班牙生活中必不可缺的元素。

当然还有更多人可写，但我仅着手于（也只能这样）研究已故之人的作品或是研究活着的人。

虽然无疑还有别的评判标准，抑或确实没有了，但这两个品质是我在近一年多的时间里经过长期不懈地思考与比对所得出的。其他的一切我认为都隐藏在对文学的浅薄爱好、所从事的职业或是暂时的兴趣之中。

5 序　言

我写作本书的目的并非要使任何人感到不快，不过，我不可能把某些西班牙人写得那么讨人喜欢。另一方面，我必须对这些西班牙人进行挑选并把他们放进一个特定的系列里。在这个系列中，如果我不能一一列举所有西班牙当代生活中的杰出人物，至少我希望能尽量生动地去描述本时代那些不可或缺的人物。

此外，怎么可能让那些不那么优秀的人具有跟那些最优秀的人一样的心脏与面孔呢？请你们静静思考一下，设身处地地从我的艰难角度出发，然后再看看你们在内心深处是否能赞同我。

6 结束语

我曾经把我书中的西班牙人称作西班牙的“大英雄”。但是后来我把书名改了，因为一个有着不易察觉的偷盗癖好的小英雄挪用了我的书名，我还有很多作品都遭受了这种待遇。这些小英雄们非常会钻空子，已经到了让人反感的地步。

我猜想在西班牙语美洲，可能情况也非常相似，因为那里的许多东西都跟西班牙国内相仿，例如艰难的生活。

---

① 卡洛斯三世（1716—1788）：波旁王朝的西班牙国王（1759—1788 年在位），他同时也是那不勒斯国王（1735—1759）和西西里国王（1735—1759）。

7 著名的安达卢西亚人

——为各类爬行动物所作的自画像(1923)

我的东方仙子们飞到西南边,为我带来一个盛满阳光的黄白色玻璃罩,他们将它放在孤单的白色大理石台阶上。我非常喜欢它,它在楼梯平台的桃花心木栏杆拐角散发出诱人的光谱,闪烁着变幻的色彩。遵循它的光芒给我的指引,我在世界上空任性而坎坷地前行,并总是轻信命运的安排。因为我相信,不论身后有多么可怕的巨石,在面对任何荒谬的厄运或是具体闹剧的前一小时,我的前方总会有曙光绽放。

我想说的是:在我愉悦的、忧伤的、悲哀的、坏的、好的、正常的、明快的、灰暗的、黑色的生命里,有一座恒久的迷宫,在这座迷宫中始终有一只坚定而美丽的手,它时隐时现,总是牵引着我走向最佳的出口。因为它,我无需在一堆乱麻中回头去寻找那数不清的玫瑰、苹果和月桂,不论它们有多么喜欢我。然而也因为它,我得到的经济上的报酬总是远远低于我所预期的,而这也是我唯一的不幸,因为我原本是为了钱才去写作的。总之,因为它,我有了一颗幸运的星星,我无需将它锁进保险柜里,并且我随时准备着要为我爱的东西抛洒我的鲜血,就像一个小孩或老人,自私地守着他那颗千金不卖的钻石。

不仅仅如此。由于有了出众的视野,我体内盲目的激情变得平衡——我的一只眼睛为我构建这个世界,另一只眼睛歪曲它或是为我修正它。有了这样的视野,我做正确的事情,然后后悔;我做错误的事情,但我同样会后悔。我的生命和我的作品就像一个永远充满后悔的火轮,但我的美学和伦理学、我的疯狂和理智、我的平静和冲突,永远有一个充分的、能安慰我的目标:赤身的女人。

美是我所熟悉的,我也具备诗的所有才能:性感、天资、品味、视野、共性、评论、思想。我用我的生命和我的文笔去做我想做的事。一直有人这么评价我,而此刻我在这个半开合阳台上的玻璃罩里确定了这种说法，我的头脑惊人地与卡尔德隆[①]、莎士比亚和贡戈拉[②]的相似。然而，我从来没有想过要成为除我自己之外的任何人。我最爱做的两件事情是：与我的妻子和我的作品待在家里；与我的妻子和我自己去旅行。我读的书一天比一天少，因为我能读懂的除自己作品之外的东西越来越少，也因为我的时间总是不够用。这些作品中蕴含的美丽慢慢流淌出来，而我每天能吸收的只有二十页左右，想想还有多少佳作被我错过了！

对不起。小时候，我那最最美丽、最最好、最最完美的母亲总是用一些生动的名词宠溺地责备我，她的用词总是那么准确而形象，都可以当作我的词典了。她说我是“小淘气，挑剔蛋，小问号胡安，任性鬼，小发明家，小机灵，讨厌鬼，胆小鬼，小疯子，捣蛋鬼，顽皮虫，大话家，小笨蛋，臭小子，还有——小王子”。

8　一条公开律法的对立面

我的鼻子大而弯曲，因为我从世界伊始就是阿拉伯闪米特人[③]，而自从一位德国摄影师的器械将我的阿拉伯鹰钩鼻砸断以后，它就变得更弯了。我的鼻子是弯的，我整个左边的身体都是如此。我自打出生一只眼睛就患了角膜炎；三十岁开始秃顶；四十岁以后我的双腿越来越弯曲，据说是因为骑马和骑驴的时间太长；我右心耳静脉堵塞，这是天生的，我一生都为此不安。我讨厌照镜子，如果不得不照的话，我会不停地跟强迫我照镜子的人讲话，因为我觉得我的嗓音是我能给他的我身上最好的东西。照镜子时我只肯盯着我的眼睛看，即便如此，我依然让自己害怕。

小时候我是一只残忍的小兽（据大家讲的），我用猎枪和木棍

---

① 佩德罗·卡尔德隆·德·拉·巴尔卡（1600—1681）：西班牙军事家、作家、诗人、戏剧家，西班牙文学“黄金时代”的重要人物，代表作品为剧作《人生如梦》。

② 路易斯·德·贡戈拉·伊·阿尔戈特（1561—1627）：西班牙“黄金时代”诗人、剧作家，他的长诗《孤独》体现出诗人夸饰主义的风格。

③ 即闪族人，起源于阿拉伯沙漠南部，公元前两千多年迁至美索不达米亚平原定居，和美索尔人共同创造了两河流域文化。

摧毁一切东西——狗、麻雀、乌龟、玻璃。还好，那杆猎枪华而不实，几乎从未瞄准过目标，我只在睡前用它来击灭我的蜡烛，而且我很怀疑蜡烛其实是自己熄灭的。我无法忘记当我不得不在农场上杀鸡时，我最终废除了用木棍杀死它们的律法。而且毫无疑问地，上帝为了惩罚我，让我从小就得遍了各种幼儿疾病，有些病甚至反复发作。白喉、破伤风所致的小儿癫痫，这些可怕的名字吓坏了我的家人。当我父亲突然离世时，我的大脑中好像有一张X光照片突然感光了，我有了猝死这个概念。这个概念让我时时刻刻提醒自己不能死去，就好像这是随时会发生的事情一般，这也因此让我非常厌恶医生。

我所做所说所写的跟别人所做所说所写的一样，也就是说，我的人生是一种总结，我的写作是对我的人生和在我之前出现的那些诗歌的总结。我在很长一段时间里都是个没长大的小孩，我的诗在很长一段时间内都是童真的。我有一个怪癖，这个怪癖是我身上最好的地方，那就是我对自己所做的一切事情都感到后悔并要纠正它们，因此我总是不断地打扰我的诗歌和我的读者们的宁静，我想我的读者们应该已经能忍受这一点了。在那些针对我本人的批评家中，不好的朋友们说我是个坏朋友，好友们则说我是个极好的朋友。不过我确实对我的朋友们太过苛刻了，我总是希望他们能变成我自己想要成为但却无法成为的那个人。我曾恶毒地诅咒那些诽谤者，因为我觉得诽谤是世上唯一该上绞刑架的东西。我也曾狠狠激怒那些想要惹恼我的人。这无疑得归因于我的火爆脾气。关于我的作品，一些人说我拥有写诗所需要的全部才能，就是我之前所说我具有的那些才能；一些人却说我不具备它们；另一些说我时而有时而没有；还有一些人说什么我也不知道。只有我的好朋友阿波罗和缪斯女神们知道哪些人在讲真话，哪些人在说谎，哪些人是我所作漫画集中的爬行动物掠夺者，哪些人又是我的守护天使。

我最大的需要就是与一切生物之间的完全隔离，这是为了我的工作，而不是为了创作，因为创作对我来说不是工作。我曾写过一句格言：唯有创作能盖过造物主产生的噪音。我的工作就是要理清我的混沌，我需要完全的隔离，因为我要聆听宇宙的声音，它的声音完整地弥漫开来，这种声音和生命的声音一样，不会让我感觉心烦。在我整理和监管我的本能时，任何活着的东西都让我难以忍受，不论是一个人、一只猫还是一只蚂蚁。最无法忍受我这种不知能否算得上专制需求的就是我的家人，因为我总是让他们惊慌失措。我以前一直以为其他人和我拥有同样的对时间和空间的需求，但事实上很显然我是错误的。我乞求安静，我将安静强加到我与生俱来的天赋上，因为我认为世间最大的罪过就是摧毁一种天赋。

我从来不去寻找缺点，因为我在自己身上、在所有人和所有东西身上都能看到缺点。但我喜欢缺点，当缺点没有泛滥时，它并不是一文不值。我总能在自己身上和其他人身上看到脆弱、丑陋和可笑的一面，如同我总能看到美丽的一面一样。大体上讲，我喜欢两个人、三个人的社会，尤其喜欢一个人的社会，再多我就不能接受了。由于男人们都和我太相似，所以我比较喜欢女人、孩子和一切不同于我的生物。待在我喜欢的人们中间我是快乐的，而在我不喜欢的人们之间我是悲伤的。当我孤单一人时我同样是悲伤的。我所喜欢的是生命中的简单。

我认为在我死去那天我将得到足够的安宁，唯一不好的地方是，那些我曾希望别再来烦扰我的人将真的再也不能来打扰我了，永远也不能了。

附录Ⅱ

1 伊萨克·阿尔贝尼斯[①]

那个幻觉离去了，消失在金色的日落中，它就像我们童年梦中升起的那些彩色星星，色彩伴随着音乐逃亡。

这是一段始于午后止于黄昏的梦，梦醒时需要用大头针来支撑现实。无需别的东西，什么也不需要，只要能伴着静止的音乐一路逃向南方金色和玫瑰色的城镇。

直到今天仍随处可见那个忧伤黄昏的颜色，它如此之大，笼罩了整个安达卢西亚，在绿色的天幕中刷出粉紫色的油漆，在蓝色的田野上留下深紫色的奢华，镶着金光的塔楼里不断冒出星星。

整个天空中挂满星星，整个空气里缀满眼睛，整个大地上结出心脏，它们生长在花朵、嘴唇和眼睛之间。

2 赫尔梅内希尔多·安格拉达·卡马拉萨[②]

犹记得小时候，我如何透过阳台上的彩色玻璃望向海上那轮明月，通过想象给这幅简单的画面加上神奇的颜色，沉迷于那身披华服的大自然。只有透过心灵的眼睛去观察，才能看到玻璃后那美丽大自然真正的灵魂。我认为这样的美景与法国印象主义和伟大的画家米勒[③]、戈雅作品中所体现的深沉而广阔的情绪没有任何

---

① 伊萨克·阿尔贝尼斯(1860—1909)：西班牙钢琴家、作曲家。

② 赫尔梅内希尔多·安格拉达·卡马拉萨(1871—1959)：西班牙画家，后印象派的杰出代表。

③ 让-弗朗索瓦·米勒(1814—1875)：法国现实主义画家，是法国最伟大的田园画家，代表作有《拾穗者》、《播种者》等。

关系。

他早期作品中最出色的是《哈卡的恋人》，说它出色不是因为画中人物紫色的腰带，即外在的色彩，类似于埃尔·格列柯、戈雅和米勒那种外在的色彩，而是因为其中体现出来的生命和内心的美好颜色。这幅画是圆形的，就像一团富丽堂皇的色彩溶解在性感的曲线中。

他的画是奇迹中的奇迹。当所选用的颜色就是颜色本身时，那样的色彩才最美丽。但有时（极少时候），颜色不是一种物质，不是透明、品质或烹饪，甚至不再是颜色，却能在灵魂深处布满理想的色调。这就好比一个打扮得像女王般的女人褪去了她奢华的衣装。

他的这些画让人有剥去其外衣的欲望，而且我们坚信能找到藏在其中的真实肉体。

但我们不愿将他比作应用艺术或工业艺术（例如瓷器、珐琅或琉璃）中的涅斯托尔[①]。我们无法看到涅斯托尔真实的肉体，在他这里却能，并且我们希望能亲手脱去他画作的外衣。

3　胡里奥·安东尼奥[②]

（1）

诸位请看看他是如何被他作品中的激情所吞噬的吧，这种激情从外面几乎是看不见的。他想要让体内这团篝火变得透明，他至死都希望能摆脱掉这种让他活在极度思乡愁绪中的激情。

他的雕塑作品仿佛也在发热，因为它们体内流着这位雕塑家的血。

胡里奥·安东尼奥全心全意地爱着他所雕刻的材料，他划开自己的静脉，献出自己的鲜血。对胡里奥·安东尼奥来讲，他的雕塑品就像是雄性的分娩，是的，他的作品是他身上掉下的肉。

---

① 涅斯托尔是希腊神话中皮罗斯国王涅琉斯的儿子，他的名字被用来形容“睿智、阅历丰富的长者”。

② 胡里奥·安东尼奥（1889—1919）：西班牙雕塑家。

我们在这里可以看到，爱即是创造！爱，抚爱，宠爱！他用他的手指肚爱抚着那些已死的东西，让它们醒过来并按照他的意愿具备形态。从他的指腹间，每一个物体产生出五种感官，同时还有另外五千种、五百万种细微的差别。

……在一个诡异的人类梦境中，光线渐渐散去，石头被强加上所有感情，慢慢呈现。而创造者手握太阳，正陶醉地欣赏着他那悸动的世界，就像在看着自己的孩子。

（2）

他的死像所有伟大艺术家一样，是自愿的。他带着满足、仁慈和全部信仰，日复一日地将自己的鲜血输送进那些冰冷的、贪婪的、不知足的石头和青铜里。这是真正的奇迹，它们确确实实发生了，否则无法理解他所付出的生命的代价，即灵魂的代价。胡里奥·安东尼奥身上死去的，或者说变得永恒的东西，不是他的身体，而是他的灵魂。他这么做是为了改变自己的形态，然后继续活在他拥有肉体和工具时所创造的世界里。

死亡只不过是从内部将自己封闭起来，变成一座活人无法攻克的城堡而已。

（3）

他的褐色皮肤带着不朽的温度，他黑色的卷发还有黑色的眼睛和眉毛，在所有物体上显出黑色的轮廓。他因为自身性感的慵懒倦怠而无法站立起来，他把活着时留下的一切都传递给了石头和青铜。

4　阿索林（1915）

他好像刚刚哭过，所以一定要想尽办法哄他高兴。于是你跟着他走，想要给他讲一些事情。但是没有用，几乎没有用，因为他不回答，也不爆发。不过从他蓝绿色的双眸里，在那讨人喜欢的轻度斜视的眼睛里，却能寻见温柔而亲切的回应。

他也用眼睛写字。也许是风湿病让他的双手变得无用，这肯定让他非常苦恼，因此这个冬天他请我派一位速记员给他，这人要能够捕捉他眼里的信息。他的来信如下：

亲爱的胡安·拉蒙：

您明天（星期四）能将那位年轻的速记员派到我这儿来吗？上午十一点或下午四点都行。另外您一般付他多少酬劳？

您永远的朋友，阿索林

今日（28 日）

他的文学因此也像是一种情感的速记，通过他的眼睛直接转换成符号而非文字。这就像是一次艰辛的钻探，其成果正从一个满满的正在炸裂的洞穴里缓缓流淌出来，能感觉到在洞穴中有一个深不见底的东西在不断发光。

与他对话要像同自己的未婚妻对话一样。尽管你之前已经面带微笑热情洋溢地把一切都讲给他听了，当他离去时，他仍要站在绿色的桥上，好像想要再听你说点儿什么。他悲伤地驻足一会，好像就快要哭出来一样，随后突然转身，风度翩翩地离开了。于是你后悔怎么一句话都没讲就让他这样走了，于是你就像一朵玫瑰，被遗弃在孤单的长凳上，凝望着孤寂的美丽：金色的黑杨木，粉紫色的山脉，澄净的水，清澈的回忆……

5 路易斯·巴加利亚[①]

世间万物都掉入他的漫画蜘蛛网中，像一只只被囚禁的昆虫，在网中徒劳地发火。可以说，路易斯·巴加利亚是一位加泰罗尼亚的幽默神，不，他不是神，他是上帝！他是现代的武尔坎努斯[②]，

---

① 路易斯·巴加利亚（1882—1940）：西班牙漫画家，被认为是二十世纪上半叶西班牙最重要的漫画家之一。

② 武尔坎努斯（Vulcano）：是罗马神话中的“火神”，维纳斯的丈夫。拉丁语中的“火山”一词便来源于他的名字。

正在重造西班牙，不过他所创造的西班牙跟造物主的比起来，更像是一个小小的玩笑。

他手边什么也没有，跟上一次创世纪相比更加一无所有。在他所处的混沌中只有宇宙无边的黑暗和威胁，他在这混沌中足足站了三十年。在被他遗忘的口袋中他意外发现了一本《拉鲁斯词典》，这本词典是法国的另一项创造、另一种文明。圣灵被他吸引，出现在他的神性与人性之间。他对他所创造的生物抱有一种介于感伤和玩笑之间的爱与同情。为了滋养他的世界，他带着忠厚变成自己的儿子、父亲或叔叔；为了反对自己，他又变成自己的圣灵。

我不懂，不懂。但他和他的漫画却因此受了影响，以至于当看到他和他的朋友们走在街上时，人们会觉得他的朋友也成了他的创造物、他的漫画。路易斯·巴加利亚将从前外在的世界变成自己创造的内在世界，让我们搞不清哪一个世界是父亲的，哪一个是儿子的，哪一个又是属于圣灵的。

6　梅赛德斯·巴耶斯特罗斯[①]（1932）

她的创作就如春天使百花开放。由于她与生俱来的智慧，她所做的事情很容易使人信服，就像人们相信微风和雨滴一样。她纯真和美丽的技巧也像蝴蝶和燕子的飞行让人深信不疑。

梅赛德斯·巴耶斯特罗斯是一只受过训练的小燕子，她有着生动的小眼睛和甜美的嗓音，飞翔时画着螺旋线躲避障碍物……这位王后在十八岁时有了真正属于她的爱与诗的随从。

聆听她，能看到美丽的春雪降下。轻轻的雪片准确地落向目的地，尽管我们看不见它落在哪里，但却知道它肯定不会走错地方。小草灵巧地保持着纯洁，所以请不要去碰触它。

---

① 梅赛德斯·巴耶斯特罗斯（1913—1995）：西班牙女作家。

7 科尔普斯·巴尔加[1]

直接，选择最短和最快的路线。他的写作像蜻蜓的飞行路线，直行急转。

他好像是用葡萄藤、草、水、煤、蚂蚁、矿渣、露水在写字。

我在我们时代任何一个西班牙作家身上都找不到他身上这种普通的美学。无需炫耀和声明，他就是一个真正的、合法的立体主义者。

他具有先锋派的所有特征，只是缺乏纪律。他更像一个年老的哨兵，焦虑而强壮，看守着眼前美丽的风景。未来在欢愉的日落中发着光，几乎已被他握在手中。

8 皮奥·巴罗哈[2]（到来）

（1）

他本不想进来的。据奥特嘉说他在树旁小解，所以当我们双手插兜慢慢走进花园的时候并没看见他，反而是在树边见到了这位非凡的人物。他每走一步都从他的阁楼里带出感伤的思绪。皮奥·巴罗哈不再是他自己，也不再是那些年的他了。他的实际年龄加上文学年龄让他已属高龄。仿佛有一个小孩正在他体内攀爬，并从生命中探出头来，就像孩子们在阅读图刊上的彩页时一般。他自己也像一个小孩，老鼠般的小嘴不停地啃咬着，否定他所忽视的那些东西。

当他自说自话时，你不必理会，只需要跟他一起为他谎言中的幻想发笑就好。他忽视一切，因为那并不是他的世界。另外，他不渴望拥有深沉的颜色，也不愿飞得太高。他走着，走着，走着，就像走在蚁穴里。而他所有的作品，伴随着他的身影，就像一列货运火

---

① 科尔普斯·巴尔加（1887—1975）：西班牙诗人、小说家、散文家、记者。

② 皮奥·巴罗哈（1872—1956）：西班牙“九八年一代”作家，西班牙皇家语言学院院士，代表作品有《巴斯克土地》、《幻想生活》、《为生活而斗争》、《种族》等。

车，在我们面前做着无止境的低空旅行。

（2）

一个人到了五十岁还不知道自己在做什么！他说写作是因为无聊，在生命的扉页上作画只是在胡乱涂鸦，看到这样的人不免令人焦虑。

孤单的时刻。如果以为不去热情地面对孤独而孤独却能带给你伟大的东西，那就是大错特错。孤独只不过是把人们抱有的幻想还给他们，并加以放大而已。

9　拉蒙·德·巴斯特拉（Ⅱ）

（1）

1913年我俩同住在第一座学生公寓时，拉蒙·德·巴斯特拉给我一本斯宾诺莎的《伦理学》，他用直线、剑、箭和扩张的线条在书上做了注解。这本书像北方早间的太阳，带着动态的日晕。

拉蒙·德·巴斯特拉身上有着一种极大的东方威力，就像早晨的太阳。他过于耀眼，同时又装满秘密，让人无法企及。这是我为了怀念他所能给出的最高、最亲切的赞扬。

（2）

……您这场与西班牙语的斗争十分感人。毫无疑问，您对自己下意识去喜爱并拥有的方言是有保护欲的。毋庸置疑，您毕尔巴鄂孩童般的灵魂是无比安宁的，在绿色的尽头有一处薄雾笼罩的风景，尽管您几乎已经忘了或者从来就没有完全掌握这种方言的表达。

在所有来自方言地区的作家中，我为您的方言，不，您的语言投一票。乌纳穆诺本人刚开始只能阅读"每日的文章"，后来才能够朴实、流畅、清楚、充分甚至完美地表达它。但当他谱写诗句时，也就是当他最好的灵魂在为他听写时，他却总是会碰撞到这堵断开的墙垣，并常常失去了意义忘记了重音。

（3）

西班牙语不让他得到自己，所以他嘲笑她，对她生气，乞求她，打她，辱骂她，用强力尽可能地占有她的一点点。而西班牙词语们却起身，将自己封闭起来，它们无处不在，但却保持着处女的贞节。

巴斯特拉想要像对待保龄球和球瓶一样对待西班牙语，它把球放在脚下，把球瓶拿在手里。

留给他的是一张壁毯、斗争、努力、喘息。它们的颜色让人不禁猜想他已经完完整整地看见了自己理想的权利，然而事实却是相反。

因此，他所有那些无法适应环境的作品，都成为这位主张倒退的毕尔巴鄂激进分子所写成的一部巴斯克西班牙语的抒情悲喜剧。

10　古斯塔沃·阿道夫·贝克尔（Ⅱ）(1915)

前些天贝克尔回来了，我那天下午见到了他。他多么善于保护自己！他真正知道自己是怎样的人，并且把自己柔韧的根像刀一样牢牢扎在西班牙的土壤里。

流淌在我们之间的雾在某一个瞬间突然被掀开，让我们得以瞥见之前没看见的东西，就像一阵风猛然吹开藤蔓植物，隐藏在深处的鸟儿们惊慌失措地飞出来又急忙钻回去，好像被无奈地拴在里面一般。

贝克尔站在杨树坡上，把礼帽调整好，风勾勒出他大礼服下的身体轮廓。藤蔓重新将他包裹，他在阳光中燃烧起来。

他在方方面面都像极了安德烈·谢尼埃[①]，他本是带着普及“说教诗歌”的目的而来，但谢天谢地，飓风带走了他这批最枯燥的艺术品和他的计划。

贝克尔，我告诉您，您和安德烈·谢尼埃一样，您的现代特色

① 安德烈·谢尼埃(1762—1794)：法国诗人，法国大革命期间他因主张君主立宪制而被杀害，在狱中他写下了著名的《青年女囚》。意大利作曲家翁贝托·焦尔达诺将他的生平事迹改编成一部浪漫主义歌剧《安德烈·谢尼埃》，狄更斯的《双城记》中也再现了他的故事。

不在这些说教诗歌的讲稿中，尽管您非常惋惜丢失了它们。您的现代性体现在您的颂诗中，在您印象派的爱情抒情诗中，那才是空前绝后的永恒花朵。由于您的心是如此深刻，当您躺在自己变了形的梦中时，您的土地就一直延伸到了我们这里。如今您回来了，您依然能在我们的灵魂中找到您的影子。

您的复杂浪漫主义发自灵魂，带有印象派的风景。

11 哈辛托·贝纳文特[①](1929)

当我还是中学生的时候，我非常喜爱当时风靡全球的一种"优雅"打扮：高耸的垫肩，带有许多装饰物的蝶形领结，向上翘的髭须，圆顶高帽。我在我书本的空白处给这类"优雅的男人"画了与他们相配的女士：球形袖子，在下巴上系带的礼帽，铁把极细的阳伞。很久之后，八年还是十年后，我第一次见到了哈辛托·贝纳文特的照片，他依然是上文描述的那种打扮，我也依然非常欣赏这样的他。后来我渐渐开始厌恶那种"优雅造型"，厌恶贝纳文特的照片，厌恶他和他的文学，并且我从十三岁后便不再读他的东西。可是尽管犹豫不决，我仍将我的书《迷宫》献给他，好像是对一个即将离去的王子献上我不可一世的贡品。

从那时起我开始喜欢并且永远喜欢外表自然的男人（和女人），他们的肩膀上没有垫肩，他们坦率、随和而闲适，佩戴没有光泽的领结，舒适且没有附加的装饰品，胡子按照自己的方式生长，不去强求它。顺带提一句，我这儿有一张 1901 年时法兰森为我拍的照片，照片非常精美，为了让我整个人"优雅起来"，我刻意把胡子弄出向上的造型。后来，贝纳文特换了造型，尽管他依然那么"时髦"，我却再也无法将他、他的文学和戏剧与他给我的第一印象区分开来。他的戏剧与文学特点如今对我来讲就是矫揉造作。

---

① 哈辛托·贝纳文特(1866—1954)：二十世纪西班牙最著名的剧作家之一，西班牙皇家语言学院院士，1922 年诺贝尔文学奖得主，代表作品有《既成利害》、《不该爱的女人》、《热情之花》等。

矫揉造作。除去他毋庸置疑的才智，朴实、简单、轻松的写作方式，以及波浪般和蔼可亲的表面，哈辛托·贝纳文特还有什么呢？他永远把艺术放在舞台两侧的布景里隔离起来，好像艺术只不过是又一个木炭画形象或一个服装道具员，它的声音只配留在嗓子里。这做作的僵硬、装腔作势、不真实和不舒服有什么值得称赞？我近几年曾试着去读或者重读贝纳文特的一些段落，是，我看到了他的生动、敏捷和才智，但是我总感觉我的脖子被握紧，我的喉结被掐住，我的肩膀变得沉重，“上扬的髭须”钻进了我的鼻子里和眼睛里。太难受了，太做作了！才智这种东西难道是空洞的脑子通过耍耍花招就能产生或是增减的吗？

12 何塞·贝尔加明（Ⅱ）(1922)

何塞·贝尔加明的美丽特性和重大缺点在于他恒久不变的需求——他需要一个美丽的英雄朋友。为此，他爬上所有的屋顶去远眺，去寻找。这是他的怪癖。为了找到这位朋友，他把所有的家具摞在一起，他在所有地方讲话都用比“他”更低的声音，并且用一万种方式去重复。有一天，他看见自己已经变得跟镜中的“他”如此相似，于是想要将“他”从镜中分离、擦去，或是给镜子镀上一层新的水银，但却不能如愿。因为在他这么做之前，这位英雄已经爬到了水银表面。

“他”出来了。贝尔加明对他的这位英雄低声讲着最美丽的话，就像跟自己的爱人讲话一样。消瘦的他满足地说着话。他需要一杯茶，一剂可拉明针药，一个电热器。何塞·贝尔加明冷极了！他缩着手插在衣兜里，手被冻成了苍白的蓝色。他在黑暗中看到眼前好像有蜘蛛网。

何塞·贝尔加明一边讲话一边专注地拽着这些蜘蛛丝，他想用它们织出一张难以置信的结构松散的网。然而，这些网几乎总是被弄破，有时又变得很长缠在他身上，只有一次织得很完全很平整。这朵蜘蛛网的花朵在月亮上反射出魔法的光芒，但却很难在太阳上存活。这些网是不能洗涤的。

何塞·贝尔加明像盒装的整套器具。他是那种集雨伞、米尺和鱼竿为一体的拐杖，只不过这把雨伞在下雨时打不开，鱼竿在需要用到时变得太僵硬，米尺收缩了，拐杖碎裂了，既不能用来击打魔鬼，也无法支撑自己。

13　圣地亚哥·拉蒙-卡哈尔①

（1）

他心不在焉，风度翩翩，是个现实主义者。他总是被显微镜下那些生命精致的、蕾丝般的组织铺就的美丽迷宫所缠绕。我在我们之间找不出第二个人有他那样的头脑：强壮、精致、敏感、剧烈、沉思。他的眼睛从来不看着别人，任何有边界的东西他都不看，而总是失神的、低垂的、游离的，好像一只眼睛在秘密寻找另一只，最终面对面地望向彼此。

他像一个害羞的孩子，迟疑着，犹豫着，突然从嘴里蹦出坚定的、完整的、完美的、无可争辩的词语来；又像一个离开了母亲的孩子，要去肯定真相，但却摔向一边，或是不断摔向两侧，他手里的雨伞摔散开来，看起来他不再需要将它撑开来避雨了。他穿着休闲大衣，手里拿着帽子却不戴上。

我曾见过他一次，是在一列电车上，在一个下着倾盆大雨的下午。他把眼镜架在泛着银丝的两颊上开始阅读，他忘我地倚在玻璃上，在彻底的闲适中，继续全身心地、忧伤地望向他的无尽远方。

（2）

纪念卡哈尔

卡哈尔同他的女朋友——智慧女神一起住在亚述的一所房子里。房子坐落在一座湖滨城市，是由梅斯特罗维奇②的一个侄子装修的。他乘木筏去实验室，智慧女神走到街边的大门口（应该是湖

---

① 圣地亚哥·拉蒙-卡哈尔（1852—1934）：西班牙病理学家、组织学家、神经学家，1906年诺贝尔生理学（医学奖）得主，他同时还是一名画家、艺术家、体操运动员。

② 伊万·梅斯特罗维奇（1883—1962）：南斯拉夫著名雕塑家。

边的大门口)来送他。她给他的肩上披上一条马尼拉的披风,因为天很潮,而他又患有全身硬化症。

14 帕布罗·卡萨尔斯(离去)

在一个坐满人的大厅里,当帕布罗·卡萨尔斯开始演奏时,来自于(环绕于)他的安静是我听过最纯净的安静。伴随着他的音乐,我们能听到完完全全的安静,真正的安静。

他本人朴素而纯净,脑袋无限后仰,他在演奏音乐的同时仿佛也在演奏安静。他拥有纯金安静的全部品质,还有一位赤裸的白银妹妹。

这样纯净的音乐清泉好像来自于神的寂寞或是来自梦中,这是最优秀的音乐所享有的最后的权威——音乐不应被模仿,而应是来自大自然的声音。

你的心被嵌住了,因为帕布罗·卡萨尔斯实际上(真正地)在你的心上演奏,并把它牵引出来。他不是把琴弓放在大提琴上,而是放在了我们心上——Si vis me flere①。

15 费德里戈·德·卡斯特罗②

我只见过他一次。是在塞维利亚大学最后那间隐藏在庭院和花园间的教室里吗?还是在银巷或比亚西斯广场旁夏日的树荫下?我当时太小,所以记得不真切。我仅剩的一点回忆是,他那隐藏在浓密的黄色胡须下的笑容和眼神,还有他那像猴子般的奇怪动作。每当有考试的时候,他就喜欢逗学生们玩,把小纸团扔向他们,或是冲他们做一些小动作。他对老师们也一样。

他的某些东西我后来在弗朗西斯科·希内尔身上见到过,他

---

① 拉丁语,译为"你若要我流泪"。

② 费德里戈·德·卡斯特罗·伊·费尔南德斯(1834—1903):西班牙学者、哲学家,任塞维利亚大学校长及形而上学教授。

的眼神、微笑，还有动作。不过卡斯特罗更像是从《圣经》中走出来的，更加田园，而弗朗西斯科先生更新式，更活在人间。

16　何塞菲娜·德·西佩达[①]

何塞菲娜·德·西佩达的声音在她诗歌之神的一根心弦上颤抖，这声音平静、微弱、单纯、澄澈。这是纯银的声音，是受到理想源泉感染的女人的声音。

诗神本人对她的才华十分满意，有时甚至会用取自他这位心爱的女儿内心的声音讲话（“离开我”）。

17　罗莎·查赛尔（Ⅱ）（1931）

每当我想起罗莎·查赛尔，伴随着回忆而来的好像还有嗅觉和味觉。一种清新的香味，来自带有果园的花园，或是来自角落种着小花的果园，又或是来自有着切口的大陆之花。苹果和玫瑰融合到一起，从内到外塑造了罗莎·查赛尔。香气与甜味。

18　华金·科斯塔[②]

华金·科斯塔是西班牙国徽上的城堡和狮子，他用孤傲和利爪抵抗着这座理想与感性的西方迷宫，迷宫里有他喜欢和不喜欢的一切东西。

我在科斯塔的身上看不到黎明，只看见夕阳，因为我们理所当然认为是过去的东西，他却认为是未来，认为不应该是坏的。他以一位廉正的批评家的形象出现在杨树坡上，用无数修辞愤怒而啰唆地演讲。他内心充满矛盾的霸道和谦卑，他感性地爱着西班牙，

---

① 何塞菲娜·德·西佩达（1907—?）：古巴女作家。

② 华金·科斯塔（1846—1911）：西班牙政治家、律师、经济学家、历史学家。

就像爱着跟自己拥有相同血统的妻子。

他身上有着红黄色国旗的优点和缺点。

19 萨尔瓦多·达利

飞蚊从画框中涌出，停在一切不可能的物体上。一支镍制的杏花，一轮奇怪的太阳，以空前的方式照耀大地，一个巧合以魔法般的艺术联系了无罪、原罪、有罪和性犯罪。

在这种可能和不可能的叠加中是这位黑暗画家的现实。他精于变幻。一天，他从古代的索多玛城①穿越到了现代的西班牙卡达克斯市。文明的索多玛城中没有日期，装点着已绝迹的三大犹太文明的饰品。

他是维纳斯的冒牌亲戚。裸体的他从谎言之井中冒出，像一块淫秽的火炭。他手中拿着一面镜子，七号星体通过镜子映照出大自然中一切不可能的幻象。

20 鲁文·达里奥(Ⅱ)(1940)

他在森林中听见了上帝，在海中看见了维纳斯，在潘帕斯草原碰见了考波利坎②，在广场遇见了雨果，在花园撞见了魏尔伦③。当他到达西班牙这片盛产阳光和斗牛的土地后，他赋了短诗赞歌。那时是努涅斯·德·阿尔塞主宰的时期，但他不太予以理睬。今天，当他带着同样的铁与金的和谐，戴着胸口那朵相同的玫瑰回归时，所有人都唱起了他的《凯歌》。他卸下铠甲时我们看到了他的心。其实早在他陶醉而悲伤地唱着他的《世俗的圣歌》时，我就已经见过他的心了。有少数人曾说，鲁文是忧郁的化身，即使在最艳红的丝绸

---

① 据《旧约圣经》记载，索多玛城位于死海的东南方，后来沉没于水底。

② 考波利坎(？—1558)：是智利马普切族人的战争领袖，他带领马普切人反抗西班牙军队的入侵，于1558年惨遭敌人杀害。

③ 保尔·魏尔伦(1844—1896)：法国象征派诗人，代表作有诗集《明智》、《忧郁诗章》等。

和阳光下那最芳香的果肉中，他的诗句里仍有蓝色的悲伤背景。

有人（乌纳穆诺）讲过，鲁文本质上是一位城市诗人。我不赞同他的观点。鲁文是迫不得已才生活在城市中的，我猜他本人的愿望是住在广阔的原野上，与虎师为伴。

今天他给我们带来了一本诗集——用里拉琴、长笛、小提琴、小溪和女人的嘴谱写的音乐。我们将用玫瑰地毯为他铺路。

安静。

21　厄内斯提娜·德·尚波尔辛（Ⅱ）(1930)

我一直觉得厄内斯提娜出生于一丛燃烧的黑莓中，在她身后跟着一朵潮湿的云，以及一座长满利刺与翅膀的迷宫。

尽管她想要自控也确实努力在自控，但她内心仍然充满不安和惊恐。

她对诗歌感到害怕，但她没有看到，当她在忙着摘下身上的刺时，年轻的天使们正从四面八方围拢来，徒劳地为她披上僵硬的绿色长袍以遮蔽她裸露的身体，并鼓励她去往明媚的春天。

厄内斯提娜的巨大秘密无疑是黑色的，开着红色的花，葡萄藤在她周围耸立成篱笆。她体内流动的水发出声响却不歌唱，还火星四射，而这周期性喷发的火星正是她充满活力的诗歌语言。

这声响的尽头连着什么洞穴呢？这洞穴又在哪儿呢？有时厄内斯提娜好像跟地狱的恶狼作过搏斗，她被灼烧，受了伤，用牙去撕咬，眼睛射出亮光，用极大的努力去忍住疼痛，她身上某个地方扭曲了。她就是马德里的女巫吗？

22　胡安·何塞·多门齐纳（Ⅱ）(1930)

胡安·何塞变成了一个气球驾驶员，从那年夏天稠密静默的空气中，突然间降落在我们的诗歌草原上。在那里，红色的夕阳与西方纤细的植被平行，光线从植被间透出。他挥动双臂，使劲跺脚来驱散脚掌的麻木。他带着孩子般的微笑，语调高昂地问道："您怎么样啊?”

美好的事情是,变形之后飞到高空,从美丽的云间俯瞰人间地下室,而这已成为他日常生活的一部分。在空中,仅需灵魂和躯体,就能得到不同寻常的能量。不久之后,就像从前的大海一样,这些土地也将不复坚实,消失不见。那在飞翔的人,没有翅膀,上升的垂直重力推动他飞翔,此时他能感觉到自己的脚掌了。那些机械装置飞起来都很可怕,像是在用别人的翅膀飞行。他与它们不同,他是自己笔下的空中救生员。

那条街道像固态的河流,在街道尽头,在街口,总是有枝繁叶茂的树木和大山,燕子在这里飞翔。磁化,用浓密的绿色去吸引植物做成的肉食,同样也不可避免地会吸引来那七个影子和诗中的赤裸女人,她便是诗人的伴侣。街口,天空入口,人间天堂的入口,带着自己的蓝色,竟如此吸引诗人!诗人心中的里拉琴上,拥有富饶的草原,和大自然的宝藏何其相似。

是的,亚当手执里拉琴,和夏娃在一起。色与光的平面在伊甸园透明的美丽帐篷里标出四个界点,将这位居民困在钻石做的六面体里。他留下自己的声音,发明了自己的奇特语言,它时而尖锐时而柔软时而丑陋,有各种语言的特点,汉语、阿拉伯语、俄语、西班牙语,无比和谐而自由。在这双倍的数字中,伴着他的星星、苹果和一只巨大的鸟儿(是一只夜莺或麻雀),他虽被囚禁却很幸福,因为他拥有琴弦和毛笔。

23 埃尔·格列柯

……如同在日全食的黑暗散去后,太阳和月亮同时发出的耀眼光芒。

24 安东尼奥·埃斯皮纳(Ⅱ)(1928)

这就是那个荡秋千的人。秋千凭空悬挂在一片虚无中,他随性摆动,有时用脚拖过地面弄伤了脚尖,有时又飞速旋转让周围的人头晕目眩，有时则把脚尖伸向天穹。

他的秋千不是从别处复制而来，他随身带着绳子、木棍、座位和小旗，组装出光彩夺目的私人装置。他在秋千上创造出最独特、最牢固和最古怪的幻想，就像置身于一座烟花城堡中，而他，是火药，是焰火，是火箭，是最终黑色的骨架，带着烧糊的血的味道。

这位杂耍艺人走在大街上，他现在变成了小神父、喜剧演员、斗牛士、魔术师。他拥有一切。卢克莱修[①]的一句话可以用来形容他："身为男人，人世间没有任何东西能让我感到奇怪。"这种神奇的角色转变带来的唯一危险是：拥有一切的人反而比其他人更可能失去某些巨大的财富，因为没有与拥有具有同等的价值。

25 埃斯普龙塞达[②]（存在）

（1）

知识分子的勤奋刻苦让他更像雪莱而非拜伦，尽管他跟拜伦一样喜欢使用重复：

> 爱情爱着它自己。

他可能差点就不会讲出这些话了，这些美好的词语对他来讲近乎是无意识的。

我从未在西班牙见过他，而是在一些奇异的西方城市——伦敦、里斯本、巴黎——想象着我们在西班牙相见。这为他的形象添上一抹国际化的氛围，给他的语调加上一丝国际化的口音。他的形象在船头、在马车或是在热气球上能寻觅得见。他本可以成为

① 提图斯·卢克莱修·卡鲁斯（公元前 99 年—公元前 55 年）：罗马共和国末期的诗人、哲学家，著有哲理长诗《物性论》。

② 何塞·德·埃斯普龙塞达（1808—1842）：西班牙浪漫主义诗人，代表作品有《萨拉曼卡的学生》、《佩拉约》等。

画家德拉克罗瓦[①]或库蒂尔[②]的模特。

他像是罗萨雷斯绘出的人物，同拉尔腊一样，刚从国外回来，从黑暗中回到介于绿色与金色间的阳光下。他身上有德拉克罗瓦的色彩，崭新的他如今还带有些许勃朗宁[③]的色彩。

从他思想的躁动来看，他更应该生活在当时的葡萄牙或英国，而不是西班牙。

(2)

西班牙的蓝色大海拍击着红色的海岸。埃斯普龙塞达从伦敦望见了小小的西班牙，看着它红色的海岸被蓝色的大海包围。身在伦敦的他，皮肤黝黑，双眼圆睁，被一阵明亮的浪漫之风吹乱了黑色的长发。他想象自己被绘制于这样的海岸之中，或是穿着合身的燕尾服站在一艘理想之船的船头，船帆被风鼓满，一块垂直坚定，另一块形成一定角度。他就这样站着、看着，直到自己被德拉克罗瓦定格在普尔[④]码头的画板上。

26　马诺埃尔·德·法雅（Ⅱ）(1926)

他们正在把他的心脏投进一座吉卜赛的锻炉里，锻炉外是笼罩着加的斯的忧伤日落和他青白色的告别。安达卢西亚的暮色充满了流水、眼睛和昆虫的光辉，一切都在刚刚降临的黑暗中闪光。黑暗下躺着安达卢西亚，她像一位等待中的新娘，美丽的大眼睛里饱含泪水。

不可能去做别的事情。音乐像一个恋爱中的女人，牢牢捉住我们的灵魂，用一百只手从四面八方攥住我们。我们只能倾听，倾听，倾听。

---

① 欧仁·德拉克罗瓦（1798—1863）：法国浪漫主义画家，代表作品有《自由引导人民》、《十字军占领君士坦丁堡》、《但丁之舟》等。

② 托马斯·库蒂尔（1815—1879）：法国画家、美术教师。

③ 伊丽莎白·巴雷特·勃朗宁（1806—1861）：英国维多利亚时代最受人尊敬的女诗人之一，代表作有《葡语十四行诗集》、《奥萝拉·莉》等。

④ 位于英国多塞特郡沿海的大型市镇。

但是在锻炉内，一场情感的暴风雨正翻搅并扰乱我们的灵魂。在这激动人心的时刻，事物被激化，而那被翻动和受折磨的，却最终在冷热交替中化成了眼泪。

27　费尔南多·富尔顿[①]

在我们的斯巴达小组中，缔结了一种纯洁的、崇拜太阳神阿波罗的友谊，但却没有苦行僧式的枯燥，因为我们追求的不是那昙花一现而毫无意义的西芹桂冠。而你，费尔南多，你是我们中最年轻的，或许也是最温和的。你总是亲切地微笑着，举止得体，温柔而热情地与人握手。你就像年轻优雅的肖邦，青葱鲜活却行将凋零。你忧郁枯萎的微笑在整张脸上弥漫开来，就像一只可爱的苍白蝴蝶，飞舞在戈雅画笔下那位患肺结核的不幸女人身旁。我觉得这样枯萎的你像一株被风吹倒的青年柏树。

有一点世俗又有一些怠惰，你懒懒地停下正在听的音乐，唱出一小段存在于你想象中那座浪漫花园里的音乐，它飘荡在独一无二的草原清泉边。在这完美和谐的游戏中，你没有时间去整理闪闪发光的黎明在你眼中呈现的多种视角。骤然醒来时，你有时会把这样的黎明与微笑的日落混淆起来，可它却优美而含糊地唱响你音乐的序曲。

一天早上，就像斯巴达传说中那样，一阵可怕的风从落后的北方刮来，吹在明媚而温热的河上。

28　何塞·玛利亚·佛朗哥[②]（1932）

他用拍打翅膀来代替走路，用啁啾叫声来替代讲话。他叽叽叫，往上跳，欢笑，向下，啾啾叫。在这种奇特的进化中，他收缩又张开，机灵而惶惑地离开我们，飞向树梢，飞向天空。他是欢叫的

---

① 费尔南多·富尔顿（1890—1914）：西班牙诗人、评论家。

② 何塞·玛利亚·佛朗哥（1894—1971）：西班牙作曲家。

鹤、山鹬、火烈鸟，他的长发披在身后化为羽毛。

毋庸置疑，何塞·玛利亚·佛朗哥变成了鸟。长腿，无毛的翅膀，鸟喙，小眼。他身为人类时是天生精于各类乐器的音乐家——钢琴家，小提琴手，吹笛子的高手，还有，擅长鸟鸣的专家。他作的曲既可以献给人间的母子，又可以送给黄色的小野鸡和它的鸟巢。他向上跳，离开了我们的地面。他不喜欢和人类待在一起，因为他不属于我们这一物种。他不断而不安地啼叫着，是在寻找什么呢？何塞·玛利亚·佛朗哥这只飞离了人类世界的长腿鸟，他的家安在哪个隐秘的灌木丛中呢？

29 费德里戈·加西亚·洛尔卡（Ⅱ）(1928)

紫色的石榴花

我不相信，至今仍不愿相信这个消息[①]。这个已被确定的事实不断撞击着我，我想将这深深的悲痛从大脑中驱除。不，我要对所有人、对我自己说，不，紫色的石榴花诗人没有死，他没有被暗杀，没有被枪毙，没有被绞死。

然而，这场我不相信也不愿相信的死亡却透过他的作品和他的命运一直在等待他。我不知道为什么也不知道他是怎样做到的，但这场死亡是这个孩子自导自演的，他让它成为了一个浪漫故事。不，我多希望他的离去不是真实的。

可是所有人都告诉我这是真的，告诉我一切都已发生，没有别的办法了。马诺埃尔·德·法雅、费尔南多·德·罗斯·里奥斯、路易斯·罗萨雷斯、格拉纳达的朋友们，请你们告诉我，这是真的吗？

费尔南多·德·罗斯·里奥斯曾写信将他“派”往马德里去找我，来信如下：

最亲爱的诗人：

我向您推荐这位充满浪漫主义的热情男孩，请您好心接

---

① 指洛尔卡遇害的消息。

待他，因为他值得您这么做。他是我们寄予最高期望的年轻人之一。

亲切而尊敬地握您的手！

费尔南多·德·罗斯·里奥斯

格拉纳达，1919 年 4 月 27 日

他坐在我的沙发上，苍白的脸上长满痣，塌鼻梁，我们聊所有的人和所有的事。他静静凝视，身上带有现实主义月亮的影子。这个“无脚的孩子”，月亮的男孩，发出凉凉的微光。他的痣就是他身上熄灭掉的火山。他带来许多首自己的诗，还有很多首没拿来，由他妈妈保管在抽屉里。我们聊萨尔瓦多·鲁埃达，聊小动物，聊比利亚埃斯佩萨，聊阿尔汗布拉宫主义①，聊我，聊月亮。他留下一些诗，我把它们寄给了《西班牙与毛笔》报社。

后来，费德里戈·加西亚·洛尔卡就消失在学生公寓“杨树坡”的嘈杂声中了。时不时地，我能从我的每一个家里（利斯塔 8 号的屋顶平台；委拉斯开兹 96 号；帕迪亚 38 号）听到群山那边传来他的尖利的喊叫。我还清清楚楚地记得，在某个下午，他、拉菲尔·阿尔韦蒂和我坐在一张长椅上，看着太阳慢慢消失于杨树之间。

※※※

1924 年第二届“费拉曼柯民歌”比赛开始时，我和他还有他的弟弟帕科一起去了格拉纳达。沿途风光非常迷人，尤其是从比尔切斯开始：以安达卢西亚的岩礁为背景，山脉般绵延的红色橄榄树间点缀着千日红和夹竹桃，摄人心魄。到了傍晚，就着夏日的清凉，伊斯纳略斯的小镇隐没于小山的阴影中。

伴着钻石般明亮的金星，我们终于抵达了格拉纳达，它坐落在灰色干涸的岩石组成的山川之上。

从幼时以来，格拉纳达给我的印象就是戈蒂埃笔下那个白天

① 阿尔汗布拉宫是摩尔人统治时期在西班牙南部修建的古代建筑群。阿尔汗布拉宫主义最早兴起于十九世纪初，是由一系列与阿拉伯文化相关的欧洲文学作品推动的文化运动，如华盛顿·欧文的《阿尔汗布拉宫的回忆》、维克多·雨果的《东方诗集》等。

长满青金石、红宝石和祖母绿，晚上结满白银，充满东方美的地方，珍贵纯净，璀璨夺目。随着慢慢接近夜间的格拉纳达，我心中的那个它却渐渐远去了，它去了我的学生时代，去了我在法语课上读到 La Alaméde de Grenade á la tombée de la nuit[①] 的那个瞬间，去了我父亲的回忆里（他年轻时曾住在格拉纳达）。它远离我，逃离我，或者更准确地说，它躲进了我灵魂更深的地方，好像是害怕自己会消失或被掩埋一样。这种对城市真实的认知总在扰乱我，在我的内心总有两个城市在斗争，马拉加、纽约、萨贡托、巴黎、阿维拉、巴塞罗那、卡尔卡松……每一个城市都有两张脸，两个面，在我心里出现又消失。格拉纳达也是如此，现在的它呈现的正是它的“另一面”。

※※※

我在到达格拉纳达的火车上梦见格拉纳达，梦里有影子、流水和空气的声响。早上，我同费德里科、伊莎贝拉、帕科、孔查一起，来到了阿尔汗布拉宫，来到了赫内拉利费宫。

【未完待续】(1936—1938?)。

后来

对于一个艺术家来讲，没有什么比无条件的友谊更糟糕了。我觉得费德里戈·加西亚·洛尔卡那些无条件支持他的朋友对他所做的事情是错误的，他们是在毁掉他。我把艺术家的艺术置于友谊之上，正是因为这种友谊是基于艺术的。

尽管费德里戈·加西亚·洛尔卡拥有真正的诗歌才气，他至今所做的却不过是将青涩的果子扔得到处都是，并没有根本的价值。他的朋友们大多数都是没有批判能力的男孩，他在他们中占有绝对优势，因此他们便簇拥着他，随时准备给他掌声和赞许。许多年过去了，洛尔卡应该已经过了三十岁了，但他仍毫无建树，只是倚靠在咖啡馆和学生宿舍轻易得来的成功上，沉浸在金色和粉色的幻景中。我曾是第一个为他的成功喝彩的人，那些之前不看好他的人现在却反过来为他摇旗呐喊。

---

① 原文为法语，译为“格拉纳达的阿拉米达躲在黑暗中”。

玛丽亚娜·皮内达将我们带回十六年前诗歌话剧的悲伤时刻，那时马尔基纳、巴列-因克兰[①]和比利亚埃斯佩萨写的东西现在被拿来与马查多兄弟和洛尔卡比较。他们的作品确有一些相似之处，但我实在不能赞同这样错误的比较。

我很喜爱加西亚·洛尔卡，因为他有许多让人喜欢的地方。但是我很惋惜他在抒情诗中对我的模仿过重，这一点我也曾清清楚楚地对他讲过。萨尔瓦多·鲁埃达和比利亚埃斯佩萨在一开始时也模仿，但如今他们被人承认和赞美的是他们自己的东西。费德里戈·加西亚·洛尔卡，您不要忘记这一点，如果可以的话，请别再理会您那些所谓朋友的话语了。

一开始，他发表的几首诗让人失望，这是很自然的；接下来，他有了一些优美的、精致的作品，但也仅此而已；再后来，他的一首颂诗却是近十年来所有抒情诗加起来都无法企及的佳作。

30　加夫列尔·加西亚·马洛托[②]

紫色的双眼被融化来复刻星星。

灰色和彩色是如此和谐，如此具有音律美，就像树皮的颜色。他是生长在潮湿地段的石头，为美丽无比的地衣倾注了所有感情。

31　佩德罗·加西亚·莫拉雷斯[③]

一只老旧的手摇风琴在街上孤单地奏着同一支斗牛士进行曲，它的内部有玻璃坍塌的声音。太阳在玻璃窗上打开一个光的小孔，在海港造出一个想象中的家乡的港口，巨大，无边。

透过街角酒馆的两扇相通的大门，能看见港口和钻石般的天

---

① 拉蒙·德·巴列-因克兰(1866—1936)：西班牙剧作家、诗人、小说家，是西班牙二十世纪文学史上最重要的人物之一。

② 加夫列尔·加西亚·马洛托(1889—1969)：西班牙“二七年一代”画家、作家。

③ 佩德罗·加西亚·莫拉雷斯：西班牙作曲家、指挥家、诗人。

空。白葡萄酒，嘴，虾。再见吧，珍贵的荣誉！

海湾上的焰火，张灯结彩的大船。码头上卖冰淇淋的男人。微风，灯塔，燃烧的书。从店后的房间里能听见、看见咖啡在拍打着黑色的海水。

32 孔苏埃洛·希尔·罗赛特①

孔苏埃洛换上蓝色、粉色、金色的外衣，像斯芬克斯一样静静坐在角落，像一只美丽的蜘蛛开始施展媚功。孔苏埃洛想魅惑谁呢？她想魅惑玫瑰、小鸟、微风，还是那些喜爱玫瑰、小鸟、微风的男人？

一条细细的紫色静脉给她的脸庞平添一种独特的美，无论何时何地她都像一朵虞美人在绽放。

她所写的诗句的母亲是一只迷人而自恋的蜘蛛。

33 玛尔嘉(希尔·罗赛特)②

我想象过玛尔嘉的样子，她应该像姐姐孔苏埃洛一样有一头金发。我觉得我曾在某个晨间音乐会上一间包厢的暗红色角落里瞥见过她。那天下午，我终于见到了她。她的皮肤黝黑而苍白，像发绿的雪花石膏，灰色的美丽眼睛，栗色的直发。她黑亮的胳膊肌肉发达，但由于繁重的工作总是伤痕累累。即使是坐着也能感受到她的能量。但同时，她又是那样脆弱！她的灵魂在外，身体在内。苦涩是我对她的第一个形容词。“波斯人，强壮，有男子气概。”

---

① 孔苏埃洛·希尔·罗赛特(1905—1995)：西班牙内战后非常重要的一位女编辑，她出版的杂志中最重要的有《男孩》和《我的女孩们》等。

② 玛尔嘉·希尔·罗赛特(1908—1932)：是前文中孔苏埃洛的妹妹，西班牙雕塑家、插画家、诗人。她在一次音乐会上认识并爱上了已婚的希梅内斯，最终选择用自杀来结束这场单相思。自杀前她毁掉了自己所有的作品，仅留下为希梅内斯的妻子赛诺比娅雕刻的一座半身像。

她的艺术、雕塑、绘画也一直带有东方美。一场清醒的想象，一次蜿蜒而细腻的幻想，伴随着圆润的节拍，性感的神秘。她伟大的人格居于她的正中、中心、骨髓、轴线里。刚二十四岁的她就已摆脱了当今雕塑界最杰出人物的致命影响——梅斯特罗维奇、爱因斯坦、罗萨迪奇、费奥里。我走向她，她就像一块磁铁，连她自己都被吸引。

她立刻提出想要为我和我太太雕刻头像并决定从我妻子的头像开始。经过最初的观察和精湛的分配，还有源自内心深处自然和超自然的感觉，便再无需其它程序。我妻子说玛尔嘉让她变成了一眼清泉，不断从地底涌出。玛尔嘉褪下从前的皮，进化到了倒数第二个自然界中去，她一定是去了永恒的所在。谁能想到，我们的头像（她太着急了，只来得及完成其中一个）竟是她卓越的雕塑倒下又复活的预演。

※※※

全新的她愉快地从她的云间回来了。她每天、每个中午、每小时都大方地为我们带来礼物：玫瑰、书籍、水果、纸、彩带。她肯定很乐意跟我们一起工作，因为我们是和她同类的劳动者。她充满激昂的活力、持续的毅力和精力充沛的创意。她一小时接一小时地站立着工作，带着身体、脑袋、肝脏和牙齿的疼痛却不肯休息。她的手被侵蚀，她跌倒、受伤，身上沾满石膏的斑点和污渍。石像的眼睛被她赋予了生硬的美丽和丰富的表情。到了晚上她才跑着离去。她总是在跑，跑着进进出出，跑着拿东西，跑着上上下下。她睡得很少，不吃东西，只喝咖啡和茶，只为了节约时间。活着对她一定不重要，因为她是一个恬淡寡欲的人。

34　拉蒙·戈麦斯·德拉·塞尔纳（Ⅱ）(1928)

他是“杨树坡”的本哈明。他就像一艘超载负重的小船，水正在漫进来，小船随时可能失衡甚至沉没。一旦货物被卸掉后，他的航向变得多么轻松洒脱！没错，他的作品里满是废物，因为他在悬挂一串串葡萄时忘了摘掉那些有虫眼的葡萄。他的作品多得像一座浓密的森林，让他找不到出路。

他就像那些当街分娩的妇女，身上缠满了死结和不可能。他正在试图解开这些死结，让所有不可能变成可能。阿方索·雷耶斯对我说："我真想拿掉他的线，让他解脱束缚，带他到想去的地方去。"是的，他写的东西里充满了彩色的线、光的线、梦的线、真实的线，它们可怕地缠绕在一起，他通过手指让自己的灵魂穿越线与线之间迷人的距离。

谁能解脱他的束缚，谁就能发现他的真实和美丽。带着耳朵去阅读，不要停留太久，会发现他的作品实在有趣。我本人就已经读过好几遍他为西尔弗里奥·兰扎作的序了。

35　戈雅(1915)

(1)

他从自己的洞穴中走出，无需眯缝眼睛，直直地盯着西班牙的阳光、黑色的黎明和血色的西方，盯着所有喜悦忧伤的太阳或者所有甜美可怕的阴影。他是不眠不休的创造者，他再创了善与恶、爱与恨、苦与乐、生与死，他随时准备着。他是绘画界的上帝，也是魔鬼。

他赤裸着灵魂和身体。有时他将身体放进灵魂中，再将灵魂放入身体内。有时他用灵魂来假扮身体，有时又用身体来伪装灵魂。在西班牙生命的狂欢节中，他从来不满意自己人类的装扮，他总要细心穿戴一番来伪装成人类。难道他是埃尔·格列柯在1808年带着新的灵魂重新化为肉身的结果？

他用多少双眼睛在观察一切啊！他又是如何把它们放进我们的眼中，让我们继续为他观察我们自己的呢？他留给我们的只有他的眼睛和面具。他的这些眼睛发出怎样的光芒啊！在人间的纸醉金迷中，他的身体被遗忘了，可他的灵魂却被浓缩了，因为他所有的生命都留在了他的眼睛中！是的，被遗忘的身体，在燃烧的眼睛。

有时在我的梦中，戈雅的所有眼睛无限循环着，带着渴望、愤怒、恨意、甜蜜、悲伤和爱，带着永恒燃烧的情感注视着我。透过这些眼睛，戈雅那个时代的西班牙一边绘制自己的旗帜，一边定定看着我脑海中如今的西班牙。哎，其实它所做的不过是为今天的西班牙换了身服装，徒劳地给拉尔腊苍白的西班牙刷上可怕的颜色罢了。

（2）

除了是西班牙最优秀的三大画家之一，戈雅还是英国的第一画家。

他飞过英国的绘画界，以西班牙的方式惊人地取得了本应属于他的荣誉。

有人说戈雅的画很薄，但是在这薄薄的画作背后看不见英国画中常见的布料（亚麻），却看得见细腻的皮肤，生命的组织。

36 胡安·格雷罗·鲁伊斯[①]（1929）

胡安·格雷罗在门后满足地沉默着，就如同地平线后的满月，他有一点害羞，微微脸红，但却很满意。他扛着一株柑橘树和一根葡萄藤，它们都被精心照料，在移动的过程中结出大量圆形的果实。他带来亲切与忘我：一本书，三封信，六张照片，一段遗忘，一个发现。他走进来，微笑着用圆形的光线将全部东西缩小，仿佛这就是他的职责。

我很少见到这样的人，他们不分昼夜地睁大双眼盯着光明和黑暗，在别人的事情上耗尽自己。这是我一直热衷做的事情——默默地去帮助别人，因为不被发现的荣誉才是最好的，它就像真正的爱情，只属于彼此。他没有权利休息，没有资格疲惫，只有在其他人都筋疲力尽后他才稍作歇息。

我的朋友中，有的是胡安·格雷罗的朋友，有的不是，他们给他取了各种绰号：洛尔卡说他是“西班牙诗歌的总领事”，萨利纳斯称他为“胡安·拉蒙·希梅内斯的头号粉丝”，还有人叫他“首席国家档案保管员”，等等。伴着谨慎而美丽的光辉，这位尽职尽责的穆尔西亚人总在晚上带着他的理想勋章和相对应的物质象征大步

① 胡安·格雷罗·鲁伊斯（1893—1955）：西班牙作家、编辑，与希梅内斯有着非常深厚的友谊，他甚至有一本专门的日记用来记录每一次与希梅内斯的见面与谈话内容，该日记在他去世后出版，名为《胡安·拉蒙的声音》。

流星地走回家，为能将时间链上的空隙填满而高兴不已。

37　豪尔赫·纪廉（Ⅱ）(1928)

(1)

里瓦斯公爵[①]、斯特凡·马拉梅[②]、朱尔斯·拉弗格、阿尔弗雷多·德维尼[③]、保罗·瓦勒里[④]、鲁文·达里奥、胡安·拉蒙·希梅内斯，每个人都将自己的一条边、一个面、一张平面、一条褶边、一个太阳穴、一个尖角赠予这尊瘦削的雕像。他在大理石、玻璃和花岗岩铺就的美丽台阶上漫无目的地上上下下，在自己有限的王国里无来由地感到愉快。

水晶的大丽花开在他的草原。这尊雕像太瘦弱了，因此他喜欢穿上护甲，喜欢一个音节、一个来自大理石山巅的棕榈树的遥远理想。在他的耳朵后夹着一支大理石做的天鹅羽毛笔。

雕像在唱歌，或者说他想唱歌。在他的手里出现了一本白色的书，某天晚上我一定会将它的名字由《赞美诗》改成《王国》。

(2)

我不知道他从关在笼子里的哪种鸟儿身上拔下了这根坚不可摧的羽毛，它硬得像冰冷的钢铁和黄金，但我知道他一直在寻找它，当终于找到它时他就像中了头等奖一样欢喜。一夜之间他就带着这支坚硬的笔出现在了我们面前，同最杰出的文学巨匠们开始竞赛。

他的青年时代过于完美了吧？但是事情发展的趋势却是相反的。他不像别人是从易到难、由开到合地前进，而是一开始就身负

---

① 安赫尔·玛利亚·德·萨维德拉（1791—1865）：里瓦斯公爵三世，西班牙作家、剧作家、诗人、画家、政治家，曾任马德里市长、那不勒斯及法国大使、国务部长、国务院总理、西班牙皇家语言学院院长等，著有《堂阿尔巴罗，或命运的力量》。

② 斯特凡·马拉梅（1842—1898）：法国象征主义诗人、文学评论家，代表作有《希罗狄亚德》、《牧神的午后》、《骰子一掷》等。

③ 阿尔弗雷多·德维尼（1797—1863）：法国诗人、剧作家、小说家。

④ 保罗·瓦勒里（1871—1945）：法国作家、诗人、散文家、哲学家。

巨大的压力，所以越往前走越疲惫，不得不张开手，把他的玫瑰留在最自由的地方，让它能带着茎和刺完完整整地待在自己的自由国度中。

与此同时，这些花儿铸造的星星遍布在春天广袤的苍穹里，照耀着我们，又一颗颗落进我们灵魂的玻璃橱窗中，从棱柱体变成球体。它们是一个个小小的世界，它们不像肥皂泡和种子的冠毛那样飞舞，而是像陨石一样跌落并被精准地嵌入永恒中。

38　米格尔·赫尔南德斯[1]（1936）

《不停止的光》[2]就是米格尔·赫尔南德斯本人。如果这道光能持续的话，他会带着我们这几个世纪的西班牙诗歌去到什么地方呢？

我想强调的并不是米格尔·赫尔南德斯的“力量”。持续的力量和持续的虚弱都会让人疲惫，“较小的力量”反而比斗牛或弹弓般的热情更能体现真正的力量之美。诗歌和艺术都不需要过头的力量，够用就好。但愿我们能让巴赫和莫扎特、米开朗琪罗和波提切利、但丁和彼得拉克好好休息一下。

39　特奥菲洛·赫尔南多[3]（1930）

我认为衡量一个人的最高标准就是看他的“拯救”能力，拯救一枚邮票、一个佳词、一片枯叶。特奥菲洛·赫尔南多就是善于拯救的那种人。他带着孩子的快乐，贪婪地去爱和保护每一样大大小小的东西。他科学地相信一切道理，上至星体的影响，下至最新的青年假说。

这种热切的焦虑赋予他可爱的一面，让他像一个淘气的男孩，

---

① 米格尔·赫尔南德斯（1910—1942）：西班牙诗人、剧作家，西班牙内战爆发后他加入西班牙共产党反对佛朗哥政府，最终被判入狱病死狱中。

②《不停止的光》是米格尔·赫尔南德斯 1936 年出版的一本诗集。

③ 特奥菲洛·赫尔南多（1881—1975）：西班牙医生、药理学教师。

一个带点痞子气的好孩子。他白里透红的脸上总挂着微笑，有着极大的吸引力。在玩笑和真心话间，他的经验宝库以及他从无比热爱的书本和大自然中获取的科学知识源源不断流出。

他任性地渴望内部和外部的准确，因此他第五次碰了碰领结，给五个部分标上星号，却不失贯穿中心的主线条。大山、格言、水果、大海、趣闻都串联在他永不枯竭的讲话中，并且像翅膀一样被安放在各自的位置上。

40　伊莎贝尔①

在那里面有一朵玫瑰色、银色和蓝色的花，它细长、善良而又自信。它用大脚无声走路，用沙哑模糊的嗓音静静讲话，在另一架钢琴上轻轻弹琴。我在一块水晶里看见她，这朵人间的百合。她戴着过时的帽子，穿着灰色无图案的套装，梳洗得干干净净，准备去见她要见的人。

这位大天使是从波提切利或巴洛克的哪幅画中跑出来的呢？她沿着长满薄荷草和薰衣草的道路小跑，聆听着体内里拉琴和小树苗上麻雀的声音，用蓝色的眼睛注视着流水和细茎针茅下粗糙的席子。

她和她高贵的塞维利亚松树一起住在新的大厅里，他们勤劳地打造属于他们的简陋而充满音乐美的小窝。这只絮絮叨叨、自然的、快乐的麻雀从家里飞出，飞过屋顶，飞过街道，飞过菜园。

41　伊图里诺②

(1)

他不需要裸体的女人、着衣的男人、猎狗、花朵也能在艺术中

① 伊莎贝尔·加西亚·洛尔卡(1909—2002)：西班牙教师，是诗人费德里戈·加西亚·洛尔卡的妹妹。

② 弗朗西斯科·伊图里诺(1864—1924)：西班牙画家。

不朽吗？他不需要。绘画对他就像生育一样简单。他需要的只是推动力。

这就是伊图里诺。推动力。只要用力推，他就能把一切移动到他想要的地方，改变一切——带光的物体、大腿、树木、眼睛和花朵间的空气。快速的移植。在大自然中的移植是从一块土地到另一块土地，如今是要将一切元素鲜活地从土地移植到画框里，因此需要足够迅速，这样才能将它们从第一个真实转移到第二个真实里：同样的空气，一样的阳光，精确的时间。

由于是完完全全的复制移植，因此画中就是真实，不必怀念。

（2）

这位吉卜赛人带着一种努力隐忍的疼痛，从地下走出，出现在他无比喜爱的三色堇丛中，他的外表像一匹瘦骨嶙峋、被宰杀、黯淡的、结痂的、凶狠的绿色劣马。

他现在已经站在地面上了，享受着阳光和色彩，带着已故之人的愉快，他用夺走了他生命的冲动去看、去画。当他突然睁开双眼时，远景中是一抹非凡的透明，近景里是一股不易察觉的热度。

42　露西亚·哈尔（1926）

人们说她像毕加索的模特，这毋庸置疑，但她却早于毕加索，并且离他很遥远。她没有被毕加索束缚，也没有被变成他的商品，她就像一阵浪一片云一朵花，让人不禁想说："天啊，她像极了……！"但是这阵浪这片云这朵花与人们口中的她相距那么那么远！

露西亚·哈尔与毕加索相同的是他们的古典主义。毕加索是马拉加人，却想成为巴黎的加泰罗尼亚人；露西亚这位三十五岁头戴花冠的美丽女人，却想成为宇宙间具有无上权力的维纳斯，她想拥有维纳斯的身材、白皙的皮肤、能力、美貌和影响力，但却不想成为她的复制品，也不能是断臂的。她就像美丽芬芳的白色花朵下藏在地里的那颗新鲜诱人的洋葱头。

这幅水彩画中的玫瑰就出自这位古典的露西亚那白皙美丽的

手。在玫瑰丛间,我们的眼睛随时会碰上她那黑色的犹太人眼睛,这些眼睛是她故意留在花丛中的,它们就像可爱的黑色小鸟,同时又像可以被这些小鸟吃掉的杏仁。

43　阿尔伯托·希梅内斯·弗拉伍德①(到来又离去)

这位驯兽师有两个兽笼,一个在外一个在内。他站在中间,同时驯服两个笼子里的猛兽,但也就得同时忍受来自内部和外部持续的踢蹬和抓挠。他纤细的皮肤上有非常明显的马蹄印和牙印。但是他的生活与雪莱一致,因为他也崇拜太阳神阿波罗。

他是弗朗西斯科·希内尔最后的挚友,弗朗西斯科·希内尔也就是某些人口中的圣奥古斯丁,另外一些不了解他的人则称他为圣弗朗西斯科·德·阿西斯。由于他们之间惺惺相惜,他们可以做彼此的榜样,两人一个来自日暮一个来自黎明,却同时望向苍穹。他是活生生的"我想要却不能要"的伤感范例,尽管他值得拥有所有他想要和所有能要与不能要的东西。他应该试着接受那顶香芹桂冠,因为它能变成花朵和星星。但他做不到,因为他不喜欢它,他为此梦魇而受难,有时甚至哭泣。

向那些带着可洗涤的白色领带、胡子刮得精光的俗人们挥舞你美丽自由的绸缎领带吧!在梦中用你的声音呼喊,用你身旁裂开的石榴做炸药来构筑工事吧!

44　胡利娅

她像一朵大丽花,但体内却生长着一朵紫罗兰。她被包裹在一层紫色的、柔软的纯真中,身上带有紫罗兰的清甜香味。阅读,阅读,阅读。她住在自己幻想中的书籍草原里。她的思想,她的浪漫,她的插图。她不久就会成为比所有人都更加优秀的女人,她将

---

① 阿尔伯托·希梅内斯·弗拉伍德(1883—1964):西班牙教育学家。

一直住在童年时期那明亮甜美的王国里。她的眼睛里好像永远有一座枝繁叶茂的浪漫花园。在她和生命之间有一道开满诗歌鲜花的绿墙，但愿春天能一直留在那里。

她把自己关在花园里，一道玫瑰墙将这座花园与嘈杂的人世隔绝开来。她的肌肤好像在保护她的灵魂，她的灵魂好像是用一颗巨大的心脏做成。阅读，阅读，阅读！

45　哈辛塔·兰达[①]

她有时来看她哥哥，她像牟利罗[②]的画一般温柔、单纯、美丽。她面部的肌肤被山区的太阳晒黑。她微笑着，黑色的双眼盯着地面。她优雅地弯腰，然后孤单地离去。

46　西尔弗里奥·兰扎[③](1915)

尽管他在世时每三年就有人希望他“停止活着”，如今他去世了，人们却想要复活他，或者说让他“离开死亡”。他们用尽一切努力希望让他不再那么“难理解”。是谁无法理解他？难道那些真正能感受到他的人不能理解他吗？难道“教堂不能长在田野中”吗？

人们常常把那些跟众人不“协调一致”，不“容易与他人相处”的人叫做难理解的人，这种人在“理解”面前简直手无寸铁。但是难道一部作品仅仅因为难懂就失去生命力了吗？它因此就不能“活着”了吗？我肯定西尔弗里奥·兰扎这些孤单的作品在未来将会成为缤纷的宝藏！

遗迹总被当作已经死去的东西，但事实上，它们却是固执、顽强而恒久的生命。西尔弗里奥·兰扎的作品就是一座永恒而顽固的遗迹，由于很少被人看见，所以也就免遭勘探，在丛林中永葆贞

---

① 哈辛塔·兰达(1894—1993)：墨西哥教育学家。

② 巴托洛梅·埃斯特万·牟利罗(1618—1682)：西班牙巴洛克时期画家。

③ 西尔弗里奥·兰扎(1856—1912)：西班牙作家。

洁，历久弥新。

对有幸能见到这些遗迹的孤单朝圣者而言，它们是多么迷人！它们只在每个黎明时分，身披露珠，伴着朝阳出现。

47　拉尔腊

（1）

在这个清澈的时刻，纯净的空气中出现了他黑色的身影，就像站在遥远岸边，投映在平静湖水中的一个倒影。

我们看不见他身居何处，但我们却知道他站得很高，好像正在读书。在空中还能看见一张告示：这里躺着希望。

（2）

在一次私人聚会中，在顺着阿尔卡拉街往上走的人群中，我们突然看见了拉尔腊，他正在与阿索林和巴罗哈交谈，跟马里查拉尔在彭波饭店进进出出。

一阵枪响。《传令官》昨晚光顾了他。

我们常常说拉尔腊自杀了。在这样的西班牙，他每年都要自杀一次，因为在这里诗人没有足够的空间和杂志，也没有形成足够的规模。

48　安东尼奥·马查多（Ⅱ）

安东尼奥·马查多从小就顺从于死亡、死人还有遍及他心灵和身体所有角落的腐烂物质。他总是既像死人又像活人，两种特质各占一半，通过一种简单的艺术融合在他体内。当我在清晨遇见他时，总觉得他是刚从墓穴中出来，远远地就能闻见他身上变质的味道。他并不反感那长满蛆虫的地方，反而觉得它非常亲密安逸。我相信他会觉得光洁的肉比瘦骨嶙峋的腐肉更恶心，觉得空中自由飞舞的蝴蝶还不如家里、坟墓里、列车里的苍蝇迷人，它们的诱惑无从抗拒。

他是死亡的诗人，他一个小时接一个小时地在为死去的东西思考、感受、准备。我从没见过别人能像他这样将那些高低不等的层次用奇妙的方式平衡在一起。他集生死于一身并能消除这两个完全相反且矛盾的形态之间的距离。当我们其他人想尽一切办法要让生死分离、对立、斗争时，他却能将它们如此完美地结合在一起。我们一生都在畏惧死亡并让它远离我们，或者说让我们远离它，而安东尼奥·马查多却对它有更好的理解，他在很大程度上愿意屈服于死亡。也许他不仅仅是一个活着的人，还是一个死而复活的人，这一点大概能从他年轻却成熟的哲学思想中得到验证。他掌握着复活的秘密，他通过诗歌的自然奇迹，每天都在见到他的人面前复活，为着眺望他的前世，也为了观察我们的今生。有时他会在城市的家中或是租的房子或旅馆里过夜。睡觉，其实就是死去，我们到了晚上都应该躺下来死去。他不希望被认出来，因此当他旅行归来时，他总是缠着裹尸布穿梭在围墙、小巷、弄堂、走廊和旋转楼梯中。有时他会被海上的龙卷风、车站的镜子、废弃的灯塔和脚下的坟冢所耽搁。

从我们的视角去观察他，他身材魁梧，天生带土，像一截刚出土的粗大树桩。他总是穿着黑色、赭黄色和棕褐色的紧身长袍，与这位活死人古怪的生活方式非常般配。他的新礼服也许是匆匆忙忙从托雷多买来的，裤子弄丢了，外套完全无法抵御寒冷，一切都是破旧且错误的。他戴着一顶不知来自哪个时代的帽子，帽子上有一对翅膀，翅膀卷着毛边耷拉着，死去的生命平衡了时尚与年代。他长衬衣上的袖扣不是假的珠宝，而是一长串幼虫；腰上绑的不是腰带，而是一条细茎针茅的绳子：这是他这类隐士常作的打扮。纽扣呢？要纽扣干吗？他是一截定居在墓地的树干，他的所有习惯都是依此制定的。

当他唯一的挚爱在索里亚去世后，他便守候在已故的她身旁，她曾经如此理解这只鸽子所担任的划分生死边界的巨大作用。自那时起，这位已知悉了所有原因与情况的诗人便将他的家——他的坟墓和秘密鸽舍——装扮成婚房，对外却以鳏夫自居。从此他只为非常重要和紧急的事情才来我们的世界，例如编辑、印刷、书店、必要的签名……战争，持续了三个世纪可怕的西班牙战争。"那时"，他完全舍弃了他的死亡和他最亲近的亡灵们，暂时永远地留在生命中，以便能像最优秀的人那样再次死去，以便能比所有人死得更好，而我们却选择紧紧依附在生的这一边。在安东尼奥·马查多活在西班牙大地上这奇特的一生中，不可能再有人比他的最后一次死亡更优秀了，优秀到尽管他已无法再复活他的性格和躯体，他却永远活在了我们之间。他的身躯卑微而悲惨地完全死去。西班牙原本拥有和安东尼奥·马查多相同的爱情鸽舍和牲口棚，如今却错误地将这头人类畜群中最大的牛追赶、驱逐出了它的大门。他就这样跨越过了结冰边界上的一座座高山，他最好的朋友们就是这样做的，他们是最可怜的，却也是最崇高的。如果他选择继续留在地底，那是因为那里有他爱的人，他愿意陪在他们身边。我相信不管他在天上还是在地下，都一样能很好地衡量西班牙，因为他对冥界那些陡峭崎岖的地方是如此熟悉。

今晚月亮高高挂在天空，这月亮来自西班牙，带来了西班牙的高山和安东尼奥·马查多，他们倒映在它忧伤的镜子里。这轮月亮是一颗蓝绿色的悲伤钻石，出现在我流亡小门边那紫色的棕榈树间。我在半醒半睡间忆起了《夜间的彩虹》，那是安东尼奥·马查多最深邃的一首歌谣，也是此生我读过的最美的一首诗：

上帝啊，我们通过你得见一切，
而你则看透灵魂。
请你告诉我们，是否有那么一天，
所有人都要瞻仰你的容颜。

在西班牙这场糟糕的永恒战争中，安东尼奥·马查多、米格尔·德·乌纳穆诺和费德里戈·加西亚·洛尔卡都以伟大而可怕的形式去到了另一个永恒中。他们这三个在冥界仍如此鲜活的人，以各自可叹而美丽的方式离开，去瞻仰上帝的容颜了。上帝、太阳和月亮的脸投映在他们三人脸上时一定是极其辉煌的。这三位陨落的巨匠也许比其他人都要幸运，因为他们现在正在仰望上帝的面容呢。

49　迈斯图班底[1]（到来）（1920）

这天晚上，当我在梦中可爱的斜坡上滑行时，听着附近工厂的声音，我想到了大海和歌德通过雕像的眼皮、通过瀑布和星辰传达给我们的生命意义。这种意义是不眠的，或者说是不知疲倦的。完整的、双倍的生命！老年的生命，真正的完整年岁里的生命！没有夜晚的生命，拥有正面和反面的双面生命！

我不得不停下来，因为在我梦中出现了许多人，其中就有迈斯图兄妹。他们是三颗无休止的螺丝钉，三把能压缩空气的榔头。不断的敲打声就像一个健康人的心跳声，持续地传递着神经刺痛。他们是火神武尔坎努斯和智慧女神弥涅耳瓦绿色的子女。拉米罗是思想里间或飘过的乌云，玛利亚是长长的雨丝，持续而有益，古斯塔沃则是雷电。

50　格雷戈里奥·马拉尼翁[2]

人们走到他身边就感觉到惬意，愿意停下来歇息。在他那里能看见大海，能看见蓝天在我们头顶，并且让人坚信它肯定不会离我们而去。

他是一个松树人吗？他跟我们讲话时，根牢牢扎在地底，他的树冠里会有鸟巢吗？突然间，我们分不清眼前这个形象是真实的

---

① 指拉米罗·德·迈斯图（1874—1936）、玛利亚·德·迈斯图（1881—1948）和古斯塔沃·德·迈斯图（1887—1947）三兄妹。其中，哥哥拉米罗是西班牙作家和外交家，妹妹玛利亚是教育学家，弟弟古斯塔沃是画家。

② 格雷戈里奥·马拉尼翁（1887—1960）：西班牙医生、科学家、历史学家、作家和思想家。

还是某个夸大现实的画家的作品。也许是真实的吧，双倍的真实。

他在他居住的这片坚实而美丽的土地上完成了无菌操作和诗歌创作，这两样作品被奇妙地关在同一个自由的笼子里，它们代表着健康与和平，就像一块金牌的正反面，被同时慷慨地赠予了他。

于是，在喝了一小口这棵松树里流出的清冽泉水后，我们继续上路，坚信那里住着智慧女神。我们手里拿着一朵花，他的花，欢乐地评论着有时候大自然愿意将她最纯粹的东西放进同一个模型或样品里。格雷戈里奥·马拉尼翁这位松树人就是最能完整体现大自然美好的一种模型、样品、范例。

51　托马斯·梅阿贝（存在）（Ⅱ）

他和他们其他人在一起，尽管他曾经离去，尽管他来时并未抵达。还有一些人正在来的路上，但他们永远到不了，因为已经没有更好的人会到来了。他和他的孩子们、鸟儿们一起，待在西班牙灰色、粉红色的悲伤破晓中。

52　拉蒙·梅嫩德斯·皮达尔（到来）（Ⅱ）

他来了一小会，做完他的事情便告辞了。他总是那么精准，好像体内装着一座时钟，他每天的行程都和太阳一样分秒不差。

这棵根深蒂固的坚强榆树与那些装裱在玻璃橱窗里的树有着天壤之别，那些树的枝干软弱而分散，树上的鸟巢都被制成了标本。经过他精心照料的葡萄结出一串串沉甸甸的果实。

他饱和的颜色、彻底的生硬、纯净的黑色从灵魂中流露出来。这里没有犹豫不决，没有似是而非，有的只是肯定、生硬和黑色。人们说他是被一把有力的小刀耕耘过的人。他那经过火焰烘烤的作品拥有最原始的美丽，像是罗马的混凝土，历久弥新。他的作品是他的女儿，就像西班牙的城堡一般，永远屹立在礁石上，比两个太阳还要鲜红。

引用森托先生的一句名言："没有一座城堡比忠诚更坚固。"

53 菲德尔·梅伊·罗森多

报上说,全国肖像画比赛上何塞·古铁雷斯·索拉纳那幅作品是虚构的。但事实并非如此,这幅肖像画描述的是菲德尔·梅伊·罗森多这位杰出而谦逊的阿利坎特藏书家,他的一生都概括在这幅美丽的油画中。

菲德尔·梅伊·罗森多从他的卧室走到画中所在的房间。他总是早起,然后花一点儿时间来打理自己。他本就很干净,因此稍稍洗漱一下再用一点点护肤品就可以了。最后一件要做的事情是给手巾上洒一滴香水,这便是他总让人感觉清爽的原因所在。接着他打开卧室的窗户。他并不太在意大自然的颜色或线条,而是在乎它的温度。他将手和脸伸出窗外,然后再将窗户关上。

他书房的玻璃窗上沾着黄色的爽身粉,这让房间有一种温和、封闭的浓缩感。阳光被黄色的玻璃笼上一层薄纱,随着它的移动,窗上的斑斑点点便投映在桌上、书上、墨水瓶上,为他隔离出一座幻想的田园。他的整个上午都在带着阳光斑点的书中、梦中和其他物品中度过。他午饭吃得很少也吃得很快,但却有序而精致。午饭后他在扶手椅上坐着打个盹。接下来他便要去他朋友佩特雷尔的老书店里开始每日的探险了。从书店里能看到一堵围墙,常青藤从围墙内的秘密花园蔓延出来。

菲德尔·梅伊·罗森多坐下来观赏这株常青藤。他把在书中读到的所有片段都放到常青藤上,而太阳放在常青藤上的所有片段他随后又在书中读到。不知道他此刻有什么感觉,但是他不停地将拐杖在指关节上转啊转。这株阳光下的常青藤性感而迷人,它肯定就是他的爱人。

之后街上的人多起来,他便重新回到自己的书房,一直在那儿待到天色变暗。屋里几乎什么都看不见了,他就着昏暗的光线把一切整理好,方便明天使用。他晚饭比午饭吃得还少。他走进卧室,打开窗户,将脸和手探出窗外,感受窗外深蓝色的温度。他关上窗户,微笑着陷进舒适的大床里。他细致瘦削的身躯像年老的珍珠母，他闭上灰色的眼睛，这位藏书家的满头金发早已变白了。

54　华金·米尔[1]

我们应当把他叫做远景画家吗？把远处的景观带到近处好像是他最基本的特点，他的风景画是一种令人愉快的倒转——把远处的拉近，把近处的拉远。倒转后这种理想的平衡有时能继续存在，有时却被破坏了。在这个点原来该有的和谐却在远处实现，而这种和谐本应同时体现在近处和远处的，所以说他的画给我们的感觉就像一个失焦的灵魂。

但他的远景画，例如这幅奇幻的风景画，这棵在绿色的天空下枝叶干枯的意大利柏，却是浪漫主义的未来。

55　加布里埃尔·米罗

如果整个身体是一个心脏并且不着衣衫的话，那就是加夫列尔·米罗，他就是心脏做成的赤裸肉体。他像一个孤单的牧人，在写作的同时守护着他的畜群。它们拥有人类的情感，在低洼的草地上觅食，那里热气腾腾，烟雾弥漫，阳光充足。

他让人觉得文学有了形体，变成一位母亲，将他抱入怀中。这个人类的儿子拥有了一位无边无际的母亲，他的散文正用母亲的无限深情注视着他，他是真正的文学之子。

他一直都有一种反哺的情感。他沿着一条美丽而神秘的道路往前走，那里能看到四季变幻时的壮丽日出。然而无论身在何方，到了日落时分，他一定会回到他那烟雾缭绕的家，因为他是温柔孝顺的儿子，配得上一切赞美。

这种情感仿佛渗透进他的肉体里。情感，情感！这种情感是水果的果肉，是大海的海水，是服装的布料。所有的东西都有情

---

① 华金·米尔(1873—1940)：西班牙画家。

感，并最终组成生命。在他的创造里，情感好像是万物之源。

在他那里，天空好像比别处的天空更近更高，大地好像也更深邃。在天地之间，在有爱的邻里之间，有时会冒出一股巨大的乡愁。他总是向往着傍晚或黎明时分乡下的庭院和小小的茅草屋。他手里握着星星和花朵，沿着土地和云彩铺成的路往前走。

56 欧亨尼奥·蒙特斯[1]

我认识他时，他对探戈的爱好更甚于诗歌。他舞姿英俊，肢体柔和，工作不能左右他的生活。

如今他将这些所罗门的智慧特质用在他的散文批评上。

他有一种了不起的尖锐视角和丰富的构思立意。

他用老师欧亨尼奥·德厄尔斯的思想准确记录西班牙的现状，并把各种复杂的问题简化为“2＋2＝4”这样的常识。这在西班牙是难能可贵的。

我不知道他现在是否还经常跳探戈。他的老师德厄尔斯喜欢伦巴舞那种柔软的颤抖，尽管他的舞姿没老师那么柔，但舞出的效果却更好。

在这位年轻人身上，教养和智慧得到了最好的诠释。

57 何塞·莫雷诺·比利亚（Ⅱ）

他偶尔也会厌倦等待人们的崇拜，他知道自己配得上这样的崇拜，也希望能得到它，然而却还未如愿。为了摆脱寂寞，他从自己的壁龛里走出，来到冷清或喧嚣的小路上。对，他是木质的，一段描金的贵重木头，但难能可贵的是，他却保持着艰苦朴素的作风。

他的歌声像竖笛的音色，在他的音乐里有植物纤维摩擦产生

① 欧亨尼奥·蒙特斯（1900—1982）：西班牙政治家、人文学家、作家。

的干涩刺耳的声音。当他内心激动时，竖笛中会迸出金属的星星和带着刺鼻香味的花朵。

有一次，人们看见这段木头在燃烧，并且已经快烧到尽头。他的心脏是檀香木做的，在丛林中散发出若隐若现的香味。他的根牢牢扎在地底，每一丝阳光都让他萌发出不同声望的新芽。

有人说他的声音来自巴赫，也许吧。我觉得他本身就是巴赫谱出的旋律，他用生命在唱响属于他的咏叹调。

58　莫伦特[①]

我不知道他们具体几点钟来，也不知道他们会在什么时候离去。我只知道他们在那儿，他们经过，他们聊天，他们玩耍。如果我将头探出窗外，就能看见他正从带有小栏杆的桥上走过，用大衣遮住脸；如果我下楼吃早餐，就会碰见他也在吃早餐。有时他跟孩子们在一起玩球，风吹掉了他的帽子，他便追着风跑。

莫伦特急匆匆地穿过晨间结霜的草原而来。

59　韦尔瓦的玛利亚·路易莎[②]

为玛利亚·路易莎·穆尼奥兹·德·布恩迪亚
《没有出口的森林》一书作的序

我梦见了韦尔瓦省，梦见它愉快的产矿首府韦尔瓦市，梦见它长在山上的堤坝莫格尔镇。五色电灯洒出安静的光，点缀在红色的山顶和紫色的屋檐之间。我在梦中从欧洲的美丽土地、从西班牙的土地下坠，像鸟儿一样飞回温暖老家的庭院里。

韦尔瓦和莫格尔的庭院与塞维利亚的不同，我指的是塞维利亚那些大理石铺就的一等庭院，因为在富裕的塞维利亚同样也有

---

① 曼努埃尔·加西亚·莫伦特(1886—1942)：西班牙哲学家。

② 玛利亚·路易莎·穆尼奥兹·德·布恩迪亚(1898—?)：西班牙女作家，她的丈夫罗赫利奥(1891—1969)是西班牙“二七年一代”诗人，同时还是医学博士。

讨人喜欢的二三等庭院；它们也不同于科尔多瓦那种带畜栏的庭院，这两种院子刚好相反，在科尔多瓦要先穿过院子里的花草才能进到家门里；也不是加的斯的庭院，那里的庭院更小，像塔楼一样直耸云霄，院子里也没那么多花瓶。韦尔瓦正宗的、古老的乡间别墅不用栅栏门，也不用铁栏杆，而是用两道黄色的门来隔开家与庭院。庭院在家的中心位置，像铺着砖石的小型修道院。墙边有花坛，大花盆里种着天竺葵、绣球花、罗勒草，另外还有盆栽树、柠檬、石榴、蜜蜂花，石灰墙上长着灌木、金合欢、夜来香和各种攀缘植物。

这样的庭院为我提供色、香、味的盛筵，理想地保存着我童年中的韦尔瓦。泡温泉时的韦尔瓦，节庆时的韦尔瓦，考试时的韦尔瓦，一朵山梅花、一朵紫牵牛花、一朵忍冬花、一株路易莎草[①]的韦尔瓦。路易莎草，玛利亚路易莎草，玛利亚·路易莎，拥有花与叶的年轻生命。她的生命和她的医生兼诗人丈夫快乐而严肃的生命维系在一起，他也是庭院里的一棵树，他们为大西洋的太阳和月亮保留自己的果实。

这片《没有出口的森林》可以将自己的树干和树冠膨胀或收缩，把自己装进韦尔瓦土坯墙后最尽头的一间房子里。它会给村庄带来怎样的奇幻氛围呢？我想到韦尔瓦的玛利亚·路易莎，她是她内心庭院的一株爬山虎，她丈夫是她森林中的一棵灌木。他们俩在自己私密的孤独中是如此巨大，好像沙漠中的一片自由绿洲，将要逃亡到最近的星星上。她打扮得像春天的模样，在庭院和森林、森林和庭院间来来回回。在忙碌了一天后，她消失了一个小时，然后在紫色的夕阳下开出了诗的花朵，哼着花的小调。

---

① 学名“柠檬马鞭草”，又名“防臭木”或“香水木”，因香味强烈如柠檬而得名，西班牙语名为 Hierba Luisa（路易莎草）或 María Luisa（玛利亚·路易莎）。

60 纳塔莉亚[①]

年少的狩猎女神狄安娜逃离了自己的身体，带着黎明的激情与梦想，她渐渐成长。她是由极细极细的线组成的女人，当自然之花从容而和气地完全绽放时，她的灵魂又重归她的身体。没有人像她这样，灵魂与身体如此契合。

是的，狩猎女神狄安娜，带着在森林中奔跑的窒息感，回到自己家中坐了下来。在这场远足中，她与高山比较力量，在雪之镜中照见自己美丽的容颜，她拥有太阳的颜色和不施粉黛的大树的魅力。

今天她穿上黑色的衣服，就像文艺复兴时期的圣母像，那时基督教的思想还未普及。她高贵而庄严，不搞排场，受到世人的喜爱，她是家里代表和平的纪念柱。她严肃、质朴而简单，宽阔的前额上闪着智慧的光，能解决一切疑惑。

她讲该讲的话，看该看的东西，恰到好处地停下，给予足够的施舍。如果要重新为她命名的话，那就直接用刻在她额头上的那个名字吧：尊贵。

61 华金·宁[②]

不，他不在。不在吗？不在。那是谁在弹琴呢？是宁在弹琴没错，但他不在这里。

就像喷泉在水里，太阳在阳光里，花香在花里，创作者宁在演奏者宁里，或者说在他积极的精神里。

宁的创作是如此美好，像水，像阳光，像花香。

---

① 希梅内斯的侄女纳塔莉亚·希梅内斯·德·科西奥。

② 华金·宁（1879—1949）：古巴作曲家、钢琴家、音乐学家。

62 塞拉芬娜·努涅斯(Ⅱ)(1941)

塞拉芬娜·努涅斯用左边翅膀上拔下的一根僵硬的粉红色羽毛来撰写诗句。顺便提一下,这只翅膀是诗歌天使抵押给女人心中的魔鬼的。

塞拉芬娜出门前穿上衣服来遮住她的翅膀,但是左边翅膀上的一根羽毛掉了下来。她为了伪装,便将它插在自己的小礼帽上。你们想必已经看到了。

这样,当塞拉芬娜站在天边和海边时,她机敏的灵感便能很快穿过身体找到她的灵魂,给她惊喜。

63 米格尔·赫尔曼·奥特嘉·斯波托诺[1]

米格尔·赫尔曼·奥特嘉·斯波托诺有他父亲的陋习,也拥有他母亲的色彩和魅力。

64 里卡多·德·奥鲁埃塔[2](到来)

突然,他绿色的眼睛转了一圈,他便看不见了。他说因为他的双眼是在拂晓时分失明的,所以新的一天刚诞生在他面前就立刻死去了。每一天对他来说都那样漫长,那样千篇一律。他像约书亚一样让太阳停止了转动,但不同的是他并没有得到上帝的允许。每一天都是美丽的废墟。

有一句波士顿的箴言这样说道:"只做一件事情,并把它做好。"他把这句话记在方形的化石板上。他的废墟是与世无争的风度和排场盛大的崇拜,是朝向南方的风车。他属于孔夫子谓之"约

① 是何塞·奥特嘉·伊·加塞特的长子,西班牙医生。

② 里卡多·德·奥鲁埃塔(1868—1939):西班牙艺术评论家,研究十六、十七世纪雕塑的专家。

于礼”的君子，这是他与外在世界唯一的联系。他连咳嗽都是亲切的，当他不得不谈到那个他不喜欢的小矮人时，他便用咳嗽来掩饰；而且为了避免想起他，也为了不亵渎他心中这位西贡萨的男孩，他就将自己变成一台带有可变光圈的照相机，转而去打量周围的东西。

可是，突然，他灰色的眼睛转了一圈，他便再也看不见了。

65　本哈明·帕伦西亚(Ⅱ)(1923)

微笑的本哈明藏在哪里？他藏在西班牙的画中，有力而纤弱；他藏在自己抽象的热情与精力中，模糊而隐秘。突然有一天，这朵蓝色的珐琅质小花出现在岩石上，迎着风，微笑，张望，散发芬芳，因为这朵花和这块岩石是一个人。这是怎么回事？我不知道。我们说了几句话就离开了。他在存在之前就已存在，所以他这类人没有根源。他来到了属于他的时代，就像本应发生那样。他的加入是自然的，像微风，像流水，像太阳。本哈明不断地创作、创作、创作，像真正的造物主，流动、直接、性感、敏锐、概括。

66　帕洛马雷斯侯爵[1](1916)

他们是用什么灌木做掩护物把他带来的呢？这灌木上长着被太阳晒蔫的花朵，似一件隐形的绿色教士长袍，使他看上去总像一只欢快可爱的主教小鸟，张着塞维利亚的翅膀，啼叫着欢迎我们。在这类微笑、振翅、开花的人们周围，生命总像南方的春天。在他们下面和旁边的(例如一块狰狞的石头、困苦、难过、艰险、寒冷)，总是向他们发泄怒火；在他们之上的(艺术、科学)，住在最高的地方，总把他们当作理想的绿松石镶嵌进灵魂的戒指里，因为他们拥有一种美德:亲切。

---

① 帕洛马雷斯侯爵是西班牙国王卡洛斯二世创建的一个贵族世袭头衔，本文中指侯爵安东尼奥·比嫩特·波图翁多。

他从树林中高兴地走来，好像他每天都会对我们说“我穿过塞维利亚的春天而来”，虽然其实已经是十二月了。在他内心深处仿佛有一个烧焦的但却五彩斑斓的万花筒。他带给我们微笑，还带来棕榈树和柑橘树、屋顶平台上的一列列花盆、蓝色的牵牛花、栅栏、茉莉花和蓝色的宽叶香蒲。我离远一些便看到瓜达尔基维尔河在塔布拉达区折返——“塔布拉达区的砍伐还包括对蔷薇藤的砍伐，因为工程师们把它们用作标记”。在四月这样安静的下午，坐在舒适的轿车里，陶醉在德里西亚斯大街高大的金合欢的香味中，就像置身于天堂一间隐秘、密闭的大厅里。直到暮色降临在特里亚纳区，不可比拟的澄澈天空中升起粉色云彩。

我无法忘记二月的一个早晨落在一位流着泪守墓的年轻女子头上的那个高贵的吻。当时查封已解除，聚集在墓穴里的痛苦也已驱散，整个巨大的瓜达拉马区被纯净的白雪覆盖。这场美丽的雪越过寂寞丑陋的墓地围墙，慢慢靠近那三位被延误的男人，为他们抵御寒冷。

67　玛格丽塔·德·佩德罗索[1]

她一头金发，精美得无需任何技巧去打造她的纯洁和生动。她的辫子长及昨日。今天的她拿起百合向日葵和忧虑的剑，穿越不可能的爱情草原、艺术荒芜的盐碱地和虚构幻想的玫瑰色云彩。她向前开路，就像要开始一段新的乐章。她自言自语着，追寻属于她的第一个加利利。

这条温柔而任性的小溪拥有动人的表达能力，她的音色如此迷人，音调时高时低，混合了私密的和公开的、地下的和地上的、未知的和已知的一切。她生动形象又热情奔放的品行特质甜美地平衡了她苗条身体最底部的湍流。当她全神贯注于春日的美景时，她的辞藻就会赤裸地徜徉在这幸福的、感性的、神秘的湍流中，像一群蜜蜂在表演婚礼的舞蹈。

---

① 西班牙女诗人，希梅内斯从前的情人。

人们猜测她从那么远的地方出发到底能否按时抵达，实际上她的所有斗争都是在又高又远又宽广的地平线上完成的。玛格丽塔不就是一个终点吗？这个终点在灵肉中汇集了整体和唯一。那些圣女、女神和仙女们也能如此准确地了解人类吗？她温柔地向那些仰望她的人们回过身来，然后这个完美的女人从她那无法言说的尽头——沉默、痛苦、安慰——出发，去寻找完美中的完美。

玛格丽塔想要的是什么？她想用她灰色和浅金色的明亮双眸看到什么？她在外部生命的金色和灰色中又看到了什么？这双眼睛从短暂的过往中捕捉到了什么？当玛格丽塔望向自己体内时，她灵魂的土地上会耸立起怎样的精神花园并直抵她双眼最深处的颜色？如果内部能与外部分离，那么从她体内耸立起来的这位应该就是百合、棕榈和喷泉的兄长，他健硕而颀长。

68　拉蒙·佩雷斯·德·阿亚拉[①]

(1)

他把自己加工好后松散地装在英式外套的衣兜里带来。他长时间地抽烟，说想把自己当成烟抽掉，变成烟圈溶进周遭。他被安置在文学的最高点，他能碰到的东西都被变成了他希望的样子。我曾听他的一个家人说过："拉蒙不在桌上放满书和杂志的话就没法工作。"同化，同化是健康和财富，毫无疑问，也是粗糙斜面上的镜子，映照彼此。

莫雷诺·比利亚与他那些所谓的朋友和仰慕者们都说，他的语感无人能及。没错，对语言形态的感觉，塑造语言的感觉，将语言做成铸件和石膏的感觉。他只关注语言本身，却没有建立起主语到宾语、宾语到主语的联系。这样的语感是长期的、学术的、需要技巧的，却也是冰冷的、枯燥的。他的散文是在坟墓中铸造的。

"形态"应该属水，属风，属火；"形态"是源泉，是活水，流过无数沟渠而得到传播。但佩雷斯·德·阿亚拉的形态却是蓄水池，

---

① 拉蒙·佩雷斯·德·阿亚拉(1880—1962)：西班牙作家、记者。

虽然宽广却是死水一潭，是湖水做的一面死亡面具。万物从四面八方汇进池中便不再流动，不会溢出也不会互相感染。这就是已故散文的一尊学术雕像，她的胸部没有乳头，因此无法分泌甘甜的乳汁。

（2）

他总是呼朋引伴。

要描写他，最好先描写他身边的人，他们与他在身体和灵魂上都被混淆在一起，我从来无法将他单独隔离开来。

一个短暂的冬日的下午降临，困难而又复杂。

69 弗朗西斯科·皮·伊·马尔加耳[1]

有些人在还很年轻的时候就开始追忆青年时代，比如卡斯特拉尔[2]；另一些人在年老时才喜获不可磨灭的形象，比如皮·伊·马尔加耳。皮·伊·马尔加耳的灵魂总是符合老年人的标准，不是因为他年纪大，而是因为他太完美，太纯白。

他仿佛是康德想象中的人物，被孤单地放在星空下最高的山尖，是所有纯白和正直叠加在一起的顶峰。他是白雪覆盖的杏花，雪下是他的温柔与芳香；他是冰冻的河流，冰下是徐缓而潺潺的流水。

他与死亡相处得多么融洽，死亡的特质如庄重、疏远、沉默，与他多合拍！他依然是不真实的春天中的一朵杏花，只是现在这朵杏花被死亡变成了化石。他的色泽与甜蜜已不在，但人们却立刻能在回忆中让它们复苏。

---

① 弗朗西斯科·皮·伊·马尔加耳（1824—1901）：西班牙政治家、哲学家、法学家、作家，于 1873 年 6 月 11 日至 1873 年 7 月 18 日期间任西班牙第一共和国主席。

② 埃米利奥·卡斯特拉尔·里波尔（1832—1899）：西班牙政治家、作家，于 1873 年 9 月 7 日至 1874 年 1 月 3 日期间任西班牙第一共和国主席。

70　巴勃罗·皮菲勒尔[1]

绿色的春天已到来，在流水所经之处，黑杨木用它们新生的嫩叶不知疲惫地热烈鼓掌，

让风笛响起，让舞蹈旋转。

密集的黑杨木后是纯净的蓝天，就像勃克林[2]的画一样，圆形的白云飞速掠过，很快便消散不见。一棵嫩黄色的柳树让水滴顺着它的枝芽坠入水中，激起一片片涟漪。燕子摇摆着在水中嬉戏，时而将两只翅膀交替着伸进水里，时而腾空而起，像一股黑白色的喷泉。

岸边正在举行晚会。一个身穿黑色紧身礼服头戴礼帽的年轻人背着手慢慢走来，他的眼里充满思乡的情绪，心不在焉而又郁郁寡欢。他错愕地观望了一会正在旋转的人们，

让风笛噤声，让舞蹈停止。

看到他，姑娘们都突然停下来不敢开口。

不过好在他很快就离开了。黄昏降临，灯塔上金色的水晶信号灯亮起。他逆着光，低着头，带着长长的影子离去，在这片初春的新绿中，朝自己那已经失去的纯真投去苦涩的微笑。

---

① 巴勃罗·皮菲勒尔（1818—1848）：西班牙记者、诗人、散文家。

② 阿诺德·勃克林（1827—1901）：瑞士象征主义画家。

71 亚历杭德罗·普拉纳[1]

他是纯粹的评论家，在《先锋报》上只讲该讲的话，犹如繁华盛开，恰到好处。

72 曼努埃尔·雷伊纳[2]

（1）

我对曼努埃尔·雷伊纳颇有好感，他是他那个年代唯一一个跟我有私交的“老”诗人。我把他看作西班牙的高蹈派诗人，看作大理石和玫瑰花。他拥有过去那些文体华丽的西班牙诗人的一些特征，例如巴拉奥纳·德·索托、埃斯皮诺萨。

> 长满月桂的小路，
> 充满小鸟和泉水的音乐。

他患有糖尿病，双眼几近失明，之前还从一辆有轨电车上摔下来被列车拖行了很长一段距离。他来看我的时候，瘸着腿，戴着厚厚的玻璃片眼镜，有点像泰奥菲尔·戈蒂埃。他把自己用礼帽、香烟和背上的里拉琴包装起来，就像我小时候在杂志《白与黑》上看到的他那幅肖像漫画一样。他比当时杂志里的其他形象都更突出，我能记得的还有索里利亚、努涅斯·德·阿尔塞、坎波阿莫[3]、

① 亚历杭德罗·普拉纳（1889—1940）：西班牙评论家、诗人、小说家，用加泰罗尼亚语写作。

② 曼努埃尔·雷伊纳（1856—1905）：西班牙政治家、记者、诗人，现代主义的先驱。

③ 拉蒙·德·坎波阿莫（1817—1901）：西班牙现实主义诗人。

法拉利[1]、格里洛[2]、韦拉尔德[3]、曼努埃尔·德·帕拉西奥[4]。

他浏览了我《韵律集》的手稿，把其中我自己认为最好也是最有个人特色的部分删去了。他在一页纸上给我写道，“燕子回来了”，并且在楼道里用带有安达卢西亚口音的西班牙语冲我大喊：“您的精华就在于您的感染力！”

(2)

他来看过我两次。他身材高大，打扮庄重，头戴礼帽，身穿有些发旧的燕尾服，走路时衣襟随之摆动。他因为糖尿病的关系，几乎失明，讲话时总是用浓重的安达卢西亚口音大喊，像“残酷者”佩德罗一世那样“把 s 的音通通发成 z”。他住在他的让蒂尔港。

“这男人很有感染力！”他高喊着穿过走道。

我把《韵律集》的手稿给了他。他将所有我当时认为甚至到现在都认为是最好的部分（或者至少是不差的部分）删掉了。他给我指出他觉得好的几首，如《被绞杀的人》、《故事》、《城堡》等等。

雷伊纳身上有某种我说不清的光芒，在我的青年时期曾一度很吸引我。他的诗句（“沿着月桂与蔷薇的小路……”）尽管不真实，却不知为何让我觉得很有高蹈派的风格。他是一位不真实的抒情诗人。

73　菲力西阿诺·罗兰[5]

对于一个应受表扬的人的最大关照，莫过于最平常的照料，莫过于让他抬起脑力劳动或体力劳动的额头，停止在太阳下、大山下、大海边或星空下的回忆。

节日、特殊的日子或投机取巧都不属于我。我爱星期一和早上十点的太阳，因为那象征着生命的回归，菲力西阿诺·罗兰也

---

① 埃米利奥·法拉利(1850—1907)：西班牙诗人、记者。

② 安东尼奥·费尔南德斯·格里洛(1845—1906)：西班牙诗人。

③ 拉蒙·洛佩兹·韦拉尔德(1888—1921)：墨西哥诗人。

④ 曼努埃尔·德·帕拉西奥(1831—1906)：西班牙记者、讽刺诗人。

⑤ 菲力西阿诺·罗兰(1907—1935)：西班牙诗人。

爱，甚至是病态地不断渴望。

对于真正的诗人和死去的朋友，最大的关照便是今时今日所享有的灿烂的工作时间。

74 里卡多·卢比奥（Ⅱ）（1915）

再没有人能像他那样让我回忆起精致而忧伤的古西班牙语，甚至在快乐时也带着忧伤。他是埃尔·格列柯的画像，拥有格列柯的色彩和技巧。他本人就是被画出来的，是一幅肖像，是所有人中最自然的，是劫后重生的。

科西奥是针对格列柯的无休止的批评家，他对于"自由教育机构"中某些人的评价对我影响很深。弗朗西斯科·希内尔先生不是埃尔·格列柯，而是里贝拉。或者恰恰相反，是因为科西奥自认为是格列柯，所以他才会把格列柯的画作当成真实，并与自己的生命混淆在一起。

很难找到词语来形容里卡多·卢比奥这位松树人，他在自己的土地上站得那么稳，有时很像一幅画，那么安静，那么吸引人，那么深陷在自己专注的沉默中。他总是习惯于微笑，笑得那样灿烂，灿烂到我不知道在他的微笑背后是否也藏着痛苦。

75 萨尔瓦多·鲁埃达

在这样的时节，鲁埃达总是头戴帽子脚穿麻鞋，游走在街区里的穷苦百姓中，"收集素材"。我总能在他的石膏希腊——一座复制品博物馆——中见到他，或是在胡里奥·佩利塞尔的家中碰见他。

有天他给我寄来一封信……

那是我最后一次直接了解到他的消息，这二十年里我再没见到过他。最近几年我每次去马拉加时都想见他，但没人能给我他的信息，有人说他有时会坐着煤车来看望玛格丽塔。

76　巴勃罗·鲁伊斯·毕加索[①]

锋利的曲线。他棱角分明地出现在我的灵魂里，梦里。不知道为什么，在品尝他无穷无尽的美味图画时（他的画、他的情感、他的颜色、他的心境），我的内在变得空灵，一种自由的宿命论将他高举到我心中的第一位。

破晓时分，毕加索仍留在我的头顶和心尖，正对另一片天空，带着他永远年轻、永无止境的声望，恰如从前的埃尔·格列柯。

他们的气质相投。在埃尔·格列柯之后和毕加索之前，再没有任何人能拥有他俩这样鹰嘴般尖利的灵魂，即便是塞尚、梵高、高更或其他伟大而优秀的画家都不曾有。我认为埃尔·格列柯是第一位立体派画家。立体主义存在于一种圆的正方形中，它盲目地改变了艺术的概念，扼杀所有圆的东西，改变一切波浪形的曲线；它带来惊恐，混合着儿童的感叹号和老年人的问号；在一片直线与曲线充满节奏的和谐中，它通过比之前更深入更难以预料的秘密信件来表达生命。

我能否说立体主义用解剖学的方式描绘了灵魂？皮肤中的圆形被完美地留在了所谓古典主义、希腊和文艺复兴的死板陈旧中，被剥去皮的曲线锋利而感性，真实地出现在我们面前，带给我们新的灵魂。我们为立体主义欢呼，它拥有如此多的新鲜活力，它是不断提升的保障，是我们时代的珍宝，是法国印象主义的女儿，是毕加索的女儿！它愉悦地在秘密中睁眼，幸福地在黎明中醒来。

77　克里斯托瓦尔·鲁伊斯[②](1916)

一只穿着丧服的安达卢西亚小鸟。它知道谁在想它吗？所有

---

① 巴勃罗·鲁伊斯·毕加索(1881—1973)：西班牙画家、雕塑家，现代艺术的创始人，代表作品有《格尔尼卡》、《和平鸽》、《亚威农少女》等。

② 克里斯托瓦尔·鲁伊斯(1881—1962)：西班牙画家，尤以风景画和肖像画见长。

人都在想它,所有给过它感情的人都在想它。这只黑色的小鸟敏感而善良,总是立在那枝头,忧郁而悲伤,但它内心却像日出时分露水上映出的云朵一样开心。

这种开心的感觉,就像一个小孩拿着自己的玩具,在夜晚用许多色彩、许多画笔在那巨大的画布上作画。他看看表,上好闹钟,在睡梦中眉头紧锁,在曙光中绽放微笑。黎明时分,他站在那人造的光线中,把窗户一扇扇打开,只为让白天赶紧到来。

去原野上画画吧!那头黑色公牛在寒冷孤寂的蓝色悬崖边,对着玫瑰色的天空哞哞叫。降下的霜让人冷得打颤,让人患上风湿。不过没有关系,天空是如此纯净,就像刚刚被创造出来一样,它折服了芸芸众生,但又将他们忘却在那无比纯净的绿色中。拂晓时的星空中划出条条粉色光带,多么美的颜色!克里斯托瓦尔·鲁伊斯啊,那是多美的白色,多美的橙色!

78 圣地亚哥·卢西尼奥尔①

(1)

他步履匆匆地走来,大声嚷嚷,高大的他占据了半条街道。未经修剪的麻屑般的大胡子从长脸上垂下,他的脸像被锉平的蜡一般高低起伏,总是渗出吗啡的汗水。宽边软帽的帽檐变得硬不可堪,从中垂下两缕麻绳般的头发。他蓝绿色的眼睛不属于圣人,倒像流浪汉一般活泼。

他讲话时像在唱歌,在起波浪。他不修边幅,执迷不悟,却又无比自然。他和马查多一家一样惧怕洗漱用品。乌纳穆诺用酒精洗澡,据他说是为了促进血液循环,安东尼奥·马查多却宁愿选择喝啤酒来促进循环。

这是一个因信仰而组建的邋遢教友团。

---

① 圣地亚哥·卢西尼奥尔(1861—1931):西班牙画家、作家、剧作家,用加泰罗尼亚语写作。

（2）

带着前所未有的精华，夹在书中被制成了标本的花朵和死去的蝴蝶好像又重新被注入了汁液，恢复了活力，绿色的花园像真正的春天一般吸引着我们。好像花儿接受了雨露，蝴蝶在翩翩起舞。

绿色的生硬粗暴和忘恩负义都不复存在。

79 埃米利奥·萨拉①

我认识的人里面很少有人像埃米利奥·萨拉这样，对新鲜事物如此欣然接纳，伟大的宽容与理解让年迈的他成为大师中的大师。他待我极亲切，对我的拙作也抱有真正的喜爱。每当他来找我，我们便站在窗前，看他最爱的金合欢，它们开着黄色的小花，顶端像绿色的天鹅绒和银色的灰烬。

他教我爱上罗萨雷斯的诗，他为我带来加尼维特②的书（加尼维特的一个女儿是他的学生）。

他家离我家很近，他给我带来煮好的蘑菇，美味至极。在某些夏日的夜晚，他会带上女儿玛赛拉一起来看望我。

80 阿道夫·萨拉沙尔③

阿道夫·萨拉沙尔是戴着眼镜出生的吗？他看东西时好像都透过玻璃。

是的，在他和生命之间总有一层能净化、筛除和统一物质的玻璃。他的剧场里装饰着水晶，世间的演出在这里显得更加晶莹。

---

① 埃米利奥·萨拉（1850—1910）：西班牙画家。

② 安赫尔·加尼维特（1865—1898）：西班牙作家、外交家。

③ 阿道夫·萨拉沙尔（1890—1958）：西班牙音乐学家、作曲家、评论家、记者、历史学家。

81　佩德罗·萨利纳斯(Ⅱ)(1923)

(1)

费德里戈·加西亚·洛尔卡说,从远处看佩德罗·萨利纳斯就像一头美洲野牛。现在的他要更整洁一些,不再是1923年来看我时的样子了。他曾经那样自然,自然到走路时脚下都能带出土块,来自当时最炙热的金色西班牙的土块(乌纳穆诺、安东尼奥·马查多、没有出路的造物主)以及法国集群主义的土块(儒勒·罗曼①、查尔斯·维尔德拉克②)。他用娴熟的技巧把自己移植到另一块更寒冷、更灰暗、没那么靠西但却更受欢迎的平面——埃菲尔主义炼出的钢板,这块钢板一面是让·吉罗杜③,另一面是内心封闭的运动员和瓦莱里·拉尔博④。《法国新评论》中的顺利计划,在那之前已有英国的苗头(弗朗西斯·汤普森⑤)。他的枝叶没有白白吸收最初的浆液所赋予的营养,其中的铁元素永远不会被排出血液,而是让他能永远保持最佳状态,鲜活地向上发展。

我们听见佩德罗·萨利纳斯的声音,但又不太真切。于是我们回过头,便看见他在讲话,可是却听不见他在说什么。真奇怪!佩德罗·萨利纳斯没有声音,没有音调。我们靠近一些,觉得他讲的是真的,但他似是而非的思想和含糊不清的话语之间却没有联系。他存在于他的话语之外。

如今萨利纳斯身上让我觉得最珍贵、最诗意的是他的色彩,这是从洁净的彩虹中炼出的钢,它跨越所有色域。尽管在南方和东南沿海地区,他的太阳和蓝色从来都不甚浓郁,但在春天的海上却泛着日偏食迷人的光芒。钢制的太阳,精细无比,日月同辉。萨利纳斯就是一轮知识分子的太阳,他庞大的身躯愉快地扎根在沙滩

---

① 儒勒·罗曼(1885—1972):法国作家。
② 查尔斯·维尔德拉克(1882—1971):法国剧作家、诗人。
③ 让·吉罗杜(1882—1944):法国作家。
④ 瓦莱里·拉尔博(1881—1957):法国作家、诗人、散文家、文学评论家、翻译家。
⑤ 弗朗西斯·汤普森(1859—1907):英国诗人。

上，在正午张开彩色的钢针，就像精巧的中国焰火。他是一位彩色的学者，是灰色的旋律与白色的和谐融于白银之水的产物。紫色的修辞学和粉色的诗学这两位苗条的外国侍女从白金地图上摘下低空的星星去装点他的短诗。

佩德罗·萨利纳斯现在正骑在他诗歌宽阔的脊背上，带着它在平坦的田园里散步。他穿过成群的小溪，应该说是穿过正在解冻的金属小水渠，它们互相切割，相连，结合，分离，联合，保持平行，安静而快乐地发出听不懂的呢喃。它们不做一丝改变，却将万物讲述成珍宝和光明。有时一条低洼的分支渐渐壮大，好像即将溢出，但这位散步的诗人会用驯服者的精神将它引入温顺流淌的河流中。在流水的尽头，大片相同的云彩正为他美丽的身体高歌。岸边的花朵有着纯洁的色彩，讨人喜欢却带有腐蚀性，原始而又新颖。它们几乎没有味道，但却精心装扮着这永恒而平静的和谐。

（2）

1923 年的那个萨利纳斯已经变成另一个人了，他被冲昏了头脑。现在的他策划阴谋，插手一切，参与政治，变得自私而虚伪，懦弱而胆怯。

82　安赫莱斯·桑托斯[①]

在巴利亚多利德和马德里之间有一道亚麻布和画板拼接的墙，上面画着白色的面具。有的面具灿烂夺目，有的却黯淡无光。它们的眼睛是两个孔，带着古老和新颖的美注视着一切。它们的视线渗进蓝色，用雪、水或土地，用洞孔里捕捉到的太阳和星星去观察。

在画幕背后是多石多草的平原，是长满杨树的卡斯蒂利亚运河，是巴利亚多利德[②]和帕伦西亚[③]之间纯净的群山，是豪尔赫·纪廉呼吸的清新空气，是田野上的生灵、男人、小鸟、女人。它们与这

---

① 安赫莱斯·桑托斯（1911—2013）：西班牙女画家。

② 位于西班牙中部的工业城市。

③ 西班牙卡斯蒂利亚·莱昂自治区城市，帕伦西亚省省会。

些面具截然不同，在瓜达拉马这边的我们也和面具不同。我们带着里拉琴、毛笔、錾子、钢笔，被画中的脸生生隔开。

有人走近画布，好奇地从面具的一只眼睛望出去，便看见灰色的安赫莱斯·桑托斯赤着脚在河边奔跑。她在眼睛里放进绿色的树叶，把水泼向太阳，把炭扔向仙人掌。她逃跑，奔来，又远去。突然，她将双眼放进正牢牢盯着我们的面具眼窝里。我们看着她，她却不知在看谁。我们看她，她也在看。

83 胡利安·桑斯·德·里奥[1]

胡利安的影子。我眼中的桑斯·德·里奥是在强烈的德国浪漫主义哲学太阳照耀下，西班牙围墙所投下的影子。有一次，我曾在大学走廊里一个古老的拐角碰见他。他是一块深紫色的斑点，就像夹在书中的天芥菜身上的斑点。天芥菜用红色和黄色的斑点去装点他蓝色的回忆，岁月在他的书页间开出异类的花朵。他的作品已经不再被翻阅，而“那本书”可能也遭受了同样的命运，就像一棵柳树，投影在西班牙的河水中，但这水已不再流淌。

我想到，胡利安·桑斯·德·里奥一八四几年在海德堡和布拉格领会到的克劳泽主义[2]就像一朵高大的花，他带着无尽的美好幻想将它带回西班牙，并让它爱上一些狂热的人，他们是如此虔诚而疯狂。我想到，这些狂热的浪漫主义哲学家在那个时代只能搭乘马车和火车进出西班牙，比我们现在要困难得多。他们要观察自然和道德的美景也更加困难，我们如今能利用所谓的便捷看到它们，但我们的眼睛却对此十分抵触。我还想到，在秋日的下午，这些哲学家们带着更大更美好的幻想入神地走进他的课堂。或许当时的他们比现在更悲哀，更孤单吧。

---

① 胡利安·桑斯·德·里奥(1814—1869)：西班牙哲学家、法学家、教育学家。

② 克劳泽主义主张学术宽容和学术自由，反对教条主义学说，其名字源于德国哲学家卡尔·克里斯蒂安·弗里德里希·克劳泽。克劳泽主义在西班牙得到快速发展主要归功于胡利安·桑斯·德·里奥的工作以及弗朗西斯科·希内尔创建的“自由教育机构”的贡献。

创始人哲学家、直接的启发者留下了，而引进这门哲学的讲解者和翻译者却带着快乐和幻想离去了，因为能记住他的快乐时代已经过去。

胡利安·德·里奥变得如此模糊，离我如此遥远。科西奥曾对我说："弗朗西斯科先生的遗骨就要迁入市民公墓了，我们甚至可以把他请进自由教育机构的院子里来。我猜弗朗西斯科先生应该愿意跟胡利安待在一起。"于是我在想象中看到，胡利安先生手中拿着克劳泽主义干枯凋谢的花朵，弯腰迎接弗朗西斯科先生，并让他站在自己的左边。我感觉自己好像是第一次见到他一般。当他靠在静止的柳树上时，在二月的这一天，柳条舞动起来，让变了形的太阳顺着柳梢滴落在弗朗西斯科·希内尔的坟墓上，这样他明天就能静静陪伴胡利安了，他们之间将只隔着一点土壤。

84 路易斯·希马罗[①]

(1)

希马罗医生设法为我在外科疗养院里准备了一个带卧室和客厅的病房，类似于宾馆的房间，因为他知道我无法忍受马德里市中心的噪音。

路易斯·希马罗先生对我就像对自己的孩子。他带我去拜访那些可亲可敬的人：希内尔、萨拉、索罗利亚、科西奥；他送书给我，为我读伏尔泰、大卫·休谟[②]、尼采、康德、冯特[③]、斯宾诺莎、卡尔杜奇[④]。

在他的精心照顾下，我不知道我想象中的死神有多少次远离

---

① 路易斯·希马罗(1851—1921)：西班牙神经学家。

② 大卫·休谟(1711—1776)：苏格拉哲学家、经济学家、历史学家，著有《人性论》、《英格兰史》、《大不列颠史》等。

③ 威廉·冯特(1832—1920)：德国心理学家、生理学家，著作有《心理学概论》、《生理心理学原理》等。

④ 焦苏埃·卡尔杜奇(1835—1907)：意大利诗人、教师，1906年诺贝尔文学奖得主，代表作品有《撒旦颂》、《野蛮颂歌》等。

了我身边，他总带给我平安和喜乐。

后来，他的太太，美丽而善良的梅赛德斯·洛嘉过世了，他便邀请我去他家同住一年。

我永远不会忘记在那些下着雨雪、寒冷的冬日下午，被孤独包围的我却总能在最后一刻意外地从窗户里看见希马罗的小轿车慢慢驶近我那被忧郁笼罩的花园。

(2)

在自由教育机构里随处可见这样的小牌子，上面写着“请勿吸烟”。我们正要去吃晚餐，希马罗抽着软香烟走进来，他随身带着他的金色木质香烟盒。下着雪的一月，弗朗西斯科先生按惯例迟到，十点才来，他把阳台的门窗敞开。希马罗穿着皮大衣坐在火炉边上，继续笑眯眯地抽烟。

弗朗西斯科先生对他说：“您只有外在的生活，而我这个人却只有内在的生活。”我在希马罗先生面前显得那样渺小，但当我神经极度衰弱时他却邀我与他同住，并像父亲一样待我爱我。我跟他学习英语和法语，他为我读伏尔泰、大卫·休谟、斯宾诺莎、冯特、阿纳托尔·法郎士、叔本华、卡尔杜奇、勒南[①]。后来，不知是否受我的影响他也开始读尼采。我为他读鲁文·达里奥、魏尔伦、爱伦·坡、路易斯·德·莱昂修士、梅特林克[②]，他笑得多么开心！

他从六十岁起便变得像勒南。时间对他而言只是一本画册，他取出手表只是为了给我量脉搏。命运是他的导师，当命运将一个合适的课题摆到他面前时，他的思想下就会流淌出最美妙的心理音乐。

85　贝尔塔·辛格尔曼[③]

她拥有匀称的身材，完美的姿态，和谐的举止，绝美的表情，独

---

① 欧内斯特·勒南(1823—1892)：法国哲学家、作家、研究中东古代语言文明的专家。

② 莫里斯·梅特林克(1862—1949)：比利时诗人、剧作家、散文家，1911年诺贝尔文学奖得主，代表作品有《青鸟》等。

③ 贝尔塔·辛格尔曼(1901—1998)：阿根廷女歌手、演员。

特的魅力，天籁的嗓音，饱满的感情。

一个遥远的诗人只能理解和记住她的美好与明亮。

86 索罗利亚①

大自然有时自诩技艺精湛。你们已经见过黎明和黄昏时的云彩，见过海浪，见过阳光下穿透花园的风，还有森林里的大火。色彩，只有色彩，流于外在使人愉悦的色彩。索罗利亚正是如此，他拥有大自然的力量，像海，像风，像火。他的色彩不是安格拉达那种，而是介于衣服和灵魂之间更内在的一种色彩。对于安格拉达，我们想剥去画框看见赤裸的肉身；而对于索罗利亚，我们想进一步剥去其裸体的表皮。

87 米格尔·德·乌纳穆诺(Ⅱ)

乌纳穆诺的宗教信仰

乌纳穆诺的宗教信仰十分简单，两句话就能说清：米格尔·德·乌纳穆诺把自己当成上帝，且信仰着自己。当然，他是一位西班牙的上帝，非洲也是他的辖地。至少他本人希望自己成为上帝。很多时候他都认为自己高于上帝，高于自己，因为他认为自己是上帝，那么只要高于自己也就必然高于上帝。乌纳穆诺去任何地方都将上帝带在身边：报社、教室、协会、咖啡馆、电车上、暖炉边、炕桌下。在这一点上他跟圣特蕾莎修女②很像。

谁也不能像他那样带着上帝到处走，因为乌纳穆诺的上帝不属于礼堂或教堂，而是无时无刻不在的，是拥有所有神灵和人类需求的上帝。所以乌纳穆诺跟上帝讲话有时像天使般温柔有时却又像车夫般粗鲁，他甚至请上帝去吃西班牙小香肠。

---

① 华金·索罗利亚(1863—1923)：西班牙画家，留下了两千两百多幅画作。

② 特蕾莎·德·阿维拉(1515—1582)：西班牙宗教人士、作家、神秘主义者、罗马天主教圣人，著有《内心的堡垒》、《圣德之路》等。

我不知道上帝还对哪位作家或诗人像对乌纳穆诺那样好，那样多变。乌纳穆诺随时都与上帝一体，他把上帝当作家人或客人来对待，比圣特蕾莎做得更好。他也像圣特蕾莎一样可以随心所欲借助上帝的力量。他把上帝当作神，同时也当作国王、先生、朋友、父亲、儿子、弟兄、敌人；他颂扬上帝，有时也辱骂他、贬低他、拥抱他、分离他。为了不将上帝忘记，他将上帝放进他姐姐的一条项链里，挂在胸前。那是他姐姐的耶稣受难像，有三十厘米长，很重，让他很不舒服。

我曾对乌纳穆诺说："米格尔先生，如果耶稣不是死在您刚刚给我看的这个十字架上而是死在绞刑架、断头台或电椅上，您就得在胸前挂上绞刑架、断头台或电椅了，那该多难受啊！"他却说："越难受越好。但是十字架早在上帝化成人身受酷刑之前，甚至早在人类之前就已经存在了。"我说："而且早在上帝之前。是啊，十字架早于上帝之前出现。"不过米格尔先生经受这种苦行不是因为谦恭，而是因为他的自负。他希望在任何方面都比别人更能忍耐。我记得当独裁者普里莫·德·里维拉[①]将他流放到富埃特文图拉岛[②]时，高傲的他曾对独裁者说："我比您更有才华，工作比您努力，长得比您英俊，倾慕我的女人也比您多。"

他所忍受的不舒服还包括：和衣而卧、睡炕桌、穿羊皮袄背心。到了生命尽头他终得放松，第一个表现就是在共和国时期，他去拜访主席阿尔卡拉·萨莫拉[③]时所佩戴的领带。戴上领带的他显得多么苍老，他本应更年轻的！

乌纳穆诺先生被流放法国期间，他没法在巴黎生活，因为没了这位上帝他就活不下去。他找不到上帝，因为乌纳穆诺的上帝是西班牙人，彻彻底底的西班牙人。他把上帝留在了家里，留在了他的家人身边。他挂在胸口的上帝也不起作用，只能让他为无法见

---

① 米格尔·普里莫·德·里维拉（1870—1930）：西班牙军事家、政治家、独裁者，1923年至1930年期间任西班牙首相。

② 西班牙加纳利群岛的一部分。

③ 尼塞托·阿尔卡拉·萨莫拉（1877—1949）：西班牙律师、政治家，1931年12月10日至1936年4月7日期间任西班牙第二共和国主席。

到上帝而更加遗憾，为他们之间的距离而难过。他的上帝曾像人一样走进他的家门，他需要这样的“存在和形象”。当他想为上帝写诗时，他选择了委拉斯开兹[1]的画作为他上帝的肖像，为了让人们“看见”这位他心中最高大的人。他没有选用中世纪或戈雅的基督像，因为那太女人气。

乌纳穆诺和基督之间的亲密关系同圣特蕾莎与基督之间的亲密关系一样，都有些过，只不过圣特蕾莎的亲密仅止于爱，而乌纳穆诺和上帝之间却常常以争吵结束。对圣特蕾莎来说，基督是她的未婚夫、她的情人，只属于她一人，尽管她竭力掩饰这一点；而对于乌纳穆诺，基督却是一个相反的我，一个相反的我们。乌纳穆诺和圣特蕾莎曾是紧邻两省的邻居，一个住阿维拉一个在萨拉曼卡，死后他们的尸骨也埋得很近。如果他们能够相识，那将是多伟大的事情，乌纳穆诺能为圣特蕾莎写出怎样的作品，而圣特蕾莎又能为他创造怎样的诗篇！他们是堂吉诃德的兄妹，因为圣特蕾莎在各个方面都当仁不让地是西班牙女版的堂吉诃德：理想主义，喜欢徒步旅行。乌纳穆诺也如此。

天才的谷克多有句著名的巴黎“林荫大道”警句：“维克多·雨果是一个疯子，他自以为自己是维克多·雨果。”这句话可以用在乌纳穆诺身上，只需做一点小小的改动：“上帝是一个疯子，他自以为自己是乌纳穆诺。”

我不知道乌纳穆诺身上有多少上帝的影子，但是当他离开我们的西班牙时他确实从街头巷尾带走了上帝的很大一部分。我们失去了乌纳穆诺，也就缺失了上帝的绝大部分，这一点谁都无法否定，也确有一定道理。的确，乌纳穆诺的过世标志着西班牙一位神灵的离去，一位苏格拉底和基督教的神灵的离去。人们将会再次将这位神灵供上神坛，为他穿上天蓝色和粉红相间的衣装，洒上巴黎的香水，梳出女士们喜爱的发型。但这座神坛不在广场上，而是在市场里，在乌纳穆诺先生身边。

---

① 委拉斯开兹（1599—1600）：西班牙文艺复兴后期的伟大画家，代表作品有《宫娥》、《镜前的维纳斯》等。

88 卡尔梅拉·巴尔德斯

卡尔梅拉·巴尔德斯之光

这道人类的光很年轻,她投射在自己身上。突然,她变得刚硬而细长,从高墙上孤单地探照出来。诗歌文学被这道光照亮,发出水晶的美丽光芒,出人意料地填满障碍物后方的空洞。明亮坚定的思想水晶,映出地平线的石镜。

这道光被包裹在一个严密警觉的思想体系中,我不知道她有多大的控制力,也不知她被控制到何种程度。她用藏在语言里的珍宝来书写鲜活的符号,合理表达自己所需。卡尔梅拉·巴尔德斯拥有一根道德的指挥棒,以此来开启秘密的珠宝箱。

同样地,我也不知道她遇见了怎样的艺术难题,但她早熟而多产的风格将世界的形象与灵魂的旋律融合成一种和谐、精美、未公开的艺术流派。

89 拉蒙·德·巴列-因克兰

从第一刻起,巴列-因克兰就真正让我感觉亲切。他当时正在《公正的星期一》期刊上连载他的《秋日奏鸣曲》,而我则每天早上在花园的长椅上拜读他的作品。一天下午,他给我带来用绿色墙纸包好的成书。

巴列-因克兰小我十岁,他平易近人,待我亲切友好。他在我面前诵读我的作品中他最喜欢的那些诗句,我还记得某个下午他曾饱含深情地为我朗读:

傍晚在下沉……

每次巴列-因克兰来,都会在女孩子们间引起巨大的骚动和喧哗。

有一天下着暴雪(马德里已连下三天大雪,城市交通陷入了瘫痪），一身黑衣、消瘦的巴列-因克兰竟出现在这白色的寂寥中。我连忙下楼为他打开铁栅栏：

“巴列，这样的天气您怎么来了？”

“因为跟您有约在先。”

90　费尔南多·维拉

费尔南多·维拉为什么总是如此惊慌？他带着帽子、耳朵、西装外套和眼睛，好像刚从大火、地道、高塔或噩梦中那些可怕的罪行里逃脱。在一问一答间他依然因那令人毛骨悚然的画面而喘气、无力。他带来的衣服看起来并不合身，会不会是错拿了噩梦中某个人的？不管怎样，我不相信新诗的都察院会如此狠毒。

费尔南多·维拉是灰色海浪的英雄殉难者。他在变化的、混乱的、无边的人群中弄丢了他美丽的玛瑙，他曾那样用心地去擦拭它。我忘不掉他挺拔秀丽的树林，那是已毁灭的诗歌评论的荒地入口处一片小小的绿洲。时不时地，他仍然从土黄色的、枯竭的、赭色的、被遗弃的矿渣堆中萌发出带有器官、感觉和意义的珍贵水晶，它们闪耀着美丽的光华。他用逝去的悲伤日子中的这些水晶拼凑出残缺的花环。

他不为突然到来的成就激动吗？他宁愿将他无神的双眼留在倒数第二个春天的原野里，让它在寂寞和遗忘中发光吗？我从我的私人电影放映机里看到他站在斜坡上，在黑色的烟雾里，在白色的仙人掌上，慢慢地、毫无生气地走过那一条条永恒的、上下起伏的、迷宫般的人行道。他漫无目的地走着，背部被束缚着，他的西服因为驼背而出现了空洞、永恒的褶皱。他优秀的双手书写出的符号每年都在不可能实现的东部核心中燃烧。

91　弗朗西斯科·比利亚埃斯佩萨(1936)

《太阳报》上曾发表我的一篇《回忆录》，在这篇《回忆录》中，我在描写我的第一个诗人朋友时曾说：弗朗西斯科·比利亚埃斯佩萨是阿波罗的传播者，里拉琴的推广者，缪斯的普及者。他像索里利亚，像鲁埃达，像加西亚·洛尔卡，但更像洛佩·德·维加。比利亚埃斯佩萨与洛佩之间有很多共同点，并且我相信，在不久的将来，人们很可能会用如今谈论洛佩的方式来谈论这位热情洋溢的阿尔梅里亚人，谈他的作品和他的生平。

我邀请那些有空闲时间的批评家与比利亚埃斯佩萨一起，提前去到未来。这样一来，《先驱者报》的诗人批评家米格尔·佩雷斯·费雷罗就能将比利亚埃斯佩萨那郁郁葱葱、狂风骤雨般的伟大一生（和作品）写成一部受欢迎的传记。

92　西奥斯[1]

(1)

西奥斯是记录员、分类者，维格说他是奥斯曼钢笔、自来水笔。

医生，我没发烧，但请您为我量一下体温。

理发师，请把我的发卷染成紫色。

什么都不懂的教授，请给我一号玻璃柜里的三号化石。

(2)

西奥斯就要离去。诗人读着写给他的那篇文章：“献给你，西奥斯……”

哲学家对诗人说：“我觉得这首讽刺短诗写得太过分了。”诗人回答说：“我也觉得，但他是我们的客人。”

客人走了。几个月后，他寄了一些东西来“杨树坡”，包括上百份他的新书《术语汇编》的出版宣传页和注册表，以及一封亲热过头的求和信。

---

① 西奥斯（1881—1954）：西班牙作家、记者、哲学家及艺术批评家欧亨尼奥·德厄尔斯的笔名。

93 伊格纳西欧·苏洛阿加[①]

(1)

借助一个接一个的象征，他就要登上顶峰。他永恒的西班牙越发像今天的西班牙。人们总是就他的文学侃侃而谈，其实每分每秒、每一条街道上都能找到苏洛阿加的影子。在这三位伟大的画家中，安格拉达拥有衣装，索罗利亚拥有肉体，而苏洛阿加拥有的是内在。

(2)

我认为，苏洛阿加的个性尤其体现在他对西班牙那些让人反感的题材所表现出的理解、热爱和所下的精准定义上。我试着阐释清楚一些：每一个国家、每一个地区、每一个村庄、每一个人都有一些不那么讨人喜欢的性格，相对于“高品位”而言，我们可以称它为“恶趣味”。由于很自然的原因，这些性格持续的时间最长，也最能体现其本质特点；但也由于同样的原因，在进行整体评估时却往往不会对它进行宣传。在西班牙，每一个时代都延续着这些永不衰竭的题材，因为大众的审美热情没有减退。马德里的那些报纸，那些建筑物的座石，那些古巴女人的鹦鹉，那些颜色，那些家具，那些不被了解而显得讨厌的脸，所有这一切，苏洛阿加都用画笔从第一视角记录下来，为我们呈现出西班牙最深入、最可怕、最可恨但也是最真实的面貌！

94 路易斯·德·苏卢埃塔[②]（到来）

走进他，就好像走进一间红砖砌成、带拱顶的地下室，这间地下室又长又窄，干燥，充斥着回声。靠近一些，能看见柏树、锄头和

---

① 伊格纳西欧·苏洛阿加（1870—1945）：西班牙画家。

② 路易斯·德·苏卢埃塔（1878—1964）：西班牙作家、教师、政治家，曾任西班牙国务部长。

墓穴。外面是清新至极的空气，还有蜜蜂和天竺葵，闻起来像一间被逐出教会的简陋而幽深的教堂的味道。

在这个黢黑焦黄的男人身上，总存在着某种神秘主义的气息，它来自于他生活过的土地、他的根和他的天空。

他身上同时拥有第一个人类和最后一个人类的特质。他充满了整个世界，世界却因他空空如也。人们将他复制了无数次，把他混进人群。他是一个爱奥尼亚人，带着一只会预言的乌鸦；又是一个哥特人，带着一只能记事的猫头鹰。

95　安东尼奥·苏卢埃塔①

哥哥路易斯身上的红到他这儿成了白，白得刺眼。哥哥身上的意大利式禁欲主义被他生硬地曲解，变成了一位加泰罗尼亚俗人式的宗教信仰。他是哥哥的苍白漫画。

你们看他，衬衣的扣子扣错，一条腿瘸着，在播种他的鹰嘴豆，在冲洗他的蛤蜊……

傍晚时他总喜欢去博物馆前面的小花园散步。

您好，您在这儿干吗呢，穿得这么……这么休闲？

您会知道的，您会知道的。这个小公园对我们会有用的，它的一片叶子，一朵花，一只昆虫……它应该变成咱们的公园。

我要了点小小的手段来拉拢他。说得对先生，我鼓着掌说，我明天去向园丁要一朵花，后天自己再去采一朵，这么下去咱俩就能接手整个花园了。

---

① 安东尼奥·苏卢埃塔(1885—1971)：是前文中路易斯·德·苏卢埃塔的弟弟，生物学家，是西班牙国内进行基因研究的先驱。

小银与我

葛凯迪/译

作者小序

人们总是习惯性地认为我是为了孩子们才写下这本《小银与我》的，这本书被公认为是一本写给孩子们的书。

然而，事实并非如此。当《读书报》了解到我正在进行这本书的写作时，便即刻向我发出了邀请。他们希望能将书中那些如田园诗歌般质朴的章节搜集起来，并录入他们的青少年文库。也就是在那时，我改变了创作的初衷，写下了这篇序言，敬告那些将这些故事讲述给孩子们听的人。

在这本小册子里，眼泪和欢笑如孪生兄弟般不可分割，又像小银的那双耳朵一样相互依存。我写下这本书是为了……哎，我又如何知晓究竟是为了何人呢？究竟是为了谁而写下这一首首满含深情的诗歌……而今，当我准备将它们献给孩子们时，我既不会为此增添什么，也绝不会删减任何内容，一切都将保留最初的模样，我想只有这样才是最好的选择。

诺瓦利斯[①]曾说："无论何地，只要有孩子的存在，就会有黄金时代的出现。"因此，那片拥有孩子的土地就如同从天而降的乌托邦一般，让诗人们心驰神往。在那里，他们将找寻到人生的乐趣。也正因如此，他们最大的心愿便是在此度过余生永不离开。

那是一个充满上帝恩赐的岛屿，一个满眼清新葱郁，处处洋溢着幸福气息的岛屿。那里有着属于孩子们的黄金年代。我也总能在我的生活中发现它的存在，发现那片幸福海洋的存在。从那里吹来的阵阵清风总是为我挟来竖琴的鸣音，高亢而纯粹，好似破晓时分云雀在朝霞中的啼鸣。

我从未给孩子们写过文字，日后也不打算为孩子们写下什么，因为我始终认为孩子们完全可以阅读那些成年人的文字，当然，我们都知道应当除去那些被禁止的书籍。此外，也应当除去那些专门写给男人或者女人们阅读的书籍。

---

① 诺瓦利斯(1772—1801)：德国浪漫主义诗人，代表作有《夜之赞歌》、《圣歌》等。

小　银

毛茸茸的小银体型娇小，温柔驯良。它看上去是那么柔软，全身上下似乎找不到一根骨头，柔软得如同一团蓬松的棉絮。独有那两颗如黑色大理石般的瞳仁澄澈明亮，坚硬得像两只由黑水晶做成的小甲虫。

我解开它的绳索后，它便向着草地走去，时而用嘴巴轻抚着地上的花草，时而又凑上前去嗅触那些玫红的、天蓝的、金黄的花朵儿。当我满含爱意地轻声召唤“小银！”时，它便满心欢喜地朝我一路小跑过来。不知为何，此刻的它仿佛一个银铃，跑动中始终带着清脆的欢笑。

它吃着我给它的食物，尤其爱那黄澄澄的柑橘、琥珀般的葡萄和滴上了晶莹蜂蜜的紫色无花果。

它就像孩子般乖巧招人喜爱，但内心却又像磐石般坚韧和顽强。每当周末我带着它走过村里残存的几条小巷时，那些穿戴整齐的村民们总会停下来望着它说：“真不错！”

同时，它还有着月亮一样的银白肤色和钢铁一样的坚强意志。

洁白的蝴蝶

夜幕低垂，紫雾缭绕，紫绿色的天光恒常地隐于教堂边的那座高塔之后。徐徐向上的小道上，阴影成片，空气中充满馥郁的花香与清冽的草香，悠扬的歌声也不绝于耳，使人疲惫又满心渴望。忽然，一个皮肤黝黑的男人从一间堆满煤炭的破败屋子里走出，他头戴大檐帽，手执钢钎，那张丑陋的脸被香烟闪烁的暗红色火焰瞬间点亮，影影绰绰。看到他，小银紧张极了。

“快看，那是什么？”

“你看，原来只是些洁白的蝴蝶呀。”

这男人想用他的钢钎去捅我的驮筐，而我竟没有主动避开他，反而自觉地将驮筐打开给他看。他探头一看，里面竟然空空如也。

于是，我这满驮筐的精神食粮就这样顺利地通过了关卡，并且我也不必为此支付任何赋税。

傍晚的游戏

黄昏悄悄地笼罩了整个村庄，我和小银冻得瑟瑟发抖。我们穿过深紫色昏暗的小巷，朝着那条早已干涸的小溪走去。村子里那些贫苦的孩子正玩着扮乞丐唬人的游戏，他们中有的把口袋套在脑袋上，有的声称自己什么都看不见，还有的扮成了瘸子。

不一会儿，这帮孩子就都乔装打扮好了，个个都扮得像模像样，就连他们的母亲也都被糊弄了过去，给了他们各种平日里吃不到的食物。接到食物的那一刻，他们俨然把自己当做了真正的王子。

“我爸爸有块银表。”

“我爸爸有匹马。”

“我爸爸有杆猎枪。”

银表或许能够在清晨叫我们起床，而猎枪却不一定能为我们驱走饥饿，马匹则定会给我们带来贫穷。

交谈过后，大家便围聚在了一起。在这无尽的黑暗中，巴哈罗·贝尔德那个操着一口外地口音的侄女，轻声细气地唱了起来，那声音好似潺潺清泉中的一缕游丝，却又带着高傲的音调，像一位公主似的：

> 我是个小寡妇啊，
> 奥雷伯爵的小寡妇……

唱得好！接着唱吧，接着憧憬吧，我可怜的孩子！不过，过不了多久，当你们青春的曙光照亮大地时，春天就会像你们扮演的乞丐一样，乔装成残暴的冬天来吓唬你们了！

我们走吧，小银。

日　蚀

我们将手插入口袋，漫不经心地走着，阴影如同小鸟拍翅扇出的凉风，轻柔地掠过我的额前。在这斑驳的阴影下，我们似乎走进了一片茂密的松林。此时，一只又一只的母鸡跳上了鸡舍的架子。四周，绿野沉入黑暗，如同大祭台拉上了紫色的帷幔。远方，无垠的海面上涌现出大片的洁白。天边，几颗星星闪烁着，散发出微弱的星光。屋顶的平台上洒满了各色洁白的光辉，而屋顶上的我们，则用或诙谐或污秽的话语争论着各种各样的话题。在日落时的片刻寂静中，我们的存在是这样渺小而又黑暗。

我们试图通过一切工具来观察太阳：观剧用的双筒望远镜、长筒望远镜，酒瓶，烟色玻璃。我们从不同的地方、以不同的角度来欣赏太阳：从瞭望台，从畜栏的梯子，从粮仓的天窗，从院子铁栅栏上镶嵌着的石榴红色与蓝色的玻璃背后……

太阳坠下地平线的那一瞬，万丈金光使她变得一倍、两倍甚至百倍的巨大与辉煌，若无漫长黄昏的过渡，她将变得孤独又可怜，好比由黄金降为白银，又从白银贬成黄铜。整个村庄仿佛是一枚小小的硬币，生了锈，连兑换都不能。那些街道与广场，那座塔楼以及高山上的小径，看起来是这样的忧伤与渺小！

就连那畜栏里的小银，看起来也是那样不真实，都好像变成另一头毛驴了。

寒　栗

天边的那轮明月始终与我们同行，它是那样圆润而皎洁。远远地，我们望见那片黑漆漆的草地，夜色中我甚至都分辨不出那些混杂在一起的黑山羊和黑草莓。此刻，有人悄悄地隐藏在我们周围，并一直跟随着我们。栅栏旁长着一株茂盛的杏树，融融的月光静静地泻在那雪白的花骨朵上，好似袅袅的轻烟缭绕在天边的那朵白云四周。阵阵浓郁的柑橘香随风四散，空气中夹杂着湿气。

周围一片寂静。看啊，前面便是女巫峡的羊肠小道了。

“小银啊，真是太冷了！”

此刻，不知是因为自己内心的恐惧还是受到了我的影响，小银竟一路小跑着奔向小溪，莽撞中踩碎了一溪的月光，搅得原本平静的水面如破碎的镜面到处闪动着粼粼的波光。水面上仿佛撒开了一张由水晶玫瑰织成的网，想要捕获小银那细碎而轻盈的步伐。

小银仍旧朝着上坡奔去，它撅起了自己的后臀，好像有人在身后追赶它似的。渐渐地，我们似乎能感受到附近村庄的温暖与光亮了。然而，脚下的路却依然那么漫长。

小　学

小银，如果你和别的孩子一样去上小学，那么你现在就不仅会A、B、C，也会写工整的笔画了。你还会和那蜡制的雕像小驴懂得一样多，就是那头戴着花布皇冠的小驴。在盛满绿水的玻璃缸中，有只满身闪着玫瑰色、肉桂色及金色光芒的美人鱼，她们俩还是朋友呢。你甚至还会比巴罗镇的医生和神甫知道的还要多。

小银，你连四岁都不到，可你却长得这么高大、这么机灵。你说，什么样的椅子才能让你坐下，什么样的书桌才能让你写字，什么样的纸笔才够你使用，什么样的唱诗班才能找到适合你的位置让你去歌唱呢？

你千万别去，小银。那个穿着像雷耶斯一样，整日披着耶稣受难时的那身紫色衣服、系着黄色腰带的堂娜多米蒂拉太太，会用各种方法惩罚你的。她会让你在长满悬铃木的院子里跪上两小时，用长长的芦苇打你的手，还会把你的午后甜点统统吃光，甚至会把纸点燃放在你的尾巴下面，并把你的耳朵烫得通红，那样子就跟要挨揍的农民的儿子一样。

不，小银，你一定不能去。你还是跟着我吧，让我来教你。我教你辨别那些花朵和星星，绝不会让人笑话你是个笨小孩。我是绝不会把被他们称作是小驴的帽子的东西戴在你的头上的。那东西上红蓝相间的眼睛像河船的眼睛似的，而且它的耳朵比你的要大上一倍呢。

疯　子

身着孝衣，胡子拉碴，还戴着一顶黑色礼帽，我就这样坐在小银银灰色柔软的背上。此刻，我的模样一定让人觉得十分古怪。

当我穿过几条后街，去往葡萄园的时候，白墙在日光的照耀下显得有些刺眼。一群吉卜赛小孩蓬头垢面，衣衫褴褛，他们裸露在外的紧绷的肚皮被烈日暴晒着。见到我和小银，他们竟跟在我们后面奔跑起来，一边跑一边还拖长声音尖叫："这个疯子！疯子！疯子！"

……

往前是一片绿野，放眼望去，天空辽阔，一碧如洗，似碧绿色的火焰熊熊燃烧。我神采奕奕地睁开双眼，此刻喧嚣离我已很遥远。我静静地体味着这无名的寂寥，安享这居于无限地平线上的伟大的晴朗。

再远处，高高的打谷场那儿，隐隐有几声上气不接下气的叫喊声传来，显得那样无力："这个疯子！疯——子！"

犹　大①

伙计，别害怕！你怎么了？来吧，我们走吧。他们是在枪毙犹大，傻瓜，昨天夜里我就看见了。一个放在孟都里奥，另一个放在中央街，还有一个在市府井。在黑夜中我无法看到从楼顶到阳台的吊索，可我觉得似乎有一种不可思议的力量将这些犹大们钉在空中，无法动弹。

这种破旧的大礼帽、女人的靴子、部长大人的面孔以及衬裙的组

---

① 犹大：耶稣门徒之一，因三十枚银币而出卖了耶稣。耶稣死后，犹大也自杀身亡。本文所述事件为西班牙传统民俗项目，即在每年的耶稣受难节，人们都会把公认的恶人做成假人并标上犹大之名，向其射击。

合，简直如同大杂烩，映衬着寂寥星光，是如此荒诞！狗绕着他们来回奔跑并朝着他们吠叫，连马都带着恐惧，不肯从他们的脚下经过。

现在钟开始说话了，小银。它说，大祭台上的帷幔已经破了。火药的气味一路直传到我们这儿，我不相信村子里会有哪把猎枪未曾向犹大射击。一声枪响，又一声枪响……

然而，小银，在今天，犹大就是议员、女教师、法医、税吏，甚至是市长，就连接生婆也都是犹大。在这神圣的星期六的早晨，人们都如孩子般，羞怯地将枪口对准他们所仇恨的人，然后开枪射击。这是在春天里的一次无用的假想，一次荒唐的演习。

无花果

这是个浓雾密布的黎明，十分寒冷，但对无花果来说却正合适。等到六点钟，我们就去里卡吃无花果。灰色树干盘曲在那些参天古木的浓密冷荫底下，像夜色中长裙下露出的大腿，慵懒而肥胖。那些亚当与夏娃曾穿过的阔叶，如手捧珍宝般托着露水，嫩绿的叶面显出一层淡淡的白色。透过丛丛低垂的翠绿色叶片，可以望见，那天际的朝霞正将东方的无色纱幕渐渐染上浓墨重彩。

我们狂奔着，比赛看谁能第一个跑过所有的无花果树。罗西约和我在夹带着喘息与心跳声的欢笑中拿到了第一片叶子。“你摸这里。”她抓过我的手按在她的心口，她年轻的胸脯随着心跳上下起伏，仿佛浪潮拍来又退去。阿黛拉又矮又胖，压根跑不动，只能远远地站在那儿干生气。为了防止小银察觉到自己被冷落，我摘下带着枝叶的无花果，将之放在一株低矮的老葡萄藤上。

阿黛拉因自己动作笨拙而感到生气。虽然她嘴角上仍挂着微笑，眼里却噙满了泪水。她开始朝我们扔无花果，并狠狠地砸中了我的额头。我和罗西约也开始反击起来。无花果伴着尖叫不断落下，砸在我们的眼睛、鼻子、衣袖和背脊上，比我们吃到嘴的还要多。毫不停歇地，许多果子落在了黎明时刻清凉的葡萄园里。不经意间，一个无花果砸中了一旁的小银，接着，它便成了袭击的对象。远远地看到，小银既无法反击也无法还嘴，于是我便站到了它的身边，和它一起回击。这场“青色暴雨”落了一地，那些无花果也好似一枚枚弹射而出的弹片，划过清朗的夜空。

在欢腾的笑声中，阿黛拉疲惫地瘫坐在地上，无奈地宣布了投降。

晚　祷

看啊，小银，无数的玫瑰如天女散花般肆意飘散，有蓝的，有粉红的，还有白的。你看啊，天空简直成了玫瑰的海洋，无数的玫瑰落到了我的前额，我的肩膀，有的还落到了我的手心里。然而，这满身的玫瑰对我又有何用呢？

小银啊，或许你清楚地知道这些玫瑰究竟来自哪里，而我对此却一无所知。我只知道，它们让这景色一天天地绚丽起来，从粉色到白色，再从白色到天蓝色，越来越多的玫瑰从天而降，飘临人间，就像弗拉·安吉利科[①]那幅赞颂天主恩泽的画作一样让人为之动容。

或许，这些玫瑰来自九重天外的天堂，像着了色的雪花一般柔柔地飘洒到人间。它们落在钟塔上，落在房顶上，落在树梢上。快看啊，一切的景色因为有了它们的装点而显得分外妖娆。此时，越来越多的玫瑰自天而降……

小银，每当晚祷的钟声响起时，我总能感觉到，自己日常生活能力在逐渐丢失，而一种高于生活的内在力量却日渐强大。那是一种更加高尚、更加纯洁、更加持久的精神力量，它主宰和控制着我内心的一切，如同那感恩的喷泉，喷涌上星空，在繁华中华丽绽放。无数的玫瑰飘临人间！小银，虽然你无法望见自己的双眸，然而此刻，它们正虔诚地望着天空，像两朵美丽的黑玫瑰。

---

① 弗拉·安吉利科(1387—1455)：文艺复兴时期意大利画家，擅长宗教类题材，并只为教堂作画，代表作为《圣母子与天使，圣徒与捐助者》。

后　事

我的小银，若我目睹你的死亡，我不会让你在离去时被人装入小车，然后像那些无家可归的马儿狗儿一样被拖往浩淼大海的海岸或抛入荒径旁的深渊。我不会让你被乌鸦啃食得仅剩一把枯骨——那些去圣胡安车站乘六点钟火车的商旅们总将这当作个稀奇，血淋淋的模样如同落日余晖中旧船的残骸。我更不会将你留在小沟里，让你和腐烂的蛤蚌躺在一起，身躯肿胀而僵硬。秋日周末的午后，总有鲁莽又充满好奇心的孩子去松林里烤松子吃，我不会让他们被这样的场景吓到。

平静而安宁地生活着吧，小银。那个叫做“松树”的果园是你特别喜爱的地方，若你离去，我只会将你埋葬在那棵大圆松脚下，你会在那里永享愉悦与宁静。男孩们在你的身边玩耍，女孩们坐在旁边的小椅子上做些针线活。我在孤独中为你吟咏的诗句，女孩们在橘林中浣衣时的歌声，你都会清楚听见，而水车声则将为你永恒的宁静送去一丝欢乐与清凉。在茂密的常青树冠中，金丝雀、黄莺经年不断地在摩格尔的苍穹下于你的清梦里为你编织一个无形的音乐天顶。

刺

才走进放马的牧场，小银竟开始一瘸一拐起来。我俯下身。

“伙计，你怎么了？”

小银稍稍抬起它的右蹄，露出掌心，乏力而虚弱，空悬的蹄子几乎无法触碰那仿佛要燃烧起来的路面。

毫无疑问，我比它的医生老达尔朋表现出了更多的关切。我弯过它的脚，查看它红肿的蹄契。一整根橘树的锋利长刺像翡翠短剑般直刺入它的掌心。我怀着对小银所受痛苦的担忧，小心翼翼地将这根刺拔出，再将可怜的小银带到开满黄色百合花的河边，让清澈而湍急的水流轻轻舔舐它的伤口。

之后，我和小银一前一后走在白色的海洋中。小银依旧一瘸一拐，并时不时用头轻拱我的脊背。

小燕子

小银，她现在就在这儿，在她的窝里。她乌黑发亮又活力十足，她将自己的小窝高筑在蒙特马约圣母像上，仿佛这样就能随之得到永恒的崇敬。这只可怜的燕子似乎有些害怕，在我看来，就像上周两点钟日蚀发生时那些母鸡进错了窝一样，这次这只燕子也一定是搞错了。今年的春天比以往来得都要早，仿佛有些故作风情，可她的身躯如温室中娇嫩的花朵，经不住丝毫寒冷，只盼着赶紧躲回三月云絮的温床中。橘园里含苞欲放的玫瑰还未来得及绽放，便凋零于小小的蓓蕾，看了真是心痛！

她们现在就在这儿，小银，我们却无法听见她们的声音。若照往年，她们到这里的第一天就会到处问候、探访，用她们那曲曲折折的嗓音不停地聊着天。她们告诉花儿在非洲发生的一切。比如，她们曾两次飞越大海去旅行，在水面上张开翅膀，幻想自己是一张风帆，立在小船的绳索上；又比如，她们曾望见无数次日升日落，仰望过无数星星点缀的夜晚……

她们不知该做些什么，因而沉默不语，漫无目的地飞着，就像被孩子们践踏过的蚂蚁在寻找回家的路。她们不敢在新街上笔直地上下翩飞，也不敢飞进井里的窝巢，更不敢停留在白瓷瓶边被北风吹得嗡嗡响的电话线上。长此以往，她们会被冻死的呀，小银！

厩　栏

中午我去看小银的时候，温暖的阳光在它柔软的背脊上汇聚出一块巨大的金色光斑。在它身下，那片隐隐透出绿色的深色大地被染得如翡翠一般。光线透过破旧的屋顶，雨点似的洒了一地，地面也变得如火一般明亮。

躺在小银脚边的狄安娜踩着舞步向我走来。它举起双脚并搁到我的胸前，用它那玫瑰般红艳的舌头舔舐着我的嘴唇。母羊爬上最高的那个槽头，用好奇的目光盯着我，像一个贵族女人一样低下头左右摇摆。在我进入厩栏之前，小银就开始用它隆重而热情的叫声朝我表达了问候，现在它更是兴奋不已，仿佛要将缰绳扯断。

透过天窗，太阳在苍穹之上为我们送来彩虹般珍奇的色彩，某一刻，日光将我牧歌中唱着的瑰丽景象带入了天空。接着，我站上一块石头，向田野眺望。

这一片充满着翠绿的美景啊，花朵如火一般盛放，澄澈的蓝天掩映在破旧的城墙间。这时候，一声甜蜜而悠扬的钟声传了过来……

阉　驹

这头小阉驹全身乌黑，隐约闪现着紫色、绿色与蓝色的光泽，就像金龟子和乌鸦那样。它稚气的眼神中偶尔会闪出一抹烈火般的红色，那颜色就和马尔盖斯广场上卖栗子的拉莫娜的那口锅一样。它踩着短促的步伐由佛里塞塔的沙地跑向新街石砌的路面。看呐，它小小的头和细细的四肢在跑动时显得那样机敏而神奇，就像一个小英雄！

它神气地穿过小酒店那扇矮门，在缤纷日光的照耀下，卡斯蒂约酒库看起来竟比它还要暗一些。它慢悠悠地闲逛着，看到什么都要上前与之逗闹一番。它跃过松树枝围成的门槛，兴高采烈地闯入郁郁葱葱的后院，惹起母鸡、鸽子、麻雀的一阵喧闹。在那儿，早有四个穿着花衬衫的男人抱着毛茸茸的两条胳膊在等着它了。在一场激烈的搏斗之后，它被抓住了，他们将它带到胡椒树下。他们敷衍地轻抚了它几下之后，便粗暴地将它推倒在粪堆上，随后几个人都压到了它的身上。此时，达尔朋的工作圆满结束了，而小阉驹那迷人优雅的风采也随之结束了。

你未显现的美，必随你一道灭亡；

已经显现的，则带给你以灭亡。

莎士比亚曾这样对他的朋友说。

小马驹一下就变成了大马，它满身汗水，虚弱又悲伤。只有一个人将它拉起来，给它披上一床毛毯，牵着它沿着街缓缓向下走去。

昨日那浓密的云朵间还闪着雷电，今日它却变得虚浮，真是让人觉得可怜。它轻飘着，像一本散开了书页的书。小马驹的脚步仿佛从未踏上过这片土地，在它的脚掌和石路之间，似乎悬浮着一种未曾见过的物质，它也因此感到自己丧失了理性，如同一株被连根拔起的树。而在回忆里，那个充满暴力的早晨里仿佛也曾住着一个完满的春天。

对面的房子

小银，对小时候的我而言，家对面的那座房子永远充满着吸引力。起先那里是里维拉街卖水人阿雷布拉的小茅舍，那时候院子朝南，里头总是阳光丰沛。我时常爬上围墙，从那里眺望韦尔瓦。有时候他们允许我进去，阿雷布拉的女儿给我几只柚子，并轻轻地亲吻我。那时候我总以为她已成年，可事实上她直到现在才结婚，而她的模样竟也和当初一模一样，毫无改变。

之后，那里变成了新街，后来改过两次名，先是卡诺瓦斯街，之后是胡安·佩雷斯修士街。对面是何塞先生的房子，何塞先生是塞维利亚的糖商。他金色的羊皮靴子闪着夺目的光芒，院子里的龙舌兰上放着好些个鸡蛋，房间门上则画着金丝鸟和海蓝色的条纹。有时候，何塞先生也会来我们家，我父亲总会给他些钱，而他呢，总是讲些关于橄榄园的事……从我的阳台上可以望见何塞先生家屋顶上的一棵胡椒树，树枝上总是栖满了麻雀。这棵胡椒树曾在我童年的梦里摇曳过多少回啊！胡椒树其实有两棵，我从未将它们混淆过。一棵从我家的阳台上就可以看见它的树冠沐浴着阳光，在微风中轻轻晃动，至于另一棵，它长在何塞先生家的院子里。

从我家的铁栅栏，从我的窗口，从我的阳台，望向寂静长街上的那座房子，无论是阳光清朗的午后，还是细雨纷纷的午睡时分，都让我感受到它那不断改变着的情趣，那番意境竟是如此引人入胜！

傻孩子

每当我们穿过圣何塞街回家时，总会经过那个傻孩子的家门外，我们也总能看到他坐在一张小椅子上望着人潮来来往往。对很多可怜的孩子来说，亲切的言语和温暖的疼爱都像是永不可获的礼物一样，眼前的这个傻孩子也是其中的一个。但他不懂得这个道理，所以在我们看来他始终是欢喜的，这样的状态和模样着实让人觉得可怜。可别人却绝不会将他放在心上，他所有的痛苦只能由他母亲独自承担。

一天，一阵恶风席卷了这条洁净的小街，从此以后便再也见不到这个孩子了。一只鸟儿孤独地在门槛上唱着歌。我不禁想起了库罗斯①，除了是个诗人，他更是一位好父亲。当他同样失去孩子的时候，他便跑去问那加利西亚的蝴蝶：

> 金翅的蝴蝶啊……

现在春天到了，我又想起了圣何塞街上的那个傻孩子。如果他已由此去往了天堂，那他一定仍坐在他的小椅子上，身边是一丛丛盛放的珍奇玫瑰，他则如往日那般睁着双眼，看着人们带着神的荣光在他面前经过。

幽　灵

安妮亚是个热情而快乐的姑娘，浑身洋溢着一种清新的活力，

---

① 恩里克斯·马努埃尔·库罗斯：西班牙加利西亚地区著名诗人。

我们都喊她“黄油球”，她最大的乐趣就是装神弄鬼。晚餐后，她用床单将自己裹起来，再在脸上抹上白灰，最后把蒜瓣挂在牙齿上。待我们吃饱喝足正恹恹欲睡时，她就突然出现在那大理石的楼梯上，手里提着一盏灯，面容肃穆，一语不发，长袍紧裹着身体，看上去就像没有穿衣服一般。她从楼梯的阴影中缓缓走下，满身雪白，死亡的幻觉紧跟着她的步伐，恐惧与一种莫名的情欲诱惑也如影随形。

小银，我永不会忘记那个九月的夜晚。暴风雨在小镇肆虐了整整一个小时，整个小镇如同一颗生病的心脏般跳动不止。电闪雷鸣中雨水与冰雹齐下，不久，水缸便溢满了雨水，院子也被淹没了。那些最后的同伴——九点的班车，晚祷的钟声，送信的邮差，都一一离去了。我浑身颤抖着去厨房喝水，这时，一个闪电划过夜空，贝拉尔德的桉树（我们叫它杜鹃树）猛然被折断，垂挂在廊柱和屋顶上。

一阵可怕的黯哑声突然响起，伴随着一道亮光照得我们发盲，房屋开始剧烈地摇晃起来。等我们恢复理智的时候，却发现所有的人都早已不在原处，大家都自顾自地躲到了不同的地方，根本无暇顾及他人。有的人双手抱头，有的人捂着眼睛，还有的人则捶着胸口……过了好一会儿，我们才陆续回到原处。

暴风雨结束了，一轮明月悬在大块的乌云之间。清辉从层层缝隙间泻下，照着满院的雨水，白光熠熠。洛德在畜栏的台阶上跑来跑去，狂吠不止，我们紧随在它的身后……小银，可怜的安妮亚死了。夜色中那丛鲜花已被雨水打湿，散发出令人作呕的阵阵香气。她就死在那里，双手被雷电烧焦，还穿着她那身幽灵服，手里捏着的灯还闪烁着淡淡的光芒。

红色风景

日暮时分，夕阳的余晖如玻璃般透彻，仿佛已将自己割伤，淋漓的鲜血落在山顶上，一片殷红。翠绿松林被这红霞的光辉映得微微发红，芳草间闪耀着透亮的光，鲜花溢出略带潮湿的香气。这一刻，万籁俱寂，万物都散发着微微光亮。

我沉醉在这暮色中。晚霞坠落在小银乌黑的眼眸里，它温驯地走向水塘，水面平滑如镜，反射着洋红与紫金的光。小银温柔地将嘴巴凑上去，镜子在轻触下旋即液化，暗红色的水便涌入它粗大的喉管中。

这本是我熟悉的风景，而顷刻之间却见到这一切颠倒，原本的平静变得纷乱而壮丽，仿佛每个瞬间我们都能在这破碎的景象中发现一座残破的宫殿。暮色不断延长着自己的生命，似乎要成为永恒，满是和平与奥秘。

“小银，走吧。”

鹦　鹉

在我那来自法国的医生朋友的花果园中，我与小银以及那只鹦鹉一起玩耍。这时，一个衣衫凌乱的女人神色匆匆地从山坡上朝我们这边走来。还没走到我们面前，她就着急地向我们询问：“少爷，那个医生在这儿吗？”

一群衣衫褴褛的孩子跟在她身后，不断地喘着气，并不断望向上坡的那条路。只见几个男人搀扶着一个虚弱而面容苍白的人走了过来。那个被搀扶着的男人就是在多尼亚纳猎区捕杀鹿群的人，他用草绳系着旧猎枪，哪知那支可笑的猎枪爆裂了，子弹射穿了他的手臂。

我的朋友走了过来，亲切地问候了他。他帮他解开了原先绑在胳膊上的破布条，洗去了血污，摸了摸他的骨骼与肌肉，并不时地对我说：

“不要紧。”

下午的时候，从韦尔瓦传来一阵带着沥青与鱼腥味的气息，让人想起海边的浅滩。橘子树环绕在一起，在玫瑰色的晚霞中，像一块翡翠绿的天鹅绒。那只色彩艳丽的鹦鹉在紫绿相间的丁香树下走来走去，圆圆的眼睛不时向我们投来好奇的目光。

可怜的猎人淌着眼泪，时不时发出一声虚弱的呻吟，他的眼泪里仿佛充满了日光。鹦鹉在一旁说着“不要紧，不要紧”。

我的朋友用棉花和绷带为他包扎好。

可怜的猎人喊着："啊！"

鹦鹉还在丁香花丛里说着："不要紧，不要紧。"

平屋顶

小银，你永远不上平屋顶，便永远也不会知道那上面是怎样的情景。当你从漆黑的小木梯一级一级爬上来后，首先迎接你的便是那漫天的日光，它灿烂得仿佛要将人灼伤，此刻的你如同身处天际，整个人都将被一片蔚蓝淹没。如你所知，为了让云层中落下的雨水干净地流入池塘，屋顶的砖上都被涂上了白色的石灰，石灰的白光也同样耀眼刺目。

平屋顶是多么迷人啊！塔上的钟在响，我们胸膛中的心脏仿佛也随着它一同在响。站在平屋顶上，不仅可以望见远处葡萄园里的铁锹在阳光照耀下发出的银白色光，还可以毫不费力地观察到其他的一切：其他或远或近的平屋顶，高矮不一的畜栏，甚至是那些被遗忘的人们——木匠、油漆匠、桶匠，他们正勤勤恳恳地干着活儿；畜栏边的树丛和牛羊星星点点地分布着；远处那些矮小的黑影则是墓地里的人群，他们有时会聚集在一起，漫不经心地举行一场简朴的葬礼；从窗户里还能看到一个姑娘穿着衬衣，懒散地边唱着歌边梳着头发；河面上有艘船正在靠岸；谷仓那儿，一个号手正独自练习着圆号，他或许是在为自己盲目的爱情演奏着一首激烈的进行曲……

房屋都如地下室般浸没在视线以下。透过玻璃天窗向下眺望，人们的交谈、喧闹以及那极美的花园都使人感到新奇。至于你，小银，此刻正在水缸边喝水，你看不见我，说不定会像个傻瓜似的和麻雀或乌龟玩耍呢。

归　来

我们俩从山间满载而归，小银吃饱了谈香草，而我则带回许多黄色的百合花。

四月的下午转瞬而过，西方漫天透明的金黄眨眼间变为一片银白，如同晶莹剔透的百合花。之后，广袤的苍穹也由一枚透明的蓝宝石变成翠绿色。我怀着低落的心情缓缓归来。

我爬上了土坡，能够看到村庄里那座钟楼上的瓷砖闪着亮光。这一刻是如此庄严，使人感到崇高与伟大。再走近一些，钟楼看起来竟像视线远处的那座希拉尔达塔。随春天的到来而对故土愈加思念的我，竟在此意外地得到了些许安慰，尽管这安慰仍让人感到忧伤。

我该回去了。可是回去哪里呢？如何回去呢？回去又是为了什么呢？

在这十分清爽并伴有几许暖意的夜晚，我带回的那些百合花散发出愈来愈浓的香味。与此同时，某种我看不到的花也正散发着清傲孤寂的幽香。我的身体，我的灵魂，在这孤独的氛围中深深地沉醉了。

“可怜的我呀，忧郁中的百合花呀！”我说。

忽然间，我想起了小银。虽然它就在我身下，可是之前我却把它忘了，还以为它是我身体的一部分呢。

铁栅门

只要我们去狄兹莫酒店，我总会绕着圣安东尼奥街的墙转个弯，走到关闭的铁栅门那儿眺望原野。我把脸贴在铁栅上，瞪大眼睛左右张望，极目远望着一切。一条早已被荒废遗弃的小路从门槛那里向外延伸，在荨麻与锦葵的包绕中蜿蜒而下，最终消失在远处的安格斯蒂亚。围墙下，有一条宽阔但满是坑洼的大路，我好像从未从那里经过。

铁栅栏好似围成了一个画框，从那里望出去，那景色、那苍穹都充满着绝无仅有的魅力。幻觉中似乎有一个屋顶和一面墙将其余的部分悄悄挡住，在紧闭的铁栅门中仅留下美丽的景色。从这里，不仅能看见公路和公路上的桥，还能看见烟雾迷蒙的白杨树、砖窑、巴洛斯的小山岗以及韦尔瓦的汽船。日暮时分，在里奥丁托码头上的灯光与夕阳的余晖中，还能隐约看到阿罗约的一棵大桉树，它在那里孤零零地矗立着。

酒店的使者们笑着告诉我，那扇铁栅门并没有钥匙。在我的梦境中，我的想象天马行空起来，我总觉得，那扇铁栅门通往的是世界上最不可思议的花园以及最妙不可言的原野。因此，就如同上次验证我那从大理石楼梯上飞下来的梦境一样，这次我仍旧千百次地在晨光中来到铁栅门前，确信自己能在那里找到有意无意造成混乱的幻想与现实。

何塞神父

小银，何塞神父看起来道貌岸然，说的话也像掺着蜜一样让人喜欢。可事实上，真正纯如天使的竟是他的那头驴，那头看起来跟淑女小姐一般的驴。

我记得有天在他的果园里，你见过他，他穿着水手短裤，戴着宽檐帽，厉声骂着偷橘子的孩子们，之后还将石头扔向他们。每逢周五，你便能看见何塞神父的管家巴尔塔萨，那个可怜的人，他时常会到村庄里兜售一些质量不好的扫帚，或是和穷人们一起为有钱的死者祈祷。

这是我听过的最下作的话语，也是我见过的最言之凿凿的誓言。毫无疑问，正如他五点时分做弥撒时所说的那样，他知道天地万物的一切，知道他们的源头，更了解他们的模样。听完，我却在心中默念：但愿如此吧。树木的身姿是这样柔美，泥土蕴含着芬芳，流水看起来是那么清澈新鲜，蜡烛闪动着光辉，仿佛充满了生命力。然而，在他看来，这一切却充满着混乱、冷漠和残暴。他果园里的石头每天都得集体换个地方过夜，因为他总是怀着满腔怒火与敌意，将它们砸向小鸟、浣衣女，甚至砸向孩子和花朵。

然而他祈祷的时候，一切竟又变了个样。何塞神父穿上袈裟，披上斗篷，戴上宽檐帽，骑着他那头无精打采的驴，走过一片漆黑的村镇。他的目光被挡在帽檐底下，但他神情肃穆，整个人看上去如死寂的原野一般，带着耶稣像向十字架走去。

春　天

啊，这光芒如此辉煌！这味道如此芬芳！
啊，这草地笑声欢畅！
啊，这晨歌声声悦朗！

清晨，正在酣睡的我忽然被一群顽劣孩童的叫声惊醒，满心恼怒。既然已经无法再次入睡，我只得从床上爬起来。透过打开的窗户向外望去，这时我才恍然发现，原来是鸟儿的啼啭惊扰了我的美梦。

我走出房间，来到园子里，放声歌颂那蓝天之神。此刻，鸟儿们自由清新的啼鸣萦绕耳际：燕子在园子里随心地歌唱，画眉落在橘子树上悠闲地吹起口哨，黄鹂鸟们纷纷跃过一丛又一丛的灌木，开始了热烈的交谈，金翅鸟在桉树顶上不停地憨笑，麻雀们也都落在巨大的松树上叽叽喳喳地讨论着。

多么美好的早晨啊！阳光照耀着大地，处处充满着它所带来的金银色的欢乐。五彩斑斓的蝴蝶，在花丛间，在屋里屋外，在泉水边尽情地嬉戏。田野之上无数健康鲜活的生命，也都发出簌簌的声响，努力地生长着。

我们仿佛置身于一片巨大的灯光里，又好似置身在一朵温暖灿烂的玫瑰之中。

水　窖

小银，你看，最后一场雨将它灌满了，现在既听不到回声，也无法看见水底。水浅的时候，太阳照着它的凸窗，镶嵌着的黄色和蓝色的玻璃闪耀着缤纷的色彩，如宝石般绚烂。

小银，你从未下过水窖，可我下去过。那是在好几年以前，因为人们抽干了水，我才有这个机会。下到水窖后，走过一条长长的通道，便会来到一间小房间。然而当我走近其中时，我拿着的蜡烛竟突然熄灭了，一条娃娃鱼爬到了我的手上。两道刺骨的寒气萦绕在我胸前，仿佛骷髅的两根腿骨。小银，整个村庄底下都挖有水窖和坑道，最大的水窖是在卡斯蒂约古城广场的萨尔多·德·洛波家的院子里，然而我家的这个却是最好的。你看，井栏是用一整块雪花大理石雕琢而成的。教堂的坑道一直通往彭塔莱斯的葡萄园，出口朝向河边的原野。

而医院的那条坑道则没有人敢将它走完，因为它仿佛永无止尽。

癞皮狗

有时候，它跑到花果园这边的屋子来，瘦骨嶙峋、饥肠辘辘。这条可怜的狗已习惯了在人们的痛骂声中和飞掷而来的石块间逃窜，连它的同类也对它嗤之以鼻，因此它只能在午后骄阳的烘烤下缓慢而忧伤地往山下走去。

那天下午，它跟在狄亚娜身后走了过来。当我走出来的时候，看守被一时的恶意驱使，拔出枪朝它射击。我还来不及阻止这一切，子弹便已打中了它的内脏。它急速旋转着，发出尖锐凄厉的叫声，接着便倒在槐树下死了。

小银抬起头，一动不动地紧盯着那条狗。狄亚娜吓得四处躲藏。看守似乎有些后悔，不断地解释着，可又手足无措，不知该向谁解释这一切，当初的愤慨此时根本无法消解他的悔恨。薄纱般的云遮住了太阳，仿佛在向它致哀。这薄纱好大，就像被杀死的这条狗尚未闭上的眼睛里蒙着的小小薄纱。

桉树在海风中垂下头，低声哭泣着。狂风越来越烈。死一般的寂静围绕在这条死去的狗的周围，蔓延在金色的原野上。这午后的时光啊！

水　潭

等一等，小银，假如你愿意，也可以在这嫩绿的草地上吃一会儿草。反正你得让我去看看这个美丽的水潭，我有好多年没有来过了。

你看，太阳是怎样透过那稠稠的潭水把它深处金绿的色彩照亮的，苍穹般洁净的百合花在潭边凝视着，也不由得欣喜神往。天鹅绒似的台阶，错综迷离地层层下降；一个个奇幻的洞穴，足以启发画家产生一种梦幻般神秘的构思；几处美丽的庭园，仿佛一位生长在长年累月的忧郁里的疯狂王后，此刻正睁着她那双绿色的大眼睛；一座座残破的远古宫殿，酷似西方斜阳穿透海水浅滩时所创造的情景。啊，还有很多，很多，很多！仿佛是在不曾存在过的遗忘的花园里，让最使人费解的梦境拉开它那无穷无尽长袍里隐蔽的美，显出痛苦的春天那一小时值得记忆的画面。实际上，这一切都是很渺小的，可是给你的感觉却非常宏大，就好像我们是从遥远的地方在观看。激情的老魔术师的秘诀，就在于掌握和控制人们的各种感觉。

小银啊，这水潭曾经是我的心灵，我感到自己被那种积存起来的复杂而奇妙的寂寞之美所蛊惑。当人们的爱情遭到创伤时，就应该打开他的心堤，让腐败的血水流去，直至洁净而舒畅。

四月诗情

孩子们和小银一起去长着好些白杨树的小溪那儿了。现在，他们在欢声笑语中小跑回来，还带回许多黄色花朵。在那儿，他们淋了雨。（一朵转瞬即逝的云，用它金色与银色的丝线为绿草地盖上了一层薄纱，彩虹与那些晃动的光线交织，宛如一把如泣如诉的里拉琴。）在小银那潮湿的驴背上，湿漉漉的喇叭花还滴着雨水。

这诗情多么清新，多么欢快，多么感人呐！背着叫人心生甜蜜的货物，小银的叫声也变得娇嫩温柔起来。它时不时地转过头来，尽力将嘴往背上够，扯出好些花朵来。那些黄色的、白色的喇叭花挂在它的嘴边，仿佛是淌出来的白绿色口水，过了一会，它们就全进到它的肚子里去了。小银，还有谁能像你一样呢，吃了这么多花朵居然没有吃坏肚子！

四月的午后总是阴晴不定，而无论晴雨，每一个美妙的时刻都映照在小银那聪敏闪光的双眼中。圣胡安田野的上空，日暮时分的苍穹中，又一片玫瑰色云朵飘过，雨水纷扬。

飞了的金丝鸟

一天，那只带着些许绿色的金丝雀不知怎么地就从笼子里飞走了。这只金丝雀年龄很大了，它与我的一段悲伤回忆有关，而回忆里的主角已经死去，我便更害怕它会被饿死、冻死或者被猫吃掉，所以是极不舍得让它重返自然的。

整个早晨它都在到处飞着，在果园的石榴树间，在松树林里，在丁香花丛中。与此同时，孩子们坐在走廊上，津津有味地看着这只小鸟飞来飞去。小银在玫瑰花丛旁安逸地休息，和一只蝴蝶玩耍。

过了午后，这只金丝雀飞落在大房子的屋顶上，并在那儿停留了很久，映衬着落日余晖，在一片即将消失的暖光中愉快地跳跃着。忽然间，没有人知道究竟发生了什么，它又出现在了笼子里面，仍旧是快乐的。

此刻的花园中处处都洋溢着欢乐。孩子们拍着手蹦来蹦去，脸蛋红彤彤的，笑容如明媚的阳光。疯颠颠的狄亚娜跟在他们后面，脖子上挂着的小铃叮铃铃地响着。连小银也起了劲，跳得老高，跟头小羊一样，浑身的肉抖动起来如同银色的浪潮。他举起前腿，像跳华尔兹一样旋转起来，跳得真是粗野。他放下前脚，用后蹄蹬着这片不染尘土且暖意十足的空气。

魔　鬼

忽然，随着一阵断断续续的蹄声，特拉斯摩罗大街的转角处卷起了一阵烟云，接着出现了一头浑身脏兮兮的驴。不一会儿，就看到它之后跑来一群孩子，他们气喘吁吁的，破裤子耷拉着，黑黢黢的肚皮露在外面，一边跑一边朝它扔棍棒和石块。

这头大黑驴苍老而枯瘦，像一个教堂的总司铎，没毛的地方只剩下皮包骨头了。它停下了脚步，抬起头猛叫起来，露出一排蚕豆似的大黄牙。它虽衰老难看，可它嘶鸣起来却是那样粗野，充满了力量。它是一头走失的驴吗？小银，你不认识它吗？它怎么了，这样上蹿下跳的？它是从哪里逃出来的呢？

小银一看到它，两只耳朵便直直地竖起，一会儿上一会儿下。它朝我跑来，试图躲藏进沟渠内，再伺机逃走。这头黑驴走到它身边，碰碰它，拉了拉它驮着的包，又嗅了嗅它，转过头对着修道院的围墙大吼一声，便沿着特拉斯摩罗大街往下跑开了去。

这奇怪的一刻，就如同在炎热中打了个寒颤。是小银还是我？许多事情都混乱了。一片低垂的阴影黑幕般遮蔽了太阳，弯曲的小巷里，空气忽然凝固起来。我被这细密的孤独感压得无法喘息。渐渐地，远方将我们拉回现实，我听到了上街鱼市里嘈杂的叫卖声。卖鱼人刚到市场便开始自夸起来，吆喝他们的比目鱼、车扁鱼、黄花鱼、长带鱼、大嘴鱼是多么新鲜。晨间布道仍在继续，我听到了持续的钟声，还有那磨刀人的哨子声。

小银不时地望向我，身体依然在发抖，眼里满是恐惧。四处喧哗着，唯有我们两个不知何故还待在原地。

“小银，我认为这大概不是一头驴……”

小银并未停止颤抖，它沉默着，忧伤而害怕地看着底下那条用来逃跑的沟渠。

自　由

湿润的绿色草坪上有一只小鸟，全身闪着亮光。我不由得将视线从小径边的草丛移开，转投到那只小鸟身上。它不断地扇动着那闪着点点光斑的翅膀，仿佛不能脱身一样。我们慢慢地靠近，我在前，小银在后。在那里，有一个背阴的水槽，一群坏心眼的少年正在张网捕鸟。这只被网住的小可怜，不断挣扎着，试图向上飞起，口中还不停地呼唤着天空中盘旋的同伴。

这是个明净的早晨，天空澄澈而碧蓝，金色的海风吹拂着松林，林海摇曳起伏。随着簌簌声一同传来的，还有小鸟们轻声的合唱。这简直是一场音乐会啊，一场自然之声的音乐会！如此美好的音乐会竟离那些坏心肠们这么近！

我骑上小银，夹紧双腿，急急地奔往森林。在松树茂密的树荫下，我拍着手，又是歌唱又是尖叫。小银也配合着我，与我一样，不断地发出兴奋的欢呼声。它的声音深邃而粗野，像深井底下沉闷的声响。小鸟们听到如此低沉的嗓音，纷纷去另一片松林了。

在少年们渐远的叫骂声中，小银将它毛茸茸的头倚到我的胸口(压得我的胸口都有些疼痛了)，仿佛在表达一种深厚的谢意。

匈牙利人

小银，你看那群人，他们躺倒在地上，就像阳光下拖着尾巴躺在人行道上的癞皮狗。还有那个雕塑般的女人，她衣衫破旧，紫色、绿色的破布间，丰满的古铜色肉体显露无遗，而她那双脏得像锅底一般的手则不断拨弄着附近的干草。另一个蓬头垢面的女孩儿，正用木炭头在墙上画着些淫秽的图案。而那个小男孩，看上去像是很爱哭的样子。他躺着撒尿，就像一个喷泉一般，全都洒在自己的肚皮上。男人、猴子边喃喃自语，边在肋骨上来回地挠痒，就像是在弹吉他。

时不时地，那男人起身走到街心，望着街旁的一个阳台，懒洋洋地敲打起手鼓来。一位女士经过小男孩身边，却被他狠狠地踢了一脚。接着，她便声嘶力竭地咒骂起来。但过了一会儿，他却又开始不害臊地唱起走调的歌。猴子翻了个跟头，就又拖着沉重的锁链，到路边的土沟里去找小泥丸玩去了。

三点钟的时候，车站的班车开走了。这时候，一路沿着新街往上，就只剩太阳在独自照耀着大地了。

“小银，这是阿马罗一家，他们的生活幸福美满。”那个男人健壮得像一棵树，可他只自顾自地挠着痒；另一个人像葡萄藤般柔美，却总是躺着。他们生下两个孩子，一个男孩，一个女孩，仅仅是为了延续后代。至于那只在抓跳蚤的猴子，它虚弱又渺小，就如同这个世界一样，仅仅是他们一家生活的来源而已。

未婚妻

疏朗的海风掠过红土坡，吹向山丘上的草坪，如同白色群花中淹没着的一阵轻笑。之后，这阵乱风转而去往松林，并将它笼罩。碧蓝天空的光芒在微风的作用下仿佛也开始摇晃，简直要膨胀起来，犹如一张编织精细的风帆，也像金色与玫瑰色交织的蜘蛛网。整个下午都浸在吹拂而过的海风中。和煦的阳光和轻柔的海风，使我们的心灵如此安宁！

小银驮着我，它是那样高兴，跑起来轻快而又安逸，仿佛背上的我并不存在，甚至上坡也像下坡一样轻松自在。在松林尽头与海岛相接的景色中，无色缎带般的海面在闪闪发光。下面的绿草地上，几头驴子在灌木丛中玩耍。

走在牧道上的小银忽然竖起了双耳，将鼻孔尽力撑大，甚至都快撑到眼睛旁边了，它那豆荚似的大黄牙也露了出来，此刻的它大概是感觉到了一丝不知何故的快乐。它深嗅着四面而来的风，有一种不知名的浓郁香气飘进了它的心房。果然，在对面的山丘上正站着它的未婚妻。它的未婚妻皮肤灰灰的，在蔚蓝的天空下显得格外文静、美丽。一阵绵长而响亮的重唱声，喇叭似的打破了这宁静的一刻，仿佛一对瀑布双双飞泻而下。

我制止了可怜的小银本能的殷勤。而此时，它那来自原野的美丽未婚妻，其黑玉般的双眼中只看得到小银。它怀着同样的悲伤，看着它从自己面前走过。这种精神的交流神秘但又显得枉然，它催动了肉体解脱的本能，如同一个轮子，粗暴地在长春花上狠狠碾过。

小银变得有些不听驯，它虽是走着，却不时企图返回，在它的每一个迅疾的步伐中，都压抑着一种无声的怨言：

“怎么能这样！怎么能这样！怎么能这样！”

蚂　蟥

“你停一下，那是什么，小银？你怎么啦？”

小银的嘴在流血，像是被呛着了，它愈走愈慢。忽然，我全明白了。早晨经过毕内特的泉水时，小银在那儿喝过水。虽然它总是咬紧牙关只在最干净的地方喝，但偶尔也会有意外发生，这次准是有一条蚂蟥吸在它的上颚或舌头上了。

“停一下，伙计，让我看看。”

修车的拉波索正从阿尔门德拉那儿下来，我拉住他请他帮忙。我们两人一起试着将小银的嘴分开，可它的嘴就像用罗马的火山灰泥浇筑的一样。我渐渐遗憾地发觉，可怜的小银并不像我以为的那样聪明。拉波索拿起一根粗棍将它一劈为四，力图将一根小棍放进小银的上下颚之间撬开它的嘴。哎，这真是一件艰难的工作。小银冲天昂着头，举起前蹄站了起来。它又想逃走，又来回翻滚，最后，不知怎的，棍子竟斜着插进了小银的嘴里。拉波索骑上它的背，用双手猛拉棍子的一端，硬是把小银的嘴给撬开了。

呀！在那里，有一条胀饱了的黑色蚂蟥。我用两根葡萄藤做成一把钳子，将它夹了出来。看上去，它就像是一只红赭石的布袋，也像是装满了暗红色葡萄酒的一个皮囊，对着阳光看，又像是被一块红布激怒了的火鸡脸上的一个肉团。为了不让其他驴子再流血，我把它砍断投进了小溪。小银的血一下子就染红了一个短暂的漩涡里的泡沫。

三个老太婆

“上围墙这儿来，小银。走开一点儿，我们让这几个可怜的老太婆过去。”

她们应该是从海边或者山里来的。你看，其中一个是盲人，另外两个搀着她的手臂。她们应该是去找路易斯医生的，也可能是去医院。你看，她们走得很慢，那两个看得见的是多么小心翼翼啊,好像三个人都害怕同一种消亡似的。

“到土坎上来,小银！快闪开,我们让那几个可怜的老太婆过去！”

你看,她们过早地伸出了手,试图挡开她们想象中的危险,甚至包括那些最纤细的开着花的小枝条,那样子真可笑、真奇怪。她们像是要拨开面前的空气一样。你看见了吗,小银?

小心,别掉下去！伙计,你听,她们边走边说着无数的伤心事。她们是吉卜赛人呀！你看,她们那带有圆点和荷叶边的衣服是多么富有画意啊。你看,她们居然这样硬朗,一点也不弯腰驼背,虽然上了年纪,却仍然很有风韵。那被晒黑了的皮肤淌着汗,弄得很脏。她们渐渐消失在正午太阳照耀下的尘埃之中。伴随着她们而去的还有那苗条而健康的美,那种美仿佛陈旧和僵硬了的回忆。

我们静静地望着那三个人的背影。

小　车

连日阴雨,小溪的水一直上涨,此刻已经漫到了葡萄园。我们发现,一辆破旧的小车,连同车上装着的茅草、橘子,一同陷入了小溪的淤泥里。一个看起来脏兮兮的小女孩,穿着褴褛的衣服,正在轮子旁哭泣。她试图用她那花蕾般的小小胸膛去推动轮子来帮助小驴。这是一头比小银更瘦小的驴,真的！小驴顶风用力,而小女孩的叫声中仿佛带着呜咽,无望地想要将小车推出泥淖。她和那些勇敢的孩子一样,虽有雄心却始终力所不及,像炎炎夏日里的一缕微风,几无作用,最终只得疲倦地晕倒在花丛里。

我拍了拍小银,设法将它和小驴套在一起。小银在前,小驴在后,我一声怒喝,小银就将车子和小驴一起拉上了坡。

小女孩露出了笑容。她的笑容这样明媚,仿佛午后黄水晶般的太阳在雨云中碎裂成片,落进她那被泥水弄脏的脸蛋上的泪珠之中。她带泪的笑容背后,仿佛是一片黎明时分的曙光。

她还带着泪水,却笑着选了两个又大又圆的好橘子给我。我怀着感激接过橘子,把一个给了那头瘦弱的小驴,算是替上帝给它一些安慰，另一个则给了小银，就当作对它的奖赏。

面　包

小银，我和你说过了，摩格尔的灵魂是酒。不是吗？不，摩格尔的灵魂是面包！摩格尔就像是一只大面包，面包心是这雪白的村庄，外头那层软软的外皮就是金黄色的（啊不对，应是棕黄色得）太阳。

正午时分，太阳烧得最旺的时候，整个村庄就开始冒烟了，很快，热面包和松柴燃烧的香味就传了出来。村民们都张大嘴巴，跟张大嘴吃那只巨大的面包的时候一模一样。面包有好多种吃法：蘸点橄榄油或者凉汤；涂上奶酪或者配上葡萄；为了使接吻更有滋味，可以再加点酒、汤、火腿，或者再加片面包。当然，也可以光吃面包，但你可以自由地添上希望与幻想。

面包师骑着马匆匆赶来，他在每家半掩着的门前都会停一会，拍手大喊："面包来啦！"在他那裸露的胳膊举起的篮子里，可以听出各种各样的不同面包的声响：四分之一磅的、圆形的、粗面粉的、辫子状的，它们落进篮子里时，彼此碰撞，免不得一阵喧闹。

那些穷孩子们也被这声音召唤而来，他们拉着小门上的门铃，或者敲响门环，向里面久久地哭叫着："给一点面包吧！"

阿格莱亚①

你今天可真漂亮啊，小银！过来我这里，快看看，今早马卡利亚把你洗刷得多干净啊！你浑身上下黑白分明，光彩夺目，仿佛雨后白天与黑夜般清澈分明。小银，此刻你真是漂亮！

小银有一些害羞，朝着我慢慢地走来，它刚洗过澡的身体还挂

---

① 阿格莱亚：希腊神话中美惠三女神之一。美惠三女神指希腊神话中分别代表妩媚、优雅和美丽这三种品质的三位女神。她们分别是光辉女神阿格莱亚（Aglaia），激励女神塔利亚（Thalia），欢乐女神欧佛洛绪涅（Euphrosyne）。

着水珠，湿漉漉的，如刚出浴的少女般光洁。它的脸好像黎明般明媚，在它那双炯炯有神的大眼睛中，闪烁着光芒，似乎是优美三女神中最年轻的那位将热情的光彩赐予了它。

当我与它说话的时候，我忽然感觉到它与我就像兄弟一般心连着心。这股激情涌上心头，使我情不自禁地紧紧抱住它的头，爱抚着它头上的毛发，将它弄乱，并搔它的痒。小银，它低下了眼睛，用两只耳朵来抵抗我的爱抚。我放开它，它却并不逃开，而是在我身边一会跑跑，一会又停下来，来来回回，像一条爱玩耍的小狗。

“你现在可真漂亮，伙计！”我又重复道。

小银却如同一个刚穿上新衣的穷孩子一般，害羞地跑着。它始终看着我，用它兴奋的跑跳以及那双竖起的耳朵告诉我，此刻的它是多么欢乐。在厩栏外，它停了下来，假装在吃那些红色的喇叭花。

阿格莱亚，掌管美与善的女神，我仿佛看到，她在一片晨光之中，靠在那棵长满梨子、栖满麻雀的绿叶茂密的梨树旁，微笑地看着眼前的情景。

王冠松树

小银，无论我在哪里停下，我都仿佛是在王冠松树的荫庇之下。无论我抵达何处，无论是与城市、爱情还是荣耀相遇，我都觉得它那延展在蓝天白云间的枝叶始终遮蔽在我的头顶。那座圆形的灯塔曾指引摩格尔的水手躲过暴风雨，如今它正同样照亮我梦海中一次又一次的艰险。在我艰难的岁月里，它始终屹立于巍峨山巅的红土坡，乞丐们由那取道去往圣卢卡，而它则屹立在那里，充当我内心的后盾。

当我畅游在记忆之海时，总觉得它是那样雄伟！我逐渐成长，唯有对它的敬仰始终没有改变。它总是那样伟岸，并且越来越壮大。在我看来，人们砍掉它那被龙卷风折断的枝桠，就像是在砍掉我的四肢。有时候，当我感到身上某处有莫名的疼痛时，我想王冠松树也会与我感到同样的痛苦。

“伟大”二字之于它，就像“伟大”之于大海、天空以及我的心灵，完全合适。多少世纪以来，曾有多少民族在它的绿荫底下休息，仰望天上白云飘过，就像水面上、天空下以及我忧郁的心灵中，曾有人这样休息过。有时候，当我漫不经心地思考着一些什么时，总会灵光一闪，感觉有些东西仿佛似曾相识，就好像从不同角度看到的王冠松树，变成了一种无法描摹其模样的永恒的图画。在这种恍惚中，我感觉到仿佛有谁在召唤我，让我去那里安静地休息，就这样真正、永远地结束我生命的旅程。

达尔朋

达尔朋，小银的医生，他长得像牛一样壮硕，像西瓜瓤一样红润，足足有两百斤重。据他自己说，他大概有三四十岁。

他说起话来就像一架缺键断弦的旧钢琴，完全找不着调，有时候该发音的单词他竟囫囵而过，或光是喘个气，或加上各种各样夸张的肢体语言。他总是不停地摇晃着身子，嘴里还嘟嘟囔囔，像是把所有的抱怨都卡在了喉咙里，有时甚至还唾沫四溅，真是窘态百出。他的讲话简直就是晚饭前的抒情音乐会。

他不仅没有臼齿，甚至连门牙都没有，看上去似乎只能吃些像面包心一样松软的食物。可就算是吃这些，他也得先放在手里搓软，揉成个丸子，再放到他的血盆大口里。那个丸子就一直在他嘴里翻腾来翻腾去，足足能翻腾一个小时，之后他才有条不紊地咽下一个，再咽下一个。他的牙床就这样不断地咀嚼着摩擦着，他的胡子也顺势地摩擦着他的鹰钩鼻。

之前说他壮硕得像头牛可一点不假。他往门前的石凳上一坐，几乎能挡住身后的整栋房子。不过，只要他看到小银，就温柔乖巧得像个孩子。倘若碰见花儿或是小鸟，他也定会立刻笑逐颜开！然而这样的欢喜通常不会持续太久，并常常以悲伤的哭泣收场。等到他的心情稍稍平复过后，他就独自朝着那凄清的公墓张望，低声呢喃：“我的女儿，我的小可怜儿……”

孩子和水

艳阳炙烤着干旱而沉闷的大院，这里积满尘土，即使步伐再轻再缓，白色的尘土也会飞扬而起，蒙上你的双眼。那个孩子在泉水的边上，让人觉得欢乐与天真在一起，但又各有各的灵魂。虽然这儿连一棵树都没有，但每个人的心灵却都充满着同一个名字，所有人的眼睛都一齐投向普鲁士蓝澄澈的天空，在那，有两个发光的大字被反反复复地书写着：绿洲。

此时已是炎炎正午，是时候该睡午觉了。知了在圣弗朗西斯科院子里聒噪着，那声音又尖又刺耳，几乎要锯开橄榄树。阳光毫不怜惜地照在孩子的脑袋上，可他满满一颗心都只记挂着眼前的泉水，毫不察觉。他躺在地上，小手放在潺潺流动的泉水中。泉水在他的手掌中流淌，仿佛一座清凉的变换着的水晶宫，正在他指缝间穿过，他黑色的双眸中满含欣喜。他吸着鼻子喃喃自语，另一只手伸进破烂的衣服里，到处抓挠着。水晶宫殿虽永在那里，但却一刻不停地在孩子的手心中变幻着。小孩集中精神在自己的手中，努力控制着自己，手中捧着的仿佛是一块颤动的玻璃，一碰就要碎，又像是一个敏感的万花筒，瞬息万变。他是这样地小心翼翼，甚至害怕自己脉动与心跳轻微的变化会改变水流形成的那座令人惊叹的宫殿的模样。

“小银，我不知道你究竟是否明白，但是，那孩子手里捧着的，其实正是我的灵魂啊。”

友　谊

我们彼此十分了解。即使我放任它，它也会带我去到我要去的地方。

小银知道的，每当到了王冠松树那，我便喜欢走到它近旁，轻抚它的树干，透过它的繁茂枝叶望向天空。它还知道，我喜欢穿过草地里的小径，去那古老的水泉，或者爬上松林的小丘，去看那条蜿蜒流淌的小河，去看那片高高的小树林，去那里任自己的想象驰骋。对我而言，去这些宁静美好的地方，如同过一个节日那样让人兴致高昂。若我在它的背上睡着了，当我醒来，一睁开眼睛看到的便是这样亲切又壮伟的景色。

我像对待一个孩子般对待小银。道路崎岖时，我就从它背上下来，让它减轻一些负重。我常常亲吻它，哄它，又逗它生气。可小银明白，无论如何，我是爱它的，它也同样回报我以爱。我们俩是如此地相像，如此地与众不同，我甚至相信，它做过我做过的梦。

小银怀着少女般的热情为我奉献着一切，没有丝毫的怨言。我是它的幸福，它甚至因我而回避别的那些驴子和人们。

催眠的姑娘

卖炭人的女儿，那个小姑娘，虽然脏得像一枚小硬币，却是十分漂亮的。她的眼睛又黑又亮，像黑葡萄似的，饱满的嘴唇虽沾染了灰尘，却娇艳如血。她坐在茅屋门口的瓦片上，怀里抱着弟弟哄他入睡。

五月的天，白日里炙热的阳光被风吹着好似也颤动起来，这里是这样热，仿佛我们是住在太阳里的人。田野里满是沸腾的声响，牧场上马儿不停嘶鸣，海风穿过桉树林，一片欢笑声，衬得这宁静更为宁静，午后也更为明媚。

卖炭人的女儿甜蜜又深情地歌唱着：

我的孩子要入睡，
羊妈妈对他有怜垂。
歌声停歇，风停在树梢上轻吹，
我的孩子已入睡，
我要陪他一道入睡。

一阵风吹过。小银在被高温炙烤的松林中一步一步走着，步伐沉缓模样温顺。过了一会儿，它躺在阴凉的地上，像被母亲悠扬的歌声哄入睡的孩子一样，渐渐合上了眼。

庭院里的树

小银啊，这就是我亲手种下的那棵槐树。你瞧，它是那样葱郁和蓬勃，就像一团燃烧着的绿色火焰，在一个又一个的春天里抽枝生长。而今，它那茂盛的树冠足以遮天蔽日，只能见到阳光透过树叶的缝隙射下的点点光斑。现在，眼前的这座房子已经废弃了，不过我仍记得当时我们就住在这里。在那段日子里，它曾是我诗歌中最常出现的寄情对象。它的每个枝丫都仿佛被装点上了四月的翡翠、十月的黄金，只消望它一眼，便顿感心旷神怡，神清气爽，仿佛诗神缪斯将她那纤细的玉手放在了我的前额。那是如此地轻巧和柔软，又是那般地美好！

现在，它枝繁叶茂，俨然成了这个庭院的女主人。不知道它是否还记得我的存在，但对我来说，它似乎已经成了另一棵陌生的槐树。它在被我遗忘的那些岁月里努力生长，年复一年，抽枝发芽。渐渐地，我们曾有的亲切与无间也都随着岁月的流逝而慢慢淡去。当下，虽然它仍旧是那棵我亲手种下的槐树，但我早已语塞。小银，当我第一次抚摸它时，我的内心曾满是温暖和感动。一棵我曾经如此热爱的小树，但当数年后我们再次相见时却变得相对无言，这是多么令人心痛啊！我再次语塞了，不，或许对我而言连看下去的必要都没有了。夕阳的余晖中，它早已不再是那棵悬挂着我心爱的竖琴的槐树了，我再也不会因为望见它而迸发出无数灵感的火花了。

然而，曾经，我无数次地来到这里，怀揣着我那孤寂的音乐梦想，去感受它所独有的清香和芬芳。此刻，物是人非，我感受到的只有悲伤和凄凉，我只想逃离此地，就像逃离戏院和赌场一样。

痨病姑娘

在冰冷的卧室里，她直挺挺地坐在椅子上。她面容苍白，与四面刷了白灰的墙一般。她凄凉、酸楚，干瘪得好似一枚晚香玉。医生让她去田野里散散心，五月的阳光还不是那么炎热，可以去晒一会儿，可是，可怜的她，已经连路都走不动了。

“当我走到桥上，”她对我说，“就是那，少爷，我连气都快喘不过来了。”

她声音虚弱却带着孩子气，断断续续地飘过来，仿佛夏日里轻飘飘的风。

为了使她能够去散一次步，我把小银让给了她。她的那张原本又尖又瘦死灰般的面容，此时露出了快活的笑容。这笑使人忘记了她的病容，在她的脸上，我仿佛只能看到她黑色的眼睛与雪白的牙齿。

那些女人们躲在门缝后偷偷看着我们经过。小银走得很慢，似乎知道它背上驮着的病人已十分虚弱，如同一朵玻璃做的百合花那般易碎。这个痨病姑娘穿着蒙特马约圣母简朴的衣袍，系着红色的腰带，高热和希望让她显得神采奕奕，仿佛一个天使般，穿过村庄，走上通往南方天空的大道。

罗西欧节[①]

“小银，”我对它说，“我们去等游行的车队吧。它们会带来遥远的多尼亚纳森林的喧嚣，阿尼玛斯松林的秘密，玛德雷斯两株白蜡树的凉爽，还有罗西纳的芳香。”

我带着小银去了，并为它盛装打扮，这样，烈日炎炎的午后就能到弗恩特街去对着姑娘们说几句殷勤的话了。一条模糊的玫瑰色光带正从低檐下的石灰墙上渐渐消失，之后我们爬上篱笆，在那里看到了整个平原的大路。

游行车队终于来了，正在上坡。罗西欧节日里的微雨从一片紫云中降落到绿色的葡萄园上，可没有人抬头看这场雨水一眼。

首先过去的是一些摩尔式打扮的毛驴、骡子和马，它们的鬃毛

---

① 罗西欧节：为西班牙罗西欧地区传统节日。罗西欧位于安达卢西亚的塞维亚。

都被编成了辫子。接着是一对对恋人，男生都很高兴，女生看起来很大胆。人群热闹又活跃，在一种没来由、盲目的疯狂中，不停地互相追逐打闹。再后面跟着一辆大车，车上一群醉鬼在大声喧闹，又粗野又混乱。再后面的大车，装饰得就像床一样，垂挂着白色的帐幔，许多棕皮肤的姑娘坐在车盖下，像朵朵人造的花儿。她们有节奏地敲响小手鼓，尖声唱着塞维利亚的歌。再之后，是许多的马儿和驴子。那个秃头干瘦的总管，此刻涨红了脸高喊："罗西欧圣母节万岁！万岁！万万岁！"他的宽檐帽挂在背后，金色的权杖紧贴着马镫。最后拉车的是两头温顺的青花公牛，主教一般，身上挂满了五彩缤纷的装饰物，镜面反射出带着雨水的阳光。这对公牛摇晃着脑袋，歪斜着身子，费力地拉着饰有紫晶、白银的无原罪圣像，白色的车上装满了花，仿佛一个荒芜的花园。

此刻能听到一点音乐，它在钟声、爆竹声和马蹄敲击石板的声音中若隐若现。

小银屈腿，如女人般跪下（这是它的本能），温柔、谦逊又娇弱。

龙　萨[1]

解开了小银身上的绳，它重获自由，在长满雏菊的草地上闲适地吃草。而我则躺在松树下，从摩尔式的马褡[2]里拿出一本小书，打开夹着书签的那一页，开始高声朗读：

> 看枝头五月的玫瑰，在她最美的青春，绽放了一朵蓓蕾，青天也嫉妒她的美……

在上面，树枝的高处，有一只模样普通的小鸟在又叫又跳，太阳将它与延展的树枝全都染成了金黄色。它在树枝间进食，啄碎种子的声音都可以听见。

---

① 龙萨（1524—1585）：法国著名爱情诗人。

② 马褡：一种中间开口而两端装东西的口袋，可以搭在肩上，也可以挂在腰带上。

嫉妒它鲜艳的色彩……

忽然，一个巨大而暖烘烘的东西，像一艘船从我肩头航行而过。毫无疑问，这是小银，峨菲奥的竖琴把它吸引到我的身边，来与我一同念诗。我们念道：

鲜艳的色彩，当黎明的曙光射向她的泪珠……

可这只小鸟消化好快，它发出了一种与此刻的我们极不协调的音调，将我们的字句轻易打断。

那一刹那，龙萨忘记了自己的十四行诗，“在我的睡梦中疯狂地抱着的时候……”大概是他在地狱里笑了。

拉洋片的老头

一阵忽然而来的手鼓声打破了街头的寂静，那声音黯哑又迅疾。之后，一种无力、嘶哑的声音便与它应和起来，仿佛一声长长的叹息。孩子们往街上飞奔，脚步声很大，他们喊着：“拉洋片的老头！拉洋片！拉洋片！”

街角摆放着一只绿色的小盒子，四角插着四面玫瑰色的小旗，镜口朝着太阳。它们都在这张小折凳上等待着。老人打着鼓，可这群孩子没有钱，只得将手插在口袋或是放在背后，对着那只盒子不出声。不一会，一个孩子跑了过来，把钱放到老人手里，然后走上前去，将眼睛凑到镜口。

“现在，你将看到普利姆将军，他骑在白马上……”老人一边用外乡口音说着，一边打着手鼓，一副不耐烦的样子。

“巴塞罗那的码头……”他的鼓打得更紧了。

一群孩子，一来就将准备好的零钱递给老人，全神贯注地等待着去买他的幻想。老人说：“现在，你将看到哈瓦那的城堡！”他又拍响了手鼓。

连小银、小女孩、对面人家养的狗都跑去看拉洋片。为了看得清楚，小银把它的大头也挤了进去。只听老人逗它说："你的钱也拿来呀！"

其他没有钱的孩子不甘地笑着，仿佛是在讨好这老人。

路边的花朵

小银，这路边的花朵，是多么美丽、多么纯洁！她总是温柔而娇弱地独自挺立在土坎那儿，所有路过的，包括牛群、羊群、马群和人群，都从她身边经过，可她那淡紫色的花瓣却丝毫没有受到污染。

每天上坡穿过小径走进她的时候，我们总会看见有一只小鸟在她的地域飞起。为什么？或许这只鸟儿以为她是一只不大的奖杯，盛满了夏日云朵里清澈的水汽；或许花儿准许一只蜜蜂在她的花蕊中掠夺；或许她将蝴蝶当成了生动立体的装饰。

小银，这朵花的生命是很短暂的，但在我的记忆中，她却是永恒的。她的生命仿佛你春日生命中短暂的一天，也像我生命中短暂的一个春季。

小银，我要交付秋天什么，才能和它换取这朵神圣的花，让她作为我们永恒的朴实的榜样？

洛　德

小银，我不知道你会不会看一张照片。我已经让村子里的一些人看过，他们什么也没看出来。我要告诉你，这就是洛德，就是我曾经对你说过的那只猎狐狗。你看见没有，在大理石的院子里，在海棠花盆之间，它正坐在一个垫子上晒着冬天的阳光呢。

可怜的洛德！它是从塞维利亚来的，那时我正在那里画画。它是纯白的，光亮得几乎没有颜色，丰满得像贵妇的大腿。它机灵而神速，像管口喷出的水。它悠忽的黑影来回闪动，就像蝴蝶在飞落。它那双发亮的眼睛，就是两个饱含着丰富高贵感情的音符。

它有着如痴如狂的灵感，有时毫无缘由地在大理石院子的白椅之间作令人晕眩的旋转。五月里，阳光有时穿过凸窗的红色、蓝色、黄色的玻璃，就像卡米洛[①]画的鸽子那样。有时它上到瓦顶，惹起窠中雨燕一阵喧叫。玛卡里亚每天早晨用肥皂替它洗刷，所以它总是干净光洁得发亮，就像是平屋顶上映在蓝天之下的粉白女墙。

当我父亲去世的时候，它整夜地在棺材旁边守灵。有一次我母亲生病，它躺在床脚那儿，整整一个月不吃也不喝。有一天，有人来我家告诉我们说，它被疯狗咬了，应该把它拴到卡斯蒂约酒窖那里的杏树上，和人们隔离。

它沿着小巷被带走，它回首时留下的目光总在刺痛我的心。小银，就像已经死去的星星所留下的光芒还永远存在一样，它那剧烈痛苦的感情已经超越了它自身的消亡。当一种有形的痛苦刺痛我的心时，出现在我眼前的那条走向永恒的细长的生命之路，多么像洛德留下的那烙下苦难印记的难以消逝的目光。

井

井！小银啊，这个字是多么深奥，多么幽绿，多么清凉，多么响亮！这个字好像在阴凉的地面上旋转，钻进去，一直达到沁心的凉水。你看，无花果树装饰了但同时也损坏了井栏。里面，在手可以够得着的地方，在砖壁的绿苔之间，有一朵蓝色的花儿开放着，香气袭人。再往下，是一只燕子的窠巢。然后，便是一间幽暗坚实的厅堂，一座翡翠的宫殿，一个湖沼。你若向它的宁静投一颗石子，它就会生气而嗡嗡地抱怨起来。到最后就是一片天空。

夜进去了，月儿在里面点上了灯火，周围衬作装饰的是闪闪的星星。好安静！生活沿着道路走向远方，经过这井时，灵魂却逃进了它那最深的地方。穿过它，甚至可以看见黄昏的另一边。好像会从井口升起一个黑夜的巨人，世界上全部的隐秘都被它掌管着。

---

① 卡米洛·西特(1843—1903)：奥地利建筑师、画家、建筑理论家，是现代城市规划理论的奠基人。

奇幻而宁静的迷宫，幽暗而芬芳的花园，具有磁力的奇妙的大厅！

小银啊，假如有一天我跳进了这个井里，那不是为了自杀，只是为了能更快地拿到闪烁的星星。

小银叫着，渴望着饮水。从井里惊慌地飞出一只燕子。

杏　子

经过狭长的萨尔小巷，走到尽头就是矗立的钟楼。这曲折狭窄的小巷，在蓝天和太阳的辉映下泛着紫罗兰般的色彩。它向南的墙面，由于海风不断的吹蚀而发黑剥落了。有个孩子和一头毛驴在慢慢地走过来。那孩子的轮廓是个矮小的人，比他挂着的宽边帽子还要小。他低声地唱着，他那山民的心沉浸在民歌的想象之中：

……带着极度的疲劳
我向她要求……

驴子被放开了，它一点一点地啃着巷中少许的脏草，背上驮着一些轻微的东西，泄气地低垂着头。那个孩子好像这才意识到自己已经来到了镇上，于是便马上刹住脚，叉开并紧蹬着他那带泥的小腿，仿佛是要从地上获取些力量。他用手拢出一种装模作样的声音，艰辛地叫着，但在一些字的发音上仍然脱不掉孩子的稚气：

“杏——子——啊！”

后来，买卖似乎对他是无所谓的事，就像狄亚兹神父说的那样，他又回到深沉的吉卜赛歌谣的低声吟唱中去了：

我不责备你，将来也不责备……

他一边唱，一边用棍子敲打着石头。

一阵轻缓的微风淡淡地掠过小巷，传来热面包和松枝的香味。突然，顶上的大钟连带着作为装饰的小钟，敲起了三点报时的钟声，接着用有节奏的不断的鸣响，预告节日的来临。喇叭的喧嚣，班车离镇时的铃声，以及午睡中的寂静，全部淹没在这钟响的洪流之中了。空气从屋顶上面，在一种芳香里，带来一个晶莹、光辉、颤动着的海洋，一个没有任何人的海洋，反复的波涛在厌倦和寂寞中闪着光亮。

孩子又醒悟过来了，他重新刹住脚步，喊道：

“杏——子——啊！”

小银不想走了，一再注视着那个孩子，并嗅触他的驴子。两头驴子不约而同地用相同的动作问候对方，似乎这就算相互认识了，那样子使我想起了那些白熊。

“好了，小银，我去告诉那孩子，叫他把他的驴给我，你呢，就跟他一起去卖杏子吧。”

踢

我们要到蒙特马约农场给小牛烙印。下午，万里无云，天气十分炎热，而院子里的石头地面倒是很阴凉。那些快乐而茁壮的群马在嘶叫震响，还有女人们清新的笑声和狗的锐声的吠叫。小银在角落里忍耐不住了。

“唉，伙计，”我对它说，“你不能跟着我们去，你还太小。”

它一下子变得焦急起来，竟要求傻子骑在它的背上，好跟着我们同去。

骑在马上穿过明媚的田野，这是多么愉快啊！沼泽带着笑容，片片水洼犹如破碎镜片映出的太阳，黄金般地闪着光，关闭了的磨坊在水中也改变了模样。在马匹有力而整齐的步伐之间，小银用心地迈着急速的碎步，以免和傻子一起被孤单地留在路上。它努力坚持着，像里奥廷托的火车轮子在作着小小的急转。忽然一声响，像是手枪的射击，小银的嘴碰上了一匹美丽的小花马的屁股，那匹马用一个快速的后踢作为回答。没人理会这件事，可是我注意到小银的一条前腿在流血。我翻身下马，拿一根刺[1]和一根鬃毛将破裂的静脉缝好，然后叫傻子带它回家。

他俩走了，疲惫而迟缓，经过村镇下面干涸的小河时，还回过头来看我们这群电光般飞奔疾驰的人马。

从农场回来时，我去看小银，看见它痛苦而悲伤。

“看，”我叹息着说，“你不能跟着人们到处走吧，是不是？”

“驴”字

我在一本字典里读到：“驴”字，其转义为“对驴的描写，是一种讽刺”。

可怜的驴！你是这么好，这么高贵，这么聪慧！讽刺？为什么？你没有得到认真的描写，对你的认真描写难道不是一个春天的故事？好的人应该叫他“驴”！坏的驴应该叫它“人”！讽刺啊！就你来说，你有这样高的智力，你是老人和孩子，小河和蝴蝶，太阳和狗，月亮和花的朋友。你耐劳，深思，忧郁而又亲切，是草地上的马尔柯·奥略利奥！

小银毫无疑问是懂得的。它那双温柔、坚实、闪闪发光的大眼睛凝视着我，这双眼睛是一对小小的发着亮光的凸起的墨绿色苍穹。

唉！如果小银那带有诗情的毛茸茸的脑袋知道我是在为它主持公道，它就会懂得我比那些编字典的人要好，好得差不多和它一样。

我在书前的空白处写道：“驴”字，其转义为或者应该说是，“讽刺地，描写那些愚昧的编字典的人”。

耶稣圣体节

从花果园回来，刚步入富恩特街，钟声又响起来了。从小河那

---

① 此处当作针用。

儿走来，我们已经听到过三次了。那最高处的青铜的呼号，震撼着白色的村庄。那辗转波动的音响，在白日的辉照、爆竹纷飞的黑烟和闪光以及铜管乐的狂呼乱叫之间回荡。

街道新刷了白灰，画上赭红的边框，白杨和灯芯草全都穿上了绿装。窗口悬挂的床单在飘动闪光：有紫色花缎的，有黄色细棉布的，还有天蓝色绸缎的。在戴孝的人家，就再加上一条全毛的黑色丧带。街角最后那家的廊檐下，出现了缓缓行进的十字架，上面的许多碎镜片在西方落日的余晖和烛泪淋漓的红烛之间闪闪发光。节日游行的队伍慢慢地走来：西洋红的旗帜下，是面包师的守护神圣罗克，满抬着软软的面包圈；浅绿色的旗帜下，是水手的守护神圣特尔莫，手里拿着他的银质的船；黄色的旗帜下，是农民的守护神圣伊西德罗，带着一对公牛；然后是更多的旗帜，更多的色彩，更多的圣人。这以后是圣安娜在教导着孩提时代的圣母马利亚，另外还有棕色的约瑟和蓝色的无原罪圣母像。最后由警察维护着的，是香云缭绕中一座装饰着紫色禾穗和翡翠般的生葡萄的金银圣龛，那圣龛精工雕镂，异常肃穆。

在即将逝去的下午，升起了一片清晰的带着安达卢西亚口音的拉丁文的祈祷声。太阳已经变成了玫瑰色，她的残光低斜地射进里奥街，淡淡地照在陈旧的镶金白袍和无袖罩衫上面。在这卵石般光洁安静的六月，在红色的钟楼周围，高高的鸽群在飞窜，编织洁白发光的花冠。

小银趁着寂静的空隙，也叫了起来。它那温柔的叫声，加进了钟声、爆竹、拉丁文和莫德斯多的音乐之中，使这个神秘的日子一下子明朗起来。它的叫声使傲慢变为和顺，使神圣化作平凡。

散　步

夏日，低洼不平的小道旁开满了娇嫩的金银花，我和小银行走在这样的小道上，是何等地惬意啊！我时而吟诵着诗歌，时而哼着小曲，时而又向着天空大喊。小银轻轻咬了几口土坎旁的疏草，还有那蒙上了阴影的紫色锦葵和黄色酸模花。它在那里停留了许久，甚至比走路的时间还长，我也由着它。

我抬起头，让视线穿过那挂满累累硕果的杏树树冠，望向湛蓝的天空。我久久地注视着它，深深陶醉其中。整片田野寂静而火热，四周风平浪静，一片白帆倒映在粼粼的河面上，正缓缓地向着山的那边驶去。我远远望见，山脚处火灾的浓烟好似团团黑云，徐徐升上了天空。事实上，我们并没有走远，今天亦如那平日生活中最稀松平常的一天一样，我们既不必理会那九天外的仙人，也不必在意那冥海外的仙山，就连眼前这肆虐的火焰也不必理会。

每当柑橘的阵阵清香扑面而来时，我们总能听见从水车的铁斗里淌出来的清凉与欢笑。此时，小银也是兴奋得欢呼雀跃。这是多么纯粹而可贵的幸福啊！不知不觉中，我们走到了水塘边，我乘势把杯子灌满那清冽的池水并大口地酣饮起来。小银也把头伸向树荫下的池塘，迫不及待地东喝一口西汲一下，贪婪地享受着这甘甜的池水。

斗　鸡

小银，我不知如何来比拟那些不愉快。一抹刺眼的紫色与金色，并不能像在海洋与蓝天之上飘扬的国旗那般使人着迷。是呀，假如有一面国旗飘扬在斗牛场的上空，那摩尔式的建筑，比如韦尔瓦去塞尔维亚的车站，这种红色与黄色让人感到不舒服，像官商广告中贴着的加尔多斯[①]的书籍，描绘了非洲战争时期惨烈的画面。这总能使我感到不愉快，就像是见到了一副精美的纸牌上印着的金色牧畜身上却满是烙印一样，就像是见到了香烟、葡萄干盒子里的画片，或者酒瓶上的商标贴纸、港口学校的奖状，或者巧克力的花纹一样。

我去那干吗？谁把我带去的？我记得那是个冬日的正午，暖洋洋的就像是莫德斯多乐队短号奏出的旋律。

我闻到了新酒的浓香，还有烟味和弯弯的腊肠的气味。议员、

① 佩雷斯·加尔多斯(1843—1920)：西班牙十九世纪著名的现实主义小说家。

市长、李特里还有韦尔瓦有名的壮硕的斗牛士，他们都在。斗鸡场很小，被刷成了绿色，木制的围栏挡住了蜂拥的人群那一张张被挤得通红的脸，他们看起来就像是双轮大车上拖着的乳牛的内脏或是刚刚杀好的猪肉。他们个个都瞪着眼睛，眼神中投射出一种炽热与醉意，不加掩饰地表达出他们下作的内心的冲动，仅仅是双眼，都使人觉得他们仿佛要叫喊起来。人们彼此拥挤着，更觉得热了。这个小小的斗鸡的世界！

阳光普照，光线穿过被画满青烟白云的模糊的玻璃。这些可怜的英国鸡啊，它们那令人不愉快的西洋红色眼睛，恶魔般地将对方刺进仇恨中，用黄色的利爪相互撕扯。飞扬起的尘土挡住了一切，周围一片寂静，仿佛什么也看不到，仿佛这一切并未在此发生。

可是，为什么我要待在那里，而且还满怀忧伤？我也不知道。有时候我望着一块厚破布在空中飘动，觉得那是里贝拉的一片船帆，是一棵健壮的橘子树，是阳光下的一树白花，散发出沁人心脾的阵阵清香。多好啊，我的灵魂也变得芬芳了！这满树花的橘树，这和煦的微风，这高照的太阳！

然而，我并没有离开。

黄　昏

倦阳斜照着这座幽寂的村庄。我的回忆是如此纷乱，却觉得那早已远逝的一切又是如此地富有诗意！有一种蛊惑人心的魅力萦绕在村庄中，仿佛笼罩着十字架悠久的哀思。

星空明朗，打谷场上饱满的谷粒，堆成了座座柔软又不断变化的黄色小山，散发着阵阵香气。啊，所罗门！工人们在睡意袭来时用低沉的声音轻轻地唱着。寡妇们坐在门边或者门槛上，思念着过世的亲人。那些亡灵此刻已酣然入睡，是那样近，就在畜栏的后面。孩子们奔跑着，从一个阴影跑向另一个阴影，就像鸟儿从这棵树飞到那棵树一样。

新来的乞丐蒙着尘土痛苦而沉默地走过穷人家的白灰墙，渐暗的煤油街灯闪烁着点点光影，与这些背影相互映衬。这个经过的葡萄牙人，他虽偶尔也会做些偷鸡摸狗的事，但这并不妨碍他此刻去耕耘。夕阳的余光温暖而隐秘，紫红色的光芒缓慢地照着眼前熟悉的事物，与那淹没在阴影里的怯懦的人影形成强烈的对比。孩子都跑远了。在无光幽谧的门洞里，有人在讨论着一些男人，他们说："把孩子们的油拿去给国王的女儿治痨病……"

印　章

小银，这东西长得就跟表一样，把小银盒一打开，它就出现了。它对着那块紫色印墨的布，就像是一只小鸟窝在鸟巢中。多么有意思啊！只要往白色掌心轻轻按一下，即刻就出现印章细细的紫色字样：

弗朗西斯科·鲁伊斯，摩格尔①

我多么憧憬卡洛斯学校里我朋友的这块印章啊！有一次，我在一张旧书桌上找到了一小块铅版，便试着来组成我的名字。但总是拼不好，也印不好，不像我朋友的那个印章，无论是在书上、墙上还是在肉上，都可以轻松地印下他的名字：

弗朗西斯科·鲁伊斯，摩格尔

一天，塞维利亚来的那个银匠阿里亚斯，和一个卖文具的货郎一起来了我家。他有一堆让我着迷的东西，尺子呀，圆规呀，各色的墨水呀，当然，还有印章！各种大小、各种式样的都有！我打破我的储蓄罐，找到了我存下的一个小银币，拜托他做一个有我的名字和村名的印章。那个星期的等待多么漫长！当邮车到达的时候，我的心都快要跳出来了！然而，当邮差的脚步又在雨声中转身离去的时候，汗水里都浸满了我的悲哀！终于，一个夜晚，邮差为

---

① 摩格尔：地名，西班牙韦尔瓦省的城市，也是作者希梅内斯的故乡。

我带来了印章。那是个有些复杂的器具，有铅笔、钢笔，还有封火漆用的大写字母。我哪里知道呀，按下一个按钮，就出现了那枚崭新的印章！

家里还有什么东西没被盖上印章呢？还有什么东西没有属于我呢？如果有人在我盖印的时候说“要小心，那会弄坏的”，我心里会是多么不快啊！第二天，我急匆匆地、高兴地把一切都带到了学校里去：书本，衬衫，帽子，靴子，甚至是手，所有的东西都印上了我的名字：

胡安·拉蒙·希梅内斯，摩格尔

狗妈妈

小银，我对你说过的这个狗妈妈，就是射手洛巴托的那只母狗。你对它已经很熟悉了，因为在去雅诺斯的路上我们曾碰见过它很多次。你还记得吗，它那身金黄中杂着白色的毛就像五月里的一片晚霞。她生了四只小狗，卖牛奶的莎鲁德把它们都带到马德雷斯的小房子里去了，因为她的儿子正在生重病，路易斯医生对她说她的儿子需要喝小狗汤。你知道，从洛巴托的家到马德雷斯桥很远很远，中间还要经过塔布拉斯岔路口。

有人说，那一天它整天都像疯了似的跑进跑出，到路上，到围坎，到各处去找寻，在人们的身上嗅着闻着。晚祷的时候，人们还看见它在看守奥尔诺斯小屋旁的煤炭包上朝着落日哀鸣着。

从恩梅迪奥街到塔布拉斯岔路口真的很远很远，狗妈妈在黑夜里来回跑了四次，每一次嘴里都叼着一只小狗。第二天早晨，当洛巴托打开门时，只见狗妈妈躺在门槛那儿温驯地望着他，所有的小狗都在蠕蠕钻钻地吮吸着它那饱满的玫瑰色的乳房。

她和我们

小银啊，也许她是走了。去哪儿了？坐在太阳下的黑色火车里，沿着高高路基上的铁轨，剪开密布的白云，向北方疾驰而去。

我和你正沉浸在金黄的麦浪中，那里遍洒着七月里已布满灰色花蕊的血滴般的红罂粟。天上是片片水汽般的薄云，淡淡的哀愁在太阳和花上顷刻飘过，消失在一片虚无之中。

那小巧的金色脑袋，系着一条黑色的丧带，镶在飞驰而去的小小窗框中，就像是一幅幻想中的图画。

或许她会想：是谁呀，那个穿丧服的人和那头银色的小驴？

我们会是谁呢，小银？

麻　雀

圣地亚哥的早晨笼罩着铅灰色的云，像是裹着层层棉絮。人们全都去做弥撒[①]了，只有麻雀、小银和我留在花园中。

在偶尔滴下几滴细雨的层层云朵中，有很多麻雀。它们在藤蔓间钻来钻去，相互啄弄着小嘴，叽叽喳喳地叫着闹着。这只落在树枝上又飞走，只留下一根颤动的树枝；那只飞落在井边的小水坑边，对着倒映着的那片蓝天，畅快地喝上一口；还有一只飞上小屋的瓦顶上，在那上面凋谢的花朵铺了一地，在棕灰色天空的映衬下，它显得更为艳丽鲜明。

不必为那些固定节日烦恼的鸟儿啊，它们真是幸福！它们拥有上天赋予的真正的纯真与自由，钟声对它们而言毫无意义，它们有的仅仅是悠闲和欢乐。它们不必像可怜的人们那样战战兢兢，它们没有负担，没有对于升入天堂的期盼，也没有对于落入地狱的恐惧。它们有自己的道德，它们的上帝就是碧蓝的云天。它们是我的弟兄，欢乐而温顺的弟兄。

它们出去旅行，不需要钱也不需要行李。任何时候，只要它们愿意，就可以搬家。向往某条小河或某片绿叶时，它们只需要展开双翅就能得到幸福。它们从不需要知道哪天是周一，也不必知道

---

① 弥撒(Missa)有怀念、纪念之意，这里指的是天主教纪念耶稣牺牲的宗教仪式，是最崇高之祭礼。

哪天是周六。任何地方,任何时刻,它们都能沐浴洗澡。它们的爱不必知道姓甚名谁,它们的爱人遍布全球。

而那些可怜的人们,当他们周日关上大门去望弥撒的时候,鸟儿们便带着青春又活泼的喧闹来到这关闭的人家的花园中。它们的爱情无需任何仪式,应当成为人们的榜样。在花园里,有它们非常熟悉的一个诗人和一头温顺的小驴,正友好地望着它们。

佛拉斯科·贝莱斯

小银,今天我不能出门,我刚刚在埃斯科斯巴诺斯的小广场上看到了镇长的布告:在摩格尔镇的高街上通过时,若未戴与之适应的嘴套,我已授权属下格杀勿论。

也就是说,小银,镇上出现了疯狗。昨晚我便听到警察们放出的枪声,他们到处飞速巡逻,经过了孟都里奥、卡斯蒂约、特拉斯摩罗,这可以说是佛拉斯科·贝莱斯的一大发明。

傻子洛利利亚挨家挨户地朝着门窗大喊:"压根儿就没有疯狗。"我们现在的这位镇长,同之前那个将自己装扮成鬼魂的巴斯客人镇长一样,想要用枪声把人们吓跑,这样他们自个儿的无花果还有龙舌兰酿的白兰地便可过境了。可是,假如真有一只疯狗咬了你呢?我不愿意这样继续想下去,小银!

夏　天

牛虻把小银咬出了血,紫红色粘稠的血浆不断流下。知了拉锯似的在松树上鸣叫,没完没了。短短地休憩了一会儿,一睁开眼睛,便看到沙面上的景色变得一片雪白,如同模样狰狞的化石。在这炎热之中,让人忽然感到一阵阴冷。

低矮的灌木丛中,大朵大朵的花随意地绽放着。朦胧如烟般的,轻纱般的,或者说如丝纸般的玫瑰,身上仿佛还挂着四滴红色的泪珠。令人窒息的雾气笼罩着松林,周围一片灰白。一只我从未见过的带黑斑的黄色小鸟,在树上呆呆地站着,一言不发。

菜园的看守人敲打起铜器，驱赶着想偷吃橘子的大群鸟儿。我们走到胡桃树的绿荫下，切开了两个大西瓜。随着一声清脆的咔咔声，露出了玫瑰红的、仿佛带着霜花的瓜瓤。伴着远处村庄里晚祷的钟声，我慢慢地吃着我的半个西瓜，而小银则如喝水般吃着属于它的那半个甜瓤。

山上的火灾

沉闷的钟声！三声，四声……是火灾！

我们停下晚餐，一颗心悬着，紧张极了。我们着急地从狭窄的小木楼梯爬上去，来到空旷寂静的平屋顶。

“在卢塞纳那边！”黑夜中，已经爬上去的阿尼利亚在上面向楼梯下的我们喊道。当，当，当！来到了外面，终于可以喘一口气了。钟猛烈地撞击着发出鸣响，仿佛敲打在我们的耳膜上，震撼着我们的心。

“太可怕了，这场火灾可真大！”

是啊。远处树枝的轮廓清晰可见，沉默的黑色松林仿佛地平线一般。像红黑两色制作的景泰蓝，像皮埃罗·迪·柯西莫①的《狩猎图》，仅用红、黑及纯白便画出了火的模样。火苗越烧越旺，将夜空照得格外明亮。那边红得几乎成了玫瑰色，像一轮正在升起的月亮。孤高清寂的八月夜晚，火仿佛想要永存其中。一颗流星划过半空，随即消逝在蒙哈斯蓝色的天空。只有我陪伴着我自己。

突然，小银在厩栏里叫了一声，将我拉回了现实。所有人都已下去了，现在已是葡萄的收获时节。夜凉如水，我觉得刚刚从我身旁经过的那个人，好像是我童年放火烧山时的那个“小公鸡”佩佩——摩格尔的奥斯卡·王尔德。他变老了，黑色的头发中冒出几缕花白卷曲的鬓毛，身体也有些发胖，像女人般圆润，穿着一件黑色上装，底下是一条棕白相间的大格子裤，口袋里装满长长的直

---

① 皮埃罗·迪·柯西莫(1462—1521)：意大利文艺复兴时期著名画家。

布罗陀的火柴。

溪　流

小银，沿着这条溪流，我们可以去往放马的牧场，只可惜，它现在早已干涸。然而，在我发黄的旧地图上，有时它还是原来的样子。锦缎般的罂粟花团簇在草地上废弃的水井旁，被太阳晒得蔫蔫的，毫无生气。可有的时候，在我记忆里，它们好像并不在此，而是去了遥远的地方。又或许，它们并不存在，仅仅只是我的臆想而已。

小银，我童年时愉快的幻想都始于此，就像是一朵牛蒡花盛放在充沛日光下。我惊喜地发现，雅诺斯的这条溪流，就是圣安东尼奥路口穿过喧闹的白杨林的那条溪流。在夏季，沿着它干涸的河道一直走，就能到这儿。而到了冬季，在白杨树那里放下一只软木小船，顺流而下，便可以来到一片石榴树旁。每当有牛群经过时，我就隐藏在安古斯蒂亚斯桥下。

小银，儿时的幻想是多么迷人啊！我不知道你可曾有过这种幻想。所有事物都在不断变化着，仅在一瞬间，所有画面便都在你眼前闪现。一个半盲的人在走着，像窥测自己的内心一般窥测着这个世界。有时候却也倒过来，在灵魂的影子里装满了生活的影像，或者将内心的花朵化作现实的存在，让它迎着日光，在岸边真实地绽放。可这灵魂中光明的诗意，却一去不复返了。

星期日

小钟摇摆，喧闹四起。在这节日的早晨，它的声响忽远忽近地飘荡在水晶般透亮的苍穹之上。镀金的声音落在了了无生机的田野上，使它重又回到春暖花开时的模样。

所有的人，就连看门人也不例外，都跑去镇上看游行仪式，这里只剩下我和小银。这是多么安宁舒适的时光啊！我让小银到一旁的山上吃草，自己则躺在一棵站满了小鸟的松树下念着峨默伽亚谟[①]。

两声钟响，我便即刻融入了短暂的寂静，感受着九月的清晨所独有的喧闹。金黑色的黄蜂在挂满葡萄串的藤架间盘飞，蝴蝶在花丛中起舞，色彩缤纷，眼花缭乱。寂寞如同一道灵光，转瞬即逝。

有时候，小银不去吃草，只是抬起头远远地望着我。而我，也不再念诗，而是回望着它。

蟋蟀的歌声

晚间散步时，我和小银都已听惯了蟋蟀的歌声。

日落时分，蟋蟀发出第一声歌唱，犹豫生涩，低沉难辨。随后，它便不断尝试着改变调子，找寻正确的发音方式，最终越来越高亢。当星星闪现在碧透天空之上的时候，它的歌声已变得银铃般悠扬悦耳了。

紫色清风轻抚着花朵，在夜晚，它们已全部绽放，一种神圣的芬芳沿着与天空同色的平原弥漫。蟋蟀的歌声盈满了田野，处处都是，仿佛是影子发出的声响，坚定而流畅。如同双胞胎般相似的音调在田野上空飘荡，汇聚在毫不染尘的黑暗之中。

时间在安静中渐渐流逝，这世上处处和平，酣然入睡的农民在睡梦中抬头仰望远方的天空。那些陷入爱情中的双眼，掩映在围墙与藤蔓间，此刻也许正互相望着，满心沉醉。豆田向村镇传来收获时节飘香的讯息，就像是一个勇敢的青年坦白了他纯真的感情。两点钟、三点钟、四点钟的风，吹拂过滚滚麦浪，在绿色的月光下轻声叹息。蟋蟀的歌声虽是这样响亮，却让人轻易地遗忘了。

在这里，我和小银因寒冷而瑟瑟发抖，决心回家去。我们经过滴了白色露珠的小路，听到了黎明时分蟋蟀的歌声。下沉的月亮晕了一层红光，蟋蟀的歌声让人沉醉在月光与星光中，浪漫、神秘又丰富。就在这时，大片哀伤的云彩用它那蓝紫色模糊的身体，将

---

① 峨默伽亚谟(1070—1123)：波斯著名诗人。

白天从大海中慢慢拉起。

斗　牛

小银，你应该不知道这些孩子来这里是为了什么吧？他们啊，是为了请求我同意让他们带你去今天下午的斗牛仪式而来借钥匙的。但你不用担心，我已经告诉他们了：休想！

这些人都像疯了一样，小银！整个村镇竟都为了斗牛而无比激动。天刚破晓，一支乐队就开始在酒店前演奏乐曲了。可他们的演奏啊，乐段支离破碎不说，竟还走调。整条街上，车水马龙，好不热闹。小巷后面，人们正为斗牛准备着“卡那里奥”——那是孩子们最喜欢的黄色小车。庭院里已经见不到花了，女主席们早已将它们全部摘走了。年轻的小伙子们散漫地在街上晃荡，他们的宽檐帽、衬衫，嘴里的雪茄，以及身上那股马厩和白兰地的混合味道，真叫人心生遗憾。

小银，此时约莫两点钟，斗牛士与女主席们还在穿衣服。一日中惟有此刻能让人觉得内心空澈，也惟有此刻寂寞才能与熠熠的日光交辉。同去年一样，我和小银从侧门偷偷出去，由小巷去往田野。

这节日让人们遗忘了它——我美丽的田野。只有一个老人在园子里俯视着明净的水面，水面上倒映着葡萄的串串剪影。远远地，我们也能清晰地听到斗牛场上的音乐、掌声与欢笑。此刻，喧闹笼罩在小镇上空。然而，当我们走向更远处的大海时，这些尘嚣就会被无一例外地抛在身后了。所谓灵魂中，田野是美德的王后，谁人向她致以谦卑，她便赐予谁这无垠大地上一切的壮阔景色。

暴风雨

恐怖！人们屏住呼吸，冷汗直冒。可怕的低沉的天空甚至淹没了黎明，没有地方可以躲避。在一片寂静中，爱情停止了，罪恶在战栗，悔恨闭上了双眼。更加寂静了。

沉闷的雷声不断地轰响，像无止境的呵欠，又像清晨冷清的村镇里，巨石从高处滚落而下，砸落到街道上。没有地方可以躲避。一切娇弱的东西——花朵和小鸟，全都销声匿迹了。

羞怯地，从半掩的窗户中偷望那被闪过的白光照亮了的上帝。另一边，在东方云块的裂缝之间，泛出大片紫色与玫瑰红，因无法与黑暗相抗衡而显得十分悲伤。六点钟的班车，就像是在四点。倾盆大雨中，只听见街角那边，车夫为了壮胆而大声唱着。随后，一辆采葡萄的空车疾驶而过。

晚祷的钟声！钟响夹在雷声中，像是在嚎啕大哭。这难道是世界最后的晚祷？钟声在犹豫，不知是该即刻停下，还是敲得更响，以遮住暴风雨的声响。它不知道自己该做什么，于是只得哭了起来。

没有什么地方可以躲避。人们的心脏因长久的恐惧而变得麻痹起来。到处都是孩子们的叫声。

“小银怎么样了？依旧独自待在那毫无防卫的厩栏之中吗？”

收获葡萄

小银，今年来送葡萄的驴子怎么这么少？海报上用显眼的字写着：六个雷亚尔[①]一斤，却毫无用处。那些驴子都去哪儿了呢？它们如你承载着我的血液一般，驮着黄金般的液体从卢塞纳、阿尔蒙特、巴洛斯而来。驴队经过长时间的等待，葡萄汁作坊的工人们才将它们驮着的葡萄倒出。那满街的葡萄汁啊！女人和孩子拿着瓦罐、土瓮、水壶纷纷跑来。

小银，那时候的酒馆里总是笑声不断！那是狄兹莫的酒馆。一棵大胡桃树垂落在屋顶上，底下的酒窖里人们洗洗涮涮，歌声不绝于耳。靴子踩出或轻松或高亢的声响，还有的如铁链般沉重。工人们光着双腿，扛着装满葡萄汁或是牛血的罐子，四处奔走。远处，工棚的下面，桶匠们忙着敲敲打打，空洞的声响清晰传来，刨花散发出阵阵清香。我经由一扇门进入阿尔米朗特，又从另一扇门出来。两扇代表着欢乐的大门相对而立，在工人们的轻抚后，每一

---

① 巴西货币。

扇门都生动了起来，仿佛带着光亮。

二十个作坊昼夜不停地工作着。大伙齐踩葡萄[1]的模样，真令人瞠目结舌，又让人眼花缭乱！小银，由于今年的窗户全都被封了起来，所以在畜栏里留两三个工人就足够了。

小银，此刻你也得帮忙做些什么，否则你可真要变成懒虫了。别的驴子都不由得盯着小银，因为它是那样自由和悠闲。为了不致使它们因为内心的不快而去说小银的闲话，我将小银也带去附近的场地运葡萄。背上装满两筐葡萄后，小银从其他驴子的面前慢悠悠地走过，一直走到那榨汁的地方。随后，我又偷偷将小银带走了。

夜

每逢节日，村庄里灯火辉煌，将天空映得发红。一阵温和的晚风吹过，送来了忧郁的华尔兹乐曲。教堂都已关闭，深蓝、土黄和紫罗兰色在它周围闪耀，如幻想般。可它沉默着，僵硬又惨白。在酒馆的后面有一片漆黑的郊野，昏黄的月光笼罩着河面。

田野上只有树和树的影子，但能听到断断续续的蟋蟀振鸣声。群星散乱在水底，被水流浸洗得柔和而湿润，水中仿佛传出了一种梦呓般的碎语。小银也在温暖的厩栏中发出了悲鸣。

羊儿醒了，小铃微微地响了一阵，然后又静了下来。远处，蒙特马约那边传来另一头驴的叫声。接着是另一头，从巴列霍埃洛那边。一只狗在吠。

夜晚疏朗，花园里种着的花看起来仍和白天一样。有个人站在弗恩特街最后一个转角那座房屋前，暗红的街灯衬得他更为孤单。那人是我吗？不。广袤天际传来阵阵芬芳，月光如金色的波浪在浮动。而我，在丁香、微风和阴影之间，倾听着自己的几乎停止了的心声。

---

① 这是葡萄酒制作中的一个步骤，在西班牙，做葡萄酒之前需要用脚将葡萄踩烂，让其汁水流出。

我感到大地仿佛在旋转，辛勤又柔软。

萨里托

这是葡萄丰收时节里的一个下午，阳光昏暗。当我走到小河边的葡萄园时，几个女人告诉我，有一个小黑人正在四处打听我。

我即刻便往场上走去，看到他正从小路上向下走来。

"萨里托！"

萨里托是我那来自波多黎各的女友莎莉娜的一个用人。为了能到村镇来斗牛，他从塞维利亚逃了出来。红色的斗牛披风叠起来，搭在肩头，他身无分文，连饭也吃不上，就这样饿着肚子，一路从尼埃布拉步行到这里。

采葡萄的男人都轻蔑地斜眼看着他，女人们也都回避着他，她们自己倒没什么，主要还是怕自己的男人有意见。再早之前，他经过压葡萄汁的地方的时候，就已和那个咬破他耳朵的孩子打过一架了。

我朝他笑了笑，和他亲切地说话。萨里托不敢向我伸出手，便去抚摸小银。小银正走着，一面吃着葡萄，一面神气十足地望向我。

午休以后

当我在无花果树下从午睡的梦境中醒来时，日光已悄悄由金黄褪成了苍白，有一种忧伤的美感！

一阵微风裹着蔷薇花的芳香，轻拂过我午梦初醒的、汗涔涔的身体。这棵老树是那样慈祥，迎着微风摇动着它的阔叶，我一会儿被阴影遮蔽，一会儿又被阳光照得头晕目眩。我觉得自己好像躺在一只摇篮里来回地摇晃，一会儿从太阳地荡进了阴影，一会儿又从阴影里荡进了太阳地。

远处风起的地方，那空旷的村庄里，传来了三下晚祷的钟声。我听见小银在偷吃我的西瓜，那红瓤甜鲜的大西瓜。它站在那里一动不动，用它那双大而无神的眼睛望着我，看上去十分无聊。一只绿头苍蝇粘在它的眼边，缓缓地爬着。

这时，又吹来一阵微风。我看着小银那双满是倦意的眼睛，感到睡意又一次来袭，我勉强支撑着的眼皮又耷拉了下来，就像正欲起飞的蝴蝶忽而又合上了翅膀。

焰　火

九月的夜晚，每逢有晚会，我们便到带园子的房子后面的山岗上，去听村里的节目，去闻闻池边晚香玉散发出的幽香。葡萄园的老园丁皮奥萨，醉倒在场地上，面朝月亮，一刻不停地吹他的海螺。

到了深夜，便是焰火的主场。由几声小小的闷响开始，接着是一声叹息，焰火便在空中散放，如同一只高处的眼眸，看着星星以及被红、蓝、紫色流光笼罩、不断变化色彩的田野。有时，散落的光芒好似一个赤身少女从空中翻身跳下，也好似一株血色柳树在洒着它的光花。烟火有时像发光的孔雀，有时像盛放在空中的玫瑰群，有时像在群星花园中飞翔的火一般的锦鸡，但无论何样，都是一样美丽。

然而对小银来说，每一次爆炸的声响，都是惊惧的源头。空中红、紫、蓝色的火焰不断变幻，忽明忽暗，它在山顶上的影子也随之变大或缩小。它紧盯着我，那双黑色眼睛中满是恐惧。

在晚会将近的时刻，远处村镇的喧闹达到了顶峰，古堡上空星群密布，焰火如花冠般旋转盛放。这时，忽然发出一声巨大的雷震，妇女们都紧闭双眼，蒙上耳朵。小银着了魔一般在葡萄藤蔓间四处逃窜，朝着松林寂静的阴影疯狂地吼叫。

围着的果园

若不是为了带小银来看看这个铁栅栏围着的果园，我们也不会到首都来。我们走近了铁栅栏，在槐树和阔叶香蕉的凉荫中往下走，香蕉树上挂满了装饰品似的香蕉。小银的蹄子踏在被流水磨光的大石板上，发出的声响久久回荡。水面倒映着蓝天，白色花瓣在水面上渐渐漂远，散发出幽幽的甜香。

常春藤攀上铁栅栏，空隙间不断地有水珠滴下，园中散发的香气也被浸染得湿润且凉爽。孩子们在园子里玩耍，仿佛一群纷飞的白色蜂群。在银铃般的笑闹声中，一辆绿色小车缓缓地开过，上面还插着紫色小旗。一艘卖榛子的小船上挂满了紫色与金色的装饰物，船索是花生串成的，烟囱里真的冒出了烟。卖气球的女孩，拿着许多飘着的大气球，有红的、绿的、蓝的，五彩缤纷。卖蛋卷的人疲倦地坐在自己的红色铁皮箱下面。秋日将绿叶染成金黄，只有柏树常青。我的视线穿过枝叶，向远处望去，只见蓝天之上，玫瑰色云层中间，月亮放出了黄色的光芒。

我走到用铁栅栏围着的果园门口，正想走进去的时候，一个守门的人，穿着蓝制服，手里拿着黄棍子，胸前挂着一块大银表，过来对我说：

“驴子不能进去，先生。”

“驴子！什么驴子？”我问他，双眼在小银的四周及远处不停地张望，很显然，我是忘记了小银长着一张动物的脸。

“还要问什么驴子！你说是什么驴子吧。”

我这才明白过来。小银因为是头驴不能进去，而我虽然是人，此刻却也不想进去了。往前走吧，离开那道围着的铁栅。我抚摸着小银，和它谈起别的事情来。

月　亮

小银刚刚在厩栏那儿的水井旁喝了两桶倒映着星星的井水，之后便魂不守舍地穿过高高的向日葵，回到自己的厩栏里了。我靠在门边的墙上等它，四周传来芥末微微的芳香。

九月湿凉的露水沾湿了屋顶，遥远睡梦中的田野送来一阵浓郁的松林气息。金色月亮照亮山顶，旁边是大朵乌云，宛若一只巨大的母鸡下了只金蛋出来。

我对月亮说：

可是，
苍穹云端仅有一个月亮，
从未见它落下，除非是在梦乡。

小银凝视着月亮，摇着一只耳朵，轻轻地哼了一声。它用惊讶的神情望着我，过了一会，又摇起了另一只耳朵。

快　乐

小银和白色小狗狄亚娜一起在玩耍，狄亚娜美得如同一轮新月。一道玩耍的，还有灰色的老母羊以及孩子们。

狄亚娜在小银面前优雅而敏捷地跳跃着，脖子上挂着的小铃发出清脆的声响。它时不时扑上小银的口鼻，假装要咬它。小银竖起两只尖尖的耳朵，以一个缓和的冲撞回敬它，狄亚娜一下子就滚落到草地中间的花丛中去了。

母羊也走到小银身边，碰了碰它的腿，牙齿咬住它身上驮架里的东西。母羊嘴里还咬着刚拽下来的石竹花和常春藤，就又去撞小银那大大的额头。接着，它大叫了一声，兴高采烈地跑开了，就像一个会撒娇的女人。

而对孩子们来说，小银就像是他们的玩具。它居然有这么大的耐心去忍受他们的捉弄！小银本就走得很慢，可为了防止孩子们从它背上摔下来，过了一会儿它又装傻般地停了下来。不过有的时候，它又忽然迈出步子，假装要跑，以此来吓唬孩子们。

在摩格尔，秋日的下午的阳光是那么明亮透彻！十月里清新的空气消磨去那些洁净无瑕的声音，一首欢快的牧歌沿着山谷缓缓来到人们的耳边。那是羊叫声、驴叫声，是孩子们银铃般的笑声和狗的吠叫声，还有小小铃铛发出的叮叮响声。

雁群飞过

我去给小银送水。这是一个宁静的夜晚，群星密布，只有几朵浮云在空中飘动。寂静无声的厩栏里，一阵清晰的哨声在上空响起。

是雁群。为躲避海上风暴，它们正飞往内陆。有时候仿佛是我们在向上飞腾，有时候又似乎是它们在下降，翅膀扑飞与喙子轻啄的细微声音都能被听到，就如同在安静的原野上远处的声响也能被清晰地听到一样。

时间流逝，雁群的哨声依旧响彻夜空，仿佛这场逃离永无止境。

有时候，小银停止了喝水，像我也像米勒[①]画的那些女人一样，抬头仰望星空，怀着无限乡愁。

小女孩

小银的幸福仿佛都缘自那个小女孩。每当看见她穿着白色的小衣服，戴着草帽，从丁香花丛中向它走来时，小银就孩子似的跳起来。小女孩用娇滴滴的声音叫着它的名字："小银，小小银！"小银以热烈的叫声回应着，试图挣脱系着的绳子。

她对小银有一种完全的信任，毫无戒备地在它身下无数次地来回奔跑。她用小脚踢它，还将晚香玉般白嫩柔滑的小手放进它满是锯齿般黄牙的血红大嘴里。有时候她把小银拉低，去够它的两只耳朵。她给小银取了各种各样的称呼，叫起来亲切又热情：小银，大银，小银银，好小银，坏小银。

时间的长河漫长无底，小女孩躺在白色的摇篮里，顺着生命的河流四处漂流。然而，当航程将尽、她将要走向死亡时，所有人都已不记得在她生命中曾出现过一个小银，唯独她，在梦呓中痛苦地叫着，"小——小银——"那间房子黑暗无光，到处都是叹息，有时还能听到我的朋友在远处悲伤的叫喊声。一阵悲凉的夏季风吹过！

---

① 让-弗朗索瓦·米勒(1814—1875)：法国近代史上著名的现实主义画家，代表作《拾穗者》。

你落葬之日的下午，上帝赐予你多少荣华！如此刻一般，为你洒下九月的玫瑰与黄金。壮阔落日下，墓地的钟声响了又响，伴你踏上通往天国的路。我沿着围墙独自回来，从厩栏的门走进了家，满心忧伤。我走到槽头前坐下，避开所有的人群，和小银一起默默地思念着什么。

牧　童

山岗上被暮色染紫的天际已逐渐变暗，余晖迸出最后一刻透明的绿光，衬托着一个剪影似的牧童。天空群星闪烁，泛着金光，牧童就着这点光亮，吹响短笛。四处是飘散的浓郁芬芳，由此可知，在近旁目光无法穿透的阴影中，花朵正悄悄地绽放。清脆可爱的小铃，随着羊群的跑动叮当作响。走到村口熟悉的地方，它们忽然便又分散开。

“少爷，如果这头驴是我的……”

蒙昧光线下，这孩子显得更黑了，身影却也更有诗意。他锐利的目光就像塞维利亚的巴托洛梅·埃斯特万[①]画的小乞丐那样，可以捕捉到转瞬即逝的灵光。

我把驴子给了他。可是，小银，失去了你，我干什么去呢？

一轮圆月升起，挂在蒙特马约山上的教堂上方。草地上还残留着白天日光留下的斑驳暖光，月光却已倾泻其中，上面更是星星点点，花样繁复，仿佛是梦境中巧手工匠织出的难以言说的美丽花边。山岩变得更为高大迫近了，它们陷进更深的阴影里，隐匿在黑暗的沼泽中，而潺潺的水流声却好似在哭泣。

牧童在远处喊着，声音里满是渴望，他说：“唉，如果那头驴是我的……”

---

① 巴托洛梅·埃斯特万(1618—1682)：西班牙现实主义画家，擅长宗教题材。

金丝雀死了

小银，今早，孩子们的金丝雀死在了银丝笼子里，它也确实很老了。你一定记得，它老是把头藏在羽翼里，就这样寂寞地度过了它最后的一个冬天。冬去春来，暖阳将整个世界熏成一个宽敞的大花园，庭院里的玫瑰绽放出它最好的样子，这只金丝雀也为这生机勃勃的生活而跃跃欲试起来，它想要歌唱。可是它原本婉转的声音已变得断断续续，像是一管破裂的残笛。

喂养它的最年长的那个孩子，看到它身躯僵硬地躺在笼子底，急得哭了起来：

"我什么也没少给它呀，有饭，有水，还有……"

小银，它什么也不缺，确实是这样。但正如另一只老金丝雀坎波亚莫尔所说，它死了，是因为它确实要死了。

小银，小鸟们也有自己的一个天堂吗？碧蓝苍穹之上，是否也有一个绿色果园，里面开满了金色的玫瑰，小鸟们的灵魂拥有各种色彩，白色的、玫瑰红的、天蓝的，还有黄色的，缤纷灵魂在那儿展翅翱翔？

听着！等夜幕降临，孩子们、你和我，我们大家一起将死去的金丝雀带到花园里去。满月放出银色清光，凄凄地照着大地，可怜的歌唱家躺在布兰卡洁净的手中，像一页枯黄的百合花瓣。我们就将它埋在此地，埋在大玫瑰园的土地下面。

等到春天，小银，我们会看到一只小鸟从一朵白玫瑰的花蕊中飞出，用它透明的羽翼在四月春光中翱翔，它的姿态是那样轻盈迷人，空气里都是馥郁花香，隐约有一丝声浪响起，清晰又亲切，如金子般耀眼。

山　岗

小银，你从未见过我这样浪漫而典雅地躺在山岗上吧？

牛、狗还有乌鸦，一一经过，但我岿然不动，甚至不对它们投去一丝目光。夜幕低垂，只有影子提醒我该走了我才会离开。我不记得我第一次去那里是什么时候了，有时候我甚至会怀疑我是否曾经去过。现在，你知道我说的是哪个山岗，就是科巴诺老葡萄园上面，如一对男女的躯体般竖立着的红色山岗。

我所有的书都是在那儿读完的，我也在那思考过所有困扰我的问题。在所有的博物馆里，我都曾见过我为自己画的画像：我穿着一身黑衣服，躺在沙地上，背对着你，或是背对着看我的人，任我的思绪在眼前及西边天空间自由翱翔。

松林边的房子那儿传来了喊声，叫我回去吃饭或者回去睡觉。我想我肯定会回去的，可是我又不确定我是否应该留在那里。不过，我能够肯定的是，小银，此时我不是和你一起在这里，也永远不会在我所在的地方，也不是在我的坟墓之中。我是在那红色的山岗上，手捧着书，看着长河落日……

秋　天

小银，懒洋洋的太阳现在才从床上爬起来，农民可比它起得早多了！你看，它连衣服都没顾得上穿，赤裸着身体，凉飕飕的。

好大的北风！那些掉落在地上的小树枝，都被强劲尖锐的北风吹成了一排，整整齐齐的，朝着南边。

小银，犁如同一件原始粗糙的武器，正在和平与欢乐之中辛勤耕耘。宽阔的大路早已被打湿，在它身边，黄叶翩飞，如跳动着的金色火焰，照亮我们匆匆走过的步伐。等春日再来，这儿就又是一片郁郁葱葱了。

被拴住的狗

小银，秋日对我来说，就像是一只被拴住的狗。每逢下午天气转凉，萧瑟凄清，它就开始在畜栏、庭院或者花园里拖长了声音寂寞地吠叫。这几日秋意渐浓，我便总能听见这只被拴住的狗朝向落日的哀鸣。

它的吠叫是一首无可比拟的哀歌。所有的黄金年代都已在生活的点点滴滴中逐渐凋零，当所有的珍贵财产全都失去时，那颗贪婪的心仍然痛惜着仅剩的最后一枚金币。然而黄金仍旧是存在的，它永藏在贪婪的灵魂之中，就像孩子们用一面小镜子将阳光射向阴影墙，构成蝴蝶与枯叶的群像。

麻雀与八哥栖在橘树或槐树的枝头，随日出而升。日光由玫瑰红转为暗紫，美景在心跳起伏的刹那间收获了永恒，就如同死是为了永生一般。这条狗向它吠叫，声音尖锐而疯狂，或许它也感觉到了这种美正走向消亡。

希腊乌龟

那天中午放学回来时，我和我的兄弟在巷子里捡到了这只乌龟。那是在八月，普鲁士蓝色的天空竟然蓝得如此浓稠，以至于几乎成为了黑色。天气炎热，为了使自己不那么热，我们就抄了近路。我们来到草地的谷仓面前，看到这只乌龟被扔在谷仓的墙角那里。那棵我们很熟悉的老黄树的影子洒落在它身上，看上去就像是一块土。我们不敢把它拿起来，后来在保姆的帮助下，才带着它匆忙赶回家。一进家门我们就大声喊起来："乌龟！一只乌龟！"它实在太脏了，我们直接将水泼向它。洗干净以后，它身上显出了黑色与金色相间的斑纹，就如同贴了张印花一样。

堂华金·德·拉·奥利瓦、"绿鸟"以及其他知道这事的人都告诉我们，它是一只希腊乌龟。

后来，当我在教会学校念书时，看到自然史课本上画的和它一模一样，而且它确实就是叫这个名字。再后来，大玻璃柜里摆放着它的标本，说明牌上写的也是这个名字。因此，它是一只希腊乌龟，这是确定无疑了。

从此以后，它就待在那儿了。孩子们总是想尽办法地捉弄它：将它吊在楼梯上荡秋千，把它扔给小狗洛德，又或者把它翻过身来肚皮朝天。有一次，小聋子为了让我们知道它的壳有多坚硬，竟然向它开了一枪。哪知道子弹飞出去，将梨树下正在喝水的一只白鸽打死了。

有几个月时间，它不知去了哪里，也没人看到它。后来，忽然有一天，它出现在了煤堆上，死了一样一动也不动。可是过了几天，它又出现在阴沟里了。如果哪里发现一窝空蛋壳，就表明它在那里待过。它和母鸡、鹤还有麻雀一道觅食，最喜欢吃的就是西红柿。春日里，它成了厩栏的主人。它永恒的衰老中仿佛有一根枝芽在抽绿，它在自己身上重新寻到了新生，似乎能够借此再活一个世纪。

十月的午间

随着枝头的树叶渐渐转黄，这个假期也在不知不觉间溜走了，孩子们都重新背起了书包，回到了学校。透过窗户射进家中的阳光就像枝头那飘飘欲坠的黄叶一样，显露出无限的空虚。恍惚中，周围似乎仍旧回荡着那早已远逝的呐喊和笑声。

玫瑰园的上空仅剩下几株仍旧执意开放的花蕾。薄暮徐徐落下，天边的那抹晚霞仿佛点燃了整座玫瑰园，所有的花朵犹如一团熊熊燃烧的烈火，向着天际升腾。空气中到处都弥漫着玫瑰的芬芳，四周一片寂静。

此刻的小银，和我一样百无聊赖，无所事事。于是乎，它慢慢地向我走来，在我面前迟疑了片刻，最终它还是一鼓作气，踏上了那条坚硬的石板路，和我一起朝家里走去。

安托尼亚

河水涨了起来，漫过夏末两岸盛放的金色黄百合，将它们冲得四散飘零。片片花瓣随水漂远，依旧美丽着。

安托尼亚犹豫着：穿着这样的华服，该从哪儿过河呢？我们放的石头都被淤泥淹没了，为了找寻过河的地方，安托尼亚沿着岸边一路往下，直走到白杨树列成的围墙那儿，但依然没能找到通路。是时候让小银出来为我献一把殷勤了。

我一和安托尼亚说话，她的脸就变得通红，而她灰色眼珠旁的点点雀斑也似乎被她的红胭脂给烧了。过了一会儿，她突然对着一棵树笑了起来。她终于答应了。她把玫瑰色的绒线披巾往草地上一扔，跑了几步，像条小狗似的蹿上了小银的背。她的两条小腿将袜子撑得十分饱满，垂在小银两侧，白色的粗织长袜上早已勒出道道红圈。

小银思考了一会儿，很快便信心十足地奋力一跃，顺利地到达了对岸。此时，小河横挡在我与羞涩的安托尼亚间。她用脚后跟踢了一下小银的肚子，小银便在她灿烂的笑声中愉快地奔往平原。

香气随着百合、流水与爱情逐渐飘远，莎士比亚让克利奥帕特拉[①]念出的诗句，此时正如带刺的玫瑰花冠一般紧紧地缠绕在我的思绪上：

幸福的马儿啊，你的背上驮着安东尼。

“小银！”最终我还是急切地叫了出来，但由于太过愤怒，声音走了调。

一串被遗忘的葡萄

十月的连绵阴雨终于过去了，天空忽然放晴，金光灿烂，我们决定去葡萄园。小银驮着鞍囊，鞍囊里装着野餐用的午餐和女孩子们的帽子。为了保持平衡，布兰卡坐在了鞍囊的另一边，她看起来白里透红，十分娇嫩，宛若一朵绽放的红杏。

田野也在阳光里复苏过来，甚是迷人。溪水不断上涨，溢过被犁耕过的松软土地。路旁的白杨也都满目金黄，群鸟栖在树叶间，只给人们留下几个背影。

忽然，那些女孩儿们一个接一个地跑了起来，大声地叫喊着：

---

① 1608年，莎士比亚创作了爱情悲剧《安东尼与克利奥帕特拉》，克利奥帕特拉是该剧的女主人公。这是一出以真实的历史事件为基础而改编的戏剧。这里所说的克利奥帕特拉就是历史上的古埃及法老克利奥帕特拉七世（约前70—约前30），她是古埃及托勒密王朝的最后一任法老。她貌若天仙，机智聪敏，同时又善于耍手段，世称“埃及艳后”。据说，为了防止埃及被罗马帝国吞并，她曾色诱罗马帝国的凯撒大帝及其手下安东尼。

“葡萄！一串葡萄！”

是一根老藤，枝蔓盘根错节，上头还挂着不少胭脂红和早已发黑的枯叶，耀眼夺目的阳光正照在那串葡萄上。那些葡萄颗颗饱满，闪烁着琥珀般的光亮，如同一个风韵犹存的半老徐娘。所有人都想要它！维多利亚把它摘下藏在了身后，我问她要，而她，这个快要成年的姑娘，本着迁就异性的心理，就将它交给了我，丝毫没有不情愿。

这串葡萄一共有五大颗，我给了维多利亚一颗，布兰卡一颗，洛拉一颗，佩帕一颗。最后一颗，在大家的笑声与掌声中，我给了小银，小银用满口的大牙粗鲁地接了过去。

“海军大将”

你不认识它。在你来之前，它就被人带走了。我从它那里学到了何为高贵。如你所见，槽头的木板上还刻有它的名字，它的鞍子、笼头和缰绳也都还在那里。

它第一次来到厩里，简直就如幻想中的情景一般！它从海滩上为我带来一股活力，它是那样欢快，又是那样俊美！每天早晨，我们很早就往海岸上走，在浅滩旁放纵奔驰。我们先是经过还关着门的风车磨坊，惊起成群的乌鸦，接着便走上公路，然后，伴随着“得得”的马蹄声，我们走进了新街。

一个冬日的午后，圣胡安酒馆的杜邦先生来到我家，手里提着一根马鞭。他把一叠钱放在门厅的小柜子上，然后就和拉乌罗一起去了马厩。夜幕降临，我从窗户里望见，“海军大将”被套上马车，拉着杜邦先生一路直往新街去。雨水纷纷，让人伤心。

好些天，我的心都被紧揪着，不得不请了医生来。医生给我开了溴化物和乙醚，还有一堆我也不知是什么的东西。我只好指望时间将一切从我的记忆中抹去，就如当初洛德以及那个小女孩的情形一样。我只能如此。

小银，你和“海军大将”本可成为十分要好的朋友的！

书页上的花饰

小银，太阳已将近落山，不再有时间普照大地。然而它仍竭尽所能，将斜长的流光撒向刚刚犁过的土地。在那一道道松软湿润的黑色犁痕上，闪烁着点点金光，埋在土壤内的种子，此时重又复苏，长出了淡绿色的嫩芽。鸟儿畏寒，成群结队地飞往莫罗。此时，哪怕只是一缕微风，也会将树枝上最后的黄叶吹落。

这样的季节适合自省。现在，我们又有新朋友了——一本经过精心选择的、高尚的新书。翻开这本新书，原野不加修饰地呈现在我们面前，这番风景支撑起我内心的孤寂。

看，小银，这棵树曾以浓浓的绿荫与簌簌的叶语陪伴着我们的午梦。可一个月还不到，发怒的西风便肆虐而过，吹得它叶落满地，残留的树叶间只落着一只黑色的小鸟。这棵树竟落得如此寂寥又衰败！

鱼　鳞

小银，自阿塞尼亚街开始，摩格尔看起来就仿佛成了另一个村镇了。从那里过去就全是海员们的市场，人们讲起话来都是另一副样子，都是些航海术语，还夹杂着无尽的想象力。男人们穿着讲究，表链很粗，抽上等雪茄，还配了长柄烟斗。他们之间的差别是那样大，打个比方说，就像是修车厂干瘦淳朴的拉波索和里贝拉街愉快的、皮肤黝黑、一头金发的毕贡之间的差别。

格拉那迪莉娅，也就是圣弗朗西斯科教堂圣器保管人的女儿，她是柯拉尔街那儿的人。只要她来我们家，她那生动丰富的表情便会留在厨房中，久久不散。那些女仆，一个来自佛里塞塔，一个来自孟都里奥，还有一个则来自奥尔诺斯。她们都爱听她讲关于加迪斯、塔利法和伊斯拉的故事，什么烟草走私啦，英国的针织品啦，长丝袜啦，应有尽有，还有关于金子银子的故事。故事讲完后，格拉那迪莉娅便披上薄披巾，将苗条的身体裹在里面，用力踩着脚后跟，发出咯噔咯噔的声音，神气活现地走了。

女仆们则留下继续讨论着她讲的丰富多彩的故事。我看见蒙特马约用手遮住左眼，迎着太阳在看一些鱼鳞。我问她在干什么，她回答我说："在鱼鳞的斑斓光芒中，可以看到披着绣花斗篷的卡尔曼圣母。"卡尔曼圣母是海员们的保护神，毫无疑问，这一定是格拉那迪莉娅告诉她们的。

毕托尼

"这家伙，这家伙，这家伙，他简直比毕托尼还蠢！"

事实上，我都快忘了毕托尼是谁了。小银，你看又到了秋高气爽的时节了，那红砂的土坎也开始变得比炽热的火焰还要鲜红了。多亏孩子们突然发出的几声叫喊，我才猛地抬头望了斜坡一眼，发现毕托尼正背着一捆黑葡萄藤向我们走来。

他的形象似乎经常在我脑海中浮现，但又好像早已被遗忘。从他那又脏又丑、干瘦灵活的外表中隐约可见他曾有过的英俊。但当我在脑海中竭力搜寻关于他的记忆时，却总是一无所获，仿佛有关他的一切都是今晨的一场梦，一觉醒来，早已烟消云散，我甚至都无法确定那是否是关于他的记忆。或许，某个雨天的清晨，他曾在新街上赤裸狂奔，还被孩子们戏弄嘲笑；或许，某个冬日的黄昏，他曾踉踉跄跄、垂头丧气地穿过旧公墓那低矮破旧的围墙，跑到外乡的乞丐那里。那是紧挨着风磨的一个废弃窑洞，周围堆满了死狗和垃圾。

"那家伙真是比毕托尼还蠢！"

小银啊，我该用什么来换取和毕托尼的一次单独谈话呢？不过，据马卡里亚说，那个可怜的人儿已经死了。似乎是因为在科利利亚斯家酗酒，结果一不小心掉进了卡斯蒂约的沟渠里。其实，这事已经过去很多年了，它发生的时候我还是个孩子呢。小银啊，现在你觉得他是真蠢吗？他怎么会那么蠢呢？

可惜现在他已经死了，我再也无法知道他究竟是一个怎样的人了。但我曾听一个熟悉他母亲的孩子说起过他的故事，毫无疑问，事实上我比毕托尼还蠢。

河　流

小银，你看，那些坏心肠的家伙将这条河糟蹋得多么肮脏。它落在矿井之间，河水都几乎变成了红色。流水倒映着夕阳的余晖，蜿蜒在紫色、黄色的淤泥间。可它的河身仅能让玩具小船在其中流淌。多可怜！

从前，有好多船由这条河驶向马拉加、加迪斯、直布罗陀。它们中有满载着酒的大船，有三角帆的地中海小船，有升着黄色篷帆的木船，有小小的"野狼号"和"埃罗伊莎姑娘"号游艇，有我爸爸的圣卡埃塔诺号(但这船是由可怜的金特罗管理的)，还有我叔叔的星星号。我叔叔的星星号船是由毕贡管理的，它的桅杆杂乱地竖立在圣胡安的上空，每一根桅杆都飘荡着愉快自由的气息。有多少孩子为这些船赞叹啊！它们满载而去，吃水很深。波浪翻腾，打向船头上用缤纷色彩画出的眼睛、保护神以及船名。渔夫上了岸，将打来的鱼运往村镇，这些"缴获品"中有沙丁鱼、牡蛎、海鳗、鳎鳎鱼，还有螃蟹。然而，里奥廷托的铜使它们全都染上了毒。小银，如此一来，我们可就走运了，因为有钱人吃了这些会恶心，也正因此，直至今日，穷人们还能捕捞到为数不多的鱼。可是，所有的游艇、黄帆船和小船，全都没有了。

多么不幸，基督已无法再见潮起潮落了！河道干涸，只剩下一潭死水，那死水就如同乞丐枯瘦尸体上几不可辨的血管。星星号已支离破碎，破败不堪，它那尖利的龙骨伸向天空，在铁红色夕阳的照耀下，宛若一具巨大的烧焦了的鱼骨架。边防军的孩子们在这里游戏玩耍，而我的内心却有万千种情绪在翻腾。

石　榴

小银，你看这石榴多美！这是阿格迪莉娅给我寄来的，在蒙哈斯的溪水旁，这是她挑出的最好的一个。这个水果使我想起了那片清凉的溪水，这想象是无与伦比的。没有别的什么水果可以与这个石榴相比，它是如此饱满而新鲜。我们来尝一下吧，小银。

小银，它的外皮干硬苦涩，裹得紧紧的，就像生了根一样，难以剥开。贴在表皮上的第一层颗粒，如同小小的柔软的红宝石，正闪着光。里头满是挤得紧紧的颗粒，这些颗粒饱满多汁，咬起来很有劲，它们就像蒙着面纱的紫水晶，又像一颗不具名的年轻王后的心。多么饱满啊！这些可都是美味啊！小银，来，拿着吃。真是美味！我吃得津津有味，牙齿仿佛都要消失在这些丰富愉快的红宝石里了。你等一等，我现在连话也说不出来了。我的舌头上感受到这样愉悦的滋味，双眼仿佛迷失在万花筒般瞬息万变的多彩之中了。哈，吃完了！

现在，我没有石榴树了，小银。你没看见佛洛雷斯街上酒馆的畜栏，我们常在下午从那经过。从倒塌的围墙间可以看到柯拉尔街那些房子的畜栏，每一个都让人沉醉。那里还能看到田野和潺潺的小河，边防军的号声与西埃拉铁匠铺的叮当声交织在一起。那是村镇新发现的一部分，并不属于我。但是在那里，每日都充满着诗意。落日徐徐下沉，被余晖照着的石榴树仿佛在燃烧，如同闪闪发光的宝藏。一棵无花果树站在水井旁的阴影中，身上爬满了四脚蛇，看上去十分落寞。

石榴是摩格尔的特产，镇徽上也镶有它的形象！张开的石榴向着紫红的夕阳生长。蒙哈斯果园里的石榴，贝拉尔山涧峡谷里的石榴，以及沙巴里埃戈的石榴，它们在深谷寂静的溪流中，依旧映着玫瑰色的天空，一如我的沉思，直至安然入夜。

古老的公墓

小银，为了能让你和我一道进到这幽境中，我把你混在了那些运砖的驴子间，以此躲过掘墓人的注意。现在我们进来了，快走吧。你看，这就是圣何塞墓园，那幽绿的角落便是神父们的公墓，那里满是倒塌的铁栏，陷在阴暗中。而孩子们的坟园则是这座，午后三点的阳光正照射着它，刷着白灰的墙在西风中闪耀着。走吧！

这是“海军大将”，这是堂娜贝妮塔，那里则是穷人们的沟渠……

麻雀在丝柏间跳来跳去，你看，她们是多么快乐啊！那只戴胜鸟，在坟前的壁龛里用鼠尾草做了个窝巢。掘墓人的孩子在高兴地吃着涂了红牛油的面包。小银，还有这，这有两只白色的蝴蝶。

这是新的坟院——等等，小银，你听见铃铛的声音了吗？那是三点的班车，它正从公路开往车站。那些松树是风车磨坊的……这里依次是堂娜鲁特加尔塔、中尉和阿尔佛雷迪多·拉莫斯。拉莫斯是我、我的兄弟、贝贝·萨恩斯以及安托尼奥·里贝罗一起抬来的，那时候我还小，他被装在一个白色的小棺材里，在一个春日的午后被抬来了这里。

安静一下！里奥廷托的火车正从桥上经过，一刻不停地发出响声。可怜的卡尔曼，她得了肺病。唉，她是那样美丽！小银，你看，阳光下的玫瑰！这里就是那个小女孩，那个晚香玉，可她含羞的黑色眼睛再也不会睁开了。而这里，小银，这里是我的父亲。

利比亚尼

小银，你闪到一边去，让学校的孩子们先过去。

你知道的，周四他们总会去郊外。有时候，利比亚尼会带他们去卡斯特里亚诺神父那里；有时候，是去阿古斯蒂亚斯桥；有时候，也去比拉。今天，利比亚尼看起来兴致高昂，带他们一直来到埃尔米塔这儿。

有时候我会想，利比亚尼压根儿就不会把你当作人来看。你是知道的，我们的镇长总是这么说，“不要把孩子教成一头驴”。可我却担心你会被饿死。可怜的利比亚尼总是说，“上帝面前我们皆是兄弟”，“孩子们都将与我紧紧相依”。其实这全是胡诌，只是他冠冕堂皇的借口，与孩子们平分他们为远足而带来的午后点心时，他一个人就抢去了十三份半。

你看，他们一行人走得多么欢快啊！孩子们如赤诚之心般跳动着，十月的午后被他们的欢乐与激情点燃，仿佛闪出耀眼的光芒。而利比亚尼，他却步履蹒跚，穿着鲍里亚的那件棕色格子衣服，可他的身体是那样肥胖，而衣服又是那般窄小。笑容挂在他的花白胡子间，因为他知道，在松树底下会有美味佳肴等着他。伴随着利比亚尼的脚步声，这原野也如金属片一般颤动起来，四散光芒，宛若那座钟（站在金色钟楼上能够眺望远海）。在晚祷后的沉默中，那座钟却如同一只大黄蜂一般在村镇上空发出嗡嗡的声响。

城　堡

秋日的下午如同一把纯金的金色阔剑，闪耀着金属般的光芒。小银，这样的天空真是美极了！我喜欢到这儿来，在这山坡上我能独自观赏寂寞的落日，无人打扰我，我也不会妨碍其他人。

酒馆和肮脏的屋墙间只有一栋蓝白相间的房子，周围全是野花与乱麻。这是个荒弃的小屋，无人居住，科里利亚和她的女儿经常于晚间在此相会。那些纯洁的姑娘，几乎总是穿着黑色的衣服。毕托尼就死在这条沟里，躺了两天也没人发现。炮手们在这里安过大炮，你认识的那个唐伊格纳西奥在这里走私过白兰地。此外，从安古斯蒂亚斯来的牛群也曾在这里经过，可这儿就是没有孩子出现。

你看，由这沟上的拱形桥洞可以看到红色葡萄园（现在它已经荒芜了），再往下是砖窑，最远处则是紫色的落日。此时，落日宛若一个圣灵，仿佛万物都被它吸引，感到心驰神往。它渐渐下沉到韦尔瓦的海平线之下，消失于寂静无声的世界之中。这里是摩格尔，这里有广袤的原野，有我和小银。

斗牛场的废墟

小银，只要一望见那斗牛场的废墟，就好似有一阵疾风吹过了我的思想。可为什么，为什么我甚至回忆不起它究竟是在哪天下午被烧毁的？

我也早已记不起它里面的模样了，脑海中只留存着一个模糊的印象，或许就和马诺利托·佛洛雷斯给我的巧克力画片上画的一样？几只塌鼻子的小灰狗像皮球似的被一只健壮的黑色公牛挑到了半空。四周鸦雀无声，满是碧绿的蒿草。我只清楚地记得斗牛场外面的样子，我指的是它的上方，就是那圆形场地以外的地方。四周空寂无人，我在台阶上尽情地奔跑着，跳跃着，旋转着，甚至幻想着我正置身于一个真正的斗牛场。它是那样宏大而壮丽，就像巧克力画片上画的一样。暮雨欲来，远处墨绿色阴影下的美景（也就是那大片阴云下的影像），掺着地平线上那连绵不断的松林剪影，和着海面上泛起的点点星光，统统吸收进了我的灵魂深处，并被我悉心珍藏。

似乎也没有其他可讲的了。天哪，我在那儿究竟待了多久啊？又是谁在什么时候把我带到了那里呀？对此我一无所知，也没有任何人向我提及此事。可是，每当谈及此事时，大家又不约而同地说出了这样一番话：是的，城堡中的确有过那样一个斗牛场，只是最后不幸地被烧毁了……那时也曾有无数的勇士来到摩格尔……

回　声

这里的风景美得无与伦比，总有人要往这来。猎人们从山里回来经过这里时，会迈上一大步，登上围坎，以便看到更远处的景色。他们说，帕拉莱斯的强盗在这一地区逃窜的时候，曾来这里过夜。旭日照耀着红色的岩石，而有时候，在傍晚初升明月的照耀下，那岩石上会出现一只不知哪儿来的山羊的剪影。草场上的池塘中，满池水都在荡漾，支离破碎地倒映着黄色、绿色和玫瑰色的天空。它原本要到八月份才会干涸，可孩子们往里扔了好多石块，有时候是为了打青蛙，有时候仅仅是想看看飞溅的水花，都快将这池塘填满了。

回去的路上，我让小银停在一棵洋苏木树的旁边。这棵树刚好挡在草场的入口处，黑漆漆的，挂满了干枯的刀形种子。我将双手围在嘴边，朝着岩石大喊："小银！"

岩石用一种被水浸润但依旧有些干燥的声音回答我："小银！"

小银立刻警觉地回过头来，似乎有想要逃离的冲动。

“小银!”我又朝岩石喊了一声。

小银望了望我,又望了望那块岩石,接着翻起嘴唇,朝着天空不断地吼叫。

岩石回应以一阵拖长而含糊的声音,尾音却比它还要再长些。

小银又叫了一会儿。

岩石也同样地做出了回应。

小银发出一阵粗鲁的声音,脸色阴沉下来,倔强地将头擦着地面不停地打转,想要挣脱缰绳逃走,将我独自留下。我低声哄着,才将它牵了回来,一直到了仙人掌丛中,才慢慢地只听得到它自己的叫声。

虚　惊

这是为孩子们准备的食物。玫瑰色的灯光如梦如幻,照射在雪白的台布上,使红色的天竺葵和各色的苹果显得无比温暖,而那巨大的欢乐也浸染着那些如诗般天真纯洁的孩童的脸庞。女孩子们像妇女一般吃着东西,男孩子们像男人一样谈论着各种话题。远处,一个满头黄发的少妇袒露着她雪白的胸脯,正在给她的孩子哺乳。她脸上洋溢着微笑,目露柔光,满眼爱意地望着怀里的婴儿。从花园旁的窗户望出去,夜空清朗,星星发出清寂的光辉。

忽然,布兰卡躲进了妈妈的怀里,瑟瑟发抖。一阵长长的寂静后,椅子纷纷被推倒,孩子们随着她跑起来,发出杂乱的声响。

所有人都望向了窗户,原来是小银这个傻瓜! 它把它白色的头放在了窗上,它的影子映在玻璃上,看起来特别可怕。所有人都害怕极了,只有它一动不动,悲伤地望着屋内那温暖的灯光。

古老的泉水

在常青松林中,在玫瑰或蓝色的天空底下,在金黄和淡紫的午后,在墨绿和深蓝的夜间,它始终洁白,永远洁白。这古老的泉水呀,我来过多少次,在这里久久地凝视着它,都要站成一块石碑或者化成一座坟墓了。它包容着世上所有的悲歌，感受着真实生活中所有的喜怒哀乐。

我在那里看到了万神殿，看到了金字塔，也看到了许多教堂。每一眼泉水便是一座陵墓，一个雕饰满满的廊柱。这古老泉水的美经久不衰，在我打盹的瞬间也变化多端，使我久久无法入睡。

从她那里，我看到了一切，而我看到的一切，都使我想起了她。它正适合待在那儿，总是和谐而端庄。它的多彩与辉光沉浸在水中，几乎双手便能捧起。它是滋润着生活的源泉。在鲍克林①绘着希腊风光的画作上，在路易斯②修士的翻译里，它使贝多芬的痛苦充满了欢乐，它把米开朗琪罗的思考带给了罗丹。她是摇篮也是婚礼，是歌曲也是诗篇，是现实也是梦幻，是欢乐也是死亡。小银，这个夜间，她就在这儿死去了，如同绿叶与黑暗之中一具大理石的身躯。她死了，然而在我的灵魂深处，却有无尽的泉水在流淌。

道　路

小银，昨晚多少枯叶凋落了！仿佛树都长倒了，树冠朝下，树根却都长向天上。你看这白杨，它就像露西亚——马戏团玩杂耍的那个女孩儿，将一头火红头发撒在地毯上，举起又细又美的双腿，穿着灰色的网袜，显得格外修长。

小鸟在光秃秃的树枝上望着在金黄落叶间的我们，一如春天里我们望着它们在绿叶间一样。从前，它们在树叶上唱着抒情歌曲；而今，它们落到地面，改做拖沓而枯燥的祈祷。

小银，你看到了吗，那原野，盖满了干枯的黄叶，可是下周日我们再经过这里时，怕是连一片也不会看到了。我不知道它们消逝于何地，在这充满爱的春天里，鸟儿们将这美丽的隐秘告诉了我们。小银，你无法做到如此，我也不能。

---

① 阿诺尔德·鲍克林(1827—1901)：瑞士著名画家，擅长风景画。

② 路易斯·德·莱昂(1527—1591)：文艺复兴时期西班牙奥古斯丁修会修士，诗人和翻译家。他曾根据贺拉斯诗体，用西班牙语写作古典风格的颂诗并以此出名。

松　子

卖松子的姑娘披着日光，沿着新街朝这边走来，她带来了生的还有烤熟的松子。我去给我们俩买一些来，差不多五分钱，小银。

在金光灿烂与蔚蓝的日子里，十一月将秋季与冬季叠加在了一起。阳光耀眼，血管胀得像圆滚滚的蓝色蚂蟥。寂静干净的白色大街上，走过了拉曼却①的卖布郎，他肩上背着一个灰色的包。还有卢塞纳的铜匠以及满载着的货物，在每一次叮当声中，都仿佛闪耀出太阳般金色的光芒。阿雷纳来的女孩挽着圆篮正慢慢地走着，她侧着身子靠在墙上，一面用炭屑在那上面画出一条长长的黑线，一面拖长了声音叫道："烤松子！"声音中满是忧伤。

一对恋人站在门口一起吃着，笑声不断，为对方挑选出最好的那颗做交换，煞是甜蜜。孩子们正往学校去，边走边用石头在门槛上互相砸着。

我记得在我小的时候，在那些冬日的下午，我们一起去阿罗约的马里亚诺的橘子园，身上总带着满满一包的烤松子。他们都喜欢我带去的那把砸松子的折刀，它是用螺钉镶柄的，上面刻着鱼的图样，那双对称的眼睛是红宝石做成的，从那里头可以看见埃菲尔铁塔。

小银，烤松子在嘴里留下的滋味可真是美好，它能给你带来如此多的活力与欢乐！在寒冷的季节，它使你感到坦然，使你仿佛成了一座永恒的纪念雕像，走起路来都可以昂首挺胸，连身上穿着的厚重衣服也没了重量。它甚至能给你带来勇气，鼓舞你去和莱昂或者看车的曼基托比比掰手腕，一较高下。

逃亡的公牛

当我和小银到达橘园的时候，峡谷还笼罩在一片阴影之中，狮

① 拉曼却：位于西班牙伊比利亚半岛中心地带的一个自治区，是西班牙的第三大地区。

爪草上未消的霜将一切染得白茫茫的。太阳还未给无色纯净的天空抹上金色，小山岗上的橡树以及那些荆豆却都已清晰起来，精致如画。有时候，一阵轻柔而嘈杂的声响传来，我仰头去望，只见一群椋鸟正变换着美丽的队形向橄榄园飞来。

我鼓起掌来。我喊道："曼努埃尔！"但无人回应我。忽然，我听到一阵焦急浑圆的巨大声响。我的心伴随一种不祥的预感开始怦怦直跳，我急忙和小银一起躲进老无花果树的树丛中。

没错，正是它，一头红色的公牛。它仿佛是这白日的主宰，到处嗅着，不断怒吼。它在山岗上停了下来，发出一阵短促的吼叫，满山谷顿时充满了这可怕的声音，声音直冲苍穹。那些椋鸟却并不害怕，仍旧在玫瑰色的天空中继续翱翔，它们的鸣叫声将我猛烈的心跳声都淹没了。

在一阵尘雾中，升起的太阳已渐渐变成铜色。公牛踏过一片龙舌兰，走向水井。在那里饮了一会儿水后，它便如勇士般高傲地带着雄浑的气势离开了。它走上山坡，牛角上还挂着葡萄藤。最后，在我贪婪的目光以及令人眼花缭乱的万丈光芒中，公牛消失在山岗后。

十一月的诗情

傍晚，小银从郊外回来的时候，背上载满烧炉用的松枝，身体几乎都要被大捆蓬松的绿枝遮蔽了。它的步伐琐碎又急促，像马戏团里走钢索的小姐那样，精致又贪玩。它好像不是在走路，两只耳朵尖尖的，像一只背着壳的大蜗牛。

这绿色的树枝是多么美！它曾站在这里，阳光、月光及微风滋养着它，红雀和乌鸦在它身上栖息。傍晚，可怜的树枝掉了下来，落在小路那白色的尘埃里，这种情形真可怕！

一阵轻柔的紫色的寒气给周围的一切镀上了金光。在这片正走向十二月的原野上，也如去年一样，驴子满载着物品走过，它们态度谦卑，仿佛是要去朝圣。

白　马

小银，我可真伤心！当我经过鲍尔塔达的佛洛雷斯街，也就是那对双胞胎兄弟被雷劈死的地方的时候，看到了聋子的那匹白色母马。一群光溜溜的孩子正围在它身边，一言不发，因为它马上就要死了。

布丽达，那个刚好经过的女裁缝，她告诉我，聋子今天把白马带去屠宰场了，他厌倦了再喂养这匹马了。你知道的，它太老了，和胡里安先生一样迟钝，看不见也听不清，连路都快不能走了。快到正午的时候，白马却又回到了它主人的家门口。聋子十分生气，用棍子都撵不走它，他就拿了把镰刀来刺它。人们都跑过来看热闹，在哄笑和咒骂声中，那匹马不得不离开了。它沿着新街往上走，一瘸一拐的，步履蹒跚，孩子们跟在它身后不断地朝它叫嚷，还往它身上扔石子。终于，它倒下了，就在那儿，他们结束了它的生命。我为它感到悲悯，请让它安静地死去吧！小银，仿佛你和我都在那儿。然而事实是，它死去时犹如一只白色的蝴蝶，在狂风暴雨中沉沉浮浮。

当我看到它的时候，那些石头还在，而死亡已将它变得与那些石头一样冰冷了。生前它有一只眼睛是瞎的，可此刻，那只眼睛却完全睁开，仿佛在看着什么。黄昏的天空高远又凄寒，布满玫瑰色的云朵，那匹马通体都是白色的，仿佛是这条黑暗街上唯一的光亮。

闹新婚

说真的，小银，这真是太有趣了。卡米拉太太穿着红白相间的衣服，拿着教鞭和字帖正在给一头小猪上课。旁边是萨塔纳斯，一手拿着装葡萄酒的空酒囊，一手伸进口袋，正在掏她的钱包。我想这些小人儿是“小公鸡”贝贝和“小信差”孔查做的，因为他们曾为此在我家翻找出几件旧衣服。走在前面的是佩比托·雷特拉塔多，他穿着神父的衣服，骑着一头黑色毛驴。跟在佩比托后面的是一群孩子，他们有的来自恩梅狄奥街、富恩特街、小街，有的则来自埃斯克里巴诺斯广场和彼得罗·特列奥大街。丰盈的月光照着大街，他们协调而有节奏地敲着铁管、响铃、铁锅、铜盆、瓦壶和炒锅。

你知道的，卡米拉太太已经六十岁了并做过三次寡妇，萨塔纳斯也是个老鳏夫，虽然他只做了一次，但他畅饮葡萄酒已达七十个年头了。今晚真该去他家关着的玻璃窗后面去偷听，窥视他和他的新娘，毕竟，那是图画和歌谣中才会出现的浪漫故事啊！

小银，新婚要连闹三天呢。之后，每个女邻居都要到小广场的祭坛那去拿走她们的东西。圣像前，喝醉的人们被辉光淹没，愉快地跳着舞。接着，会有好几个夜晚让孩子们放肆吵闹。最后，只剩下那轮明月高照着这个爱情故事。

吉卜赛人

小银，你看，那姑娘在金色的阳光下正沿街走来，她高挺着身躯，不看旁人。寒冷的冬天，她却仍穿着白色波点的蓝色花边裙，系着黄色的围巾，如一棵小树美丽而潇洒。她是往区政府去的，她希望能和过去一样，求得他们的同意，好住在公墓后面的那片土地上。那间属于吉卜赛人的破陋的小店铺，那些篝火，那些漂亮的女人以及她们那骨瘦如柴的驴子，这一切你都还记得吧？

小银，那些驴子啊，弗里塞塔的那些驴子，只要一看见吉卜赛人就吓得缩成了一团。我并不为小银感到担心，因为吉卜赛人若要到它的畜栏去，还得走过半个小镇呢。而且，那个看门人伦赫尔，对我和小银都充满了善意。不过，有时候为了找些乐子，我也会吓唬小银，我会说："进来，小银，他们要来抓你啦！快进来，让我把门锁上！"

可吉卜赛人决不会来抓它，小银对此十分肯定。它总是慢吞吞地走进去，身后的门被用力地关上。当玻璃与铁框发出重重的撞击声时，小银就会立刻跳起来，穿过大理石院子，奔往花园，箭似的窜进畜栏。这个笨蛋，才跑几步就踩坏了蓝色的牵牛花。

火　焰

小银，过来，你再走近一些。在这里你不需要遵守什么规则，就算你站在房东身边，他也不会感到不高兴的，我们是志趣相投的人。阿里，他的狗，你知道它也喜欢你。至于我，就更不必说了。小银，橘园里一定会很冷。听听拉波索的话，“上帝保佑，但愿今晚不要把橘子毁了”。

你喜欢火焰吗，小银？我不认为有任何一个女人的裸体能与火焰相比。什么样的柔软头发，什么样的肌肤，什么样的长腿，能与这赤裸的火焰相提并论呢？或许在大自然中，再也没有什么会比这火更好的了。我们的房子大门紧闭，屋外夜色寂寥。然而，窗口则朝向宇宙黑暗的深处，使我们比原野本身更接近大自然。冉冉火焰仿佛是家中的宇宙，通红而无尽的火焰仿若身体上的伤口不断涌出的血液，它温暖我们，鼓舞我们，给我们深刻的回忆。

多么美丽的火啊！你看，阿里熊熊的目光正朝向它，仿佛自己也要燃烧起来。我们被金光与飞舞的影子包围，真是欢乐！房屋也像是在舞蹈，忽大忽小，像俄罗斯人优美的舞姿。那里面仿佛有各种各样迷人的形象，树枝与小鸟，狮子与流水，高山与玫瑰。你看，我们自己也在墙上、在地板上、在天花板上尽情起舞。

多么疯狂！多么陶醉！多么幸福！小银，在这儿，爱情即是死亡。

休　养

这间灯光昏暗、铺着柔软地毯的房间便是我休养的地方。在这里，我能听见各种声音。深夜的街道，夜色仿佛是星星与露珠的梦境，人们踩着寂静走过，驴子也从原野上回来，啼音轻快，还有孩子们呼朋引伴地玩着游戏。

驴子黑色的大头和孩子们精致的笑脸凑在一起；伴随着声声驴叫，孩子们唱着银铃般清澈的圣诞小曲；烤栗子的烟雾、马厩的蒸汽将村镇笼罩着：可以想象，这是多么平静和谐的气氛啊，充满家的味道！

我的灵魂深处仿佛有潺潺流水流过，将一切净化。这水流是如此神圣，从我内心那坚硬的内核中喷射而出。这救赎的黄昏，这光明无限又幽凉永恒的时刻！

钟声仿佛在云端、在群星间响起，小银在它的厩栏里叫唤，正是在这一刹那，迫近的苍穹变得那样遥远。我失声痛哭，感到如此地寂寞，就像浮士德。

衰老的驴子

> 最终，他疲倦地迈着每一步，踉踉跄跄。
>
> ——民谣《阿尔卡伊德·德·洛斯·贝莱斯的灰色战马》

你让我怎么忍心从那里离开啊，小银。究竟是谁把这个小可怜丢在了那儿，让它如此无依无靠？

或许它是从屠宰场里偷偷逃出来的。我猜，它既没有注意到我们的存在，也没有听到我们的谈话声。你瞧，它在围墙下站了整整一个早晨了。在天边白云的映衬下，它那干瘦嶙峋的身体活像一座移动的孤岛，上面还叮满了许多苍蝇。尽管如此，温暖的阳光依旧照耀着这个美丽的冬日。它跛着双腿，茫然地原地打转。它毫无方向可言，常常走着走着又回到了原地。就这样走了一天，最终只调转了一下方向，早晨时朝向西方，此刻则面对着东方。

这就是衰老带来的困窘啊，小银！现在，你又有了一个可怜的朋友。你瞧它，虽然重获了自由，却无法离开这片土地，哪怕充满活力与生机的春天正向它走来。难道它变得和贝克尔一样，看似站着实际上已经死了？它纹丝不动，一直静静地站着，那僵硬的轮廓甚至可以让孩子们毫不费力地画在傍晚的天际。

你也瞧见了，任凭我怎样推搡，它始终一动不动，无论我如何叫喊，它也毫不理睬，好似在这片土地上扎了根。

小银，在高大的围墙之下，它定会冻死在今晚寒冷的北风里的，你让我怎么忍心离开那里！但我却又爱莫能助，小银。

黎　明

这是个姗姗来迟的冬日的早晨。破晓才绽放第一缕玫瑰色天光，机警的公鸡便殷勤地与之打起招呼来，睡饱的小银也开始长长地嘶鸣。日光从缝隙间射进我的卧室，远远就听到小银醒来后的嘶叫，真是甜蜜啊！我，陷在松软的床铺间，也渴望着白昼与阳光。

我在想，若可怜的小银不在我这个诗人的手中，它会是什么样子？也许，它会被卖炭人赶到山上去，在霜冻的夜晚去那些悄寂无人的小路上偷松枝；又或者，成了那些龌龊的吉卜赛人花花绿绿的驴群中的一员，被喂以砒霜，耳朵里还被放进别针，防止耳朵垂下。

小银又在叫了。它知道我在想它吗？这对我很重要吗？这使人伤怀的日出时分呐，思念如黎明一般，使我满心欢喜。感谢上帝，它有一个温暖的厩栏，如一只摇篮，也如我的思念。

小　花

献给我的母亲

当特蕾莎奶奶去世的时候，我的母亲曾告诉我，她是带着关于一朵小花的呓语去世的。不知怎么的，我时常将那些呓语中的花儿和我儿时梦中斑斓的星星联系在一起，记忆中，我始终认为她所提到的那些花儿无疑就是玫瑰色的、天蓝色的和紫色的马鞭草。

每当我透过庭院大门上的彩色玻璃张望那变成蓝色和暗红色的太阳和月亮时，我才能见到特蕾莎奶奶的身影。她总是弯着腰，深情地望向那蓝色的盆花和白色的花坛，她留给我的印象始终如此。无论是在盛夏午间的骄阳下，还是在初秋淅淅沥沥的雨水中，她始终都背对着我，从未回头，我也从未记起过她的模样。

小银，我的母亲还告诉过我，特蕾莎奶奶的呓语中曾提及一个不知名的园丁。无论他是谁，他一定是陪着她在开满马鞭草的小径上漫步的那个人。在我的记忆里，她就是沿着那条小径向我走来的，对我而言，她对这条小径的喜好也让我感到亲切和温暖。尽管在我内心深处并未对此感到无比的喜爱，但我仍在那条小径的两侧种满了各色的马鞭草，和花园里的马鞭草一样，有玫瑰色的，天蓝的，还有紫色的。同时种上的，还有我儿时梦境里那些稍纵即逝的闪亮流星。

圣诞节

田野上的篝火！平安夜当日的午后，一丝微弱混沌的日光漂浮在天边。四际无云，原本湛蓝的天空却泛着难以言状的缕缕黄光。刹那间，那些燃烧着的绿色树枝迸发出一阵噼啪声。接着，枝桠中升腾起一团像白色貂毛一样的浓烟。最终，渐渐肆虐的火舌吞噬了空气中残存的烟雾。

啊，那风中的火舌，好似五彩的精灵，有粉的、黄的、蓝的，还有紫的，它们轻盈地钻进低沉暗淡的天空，消失得无影无踪。顿时，十二月寒冷的空气中涌动着一股暖流，温暖了无际的田野。那是冬天的似火热情，是平安夜的醉人幸福！

那些靠近篝火的灌木仿佛被滚滚的热浪融化了一般。透过那股暖流望向四周，景色好似在颤抖，又像是流动着的明净晶体。穷苦的农家孩子也都纷纷聚集到篝火边，在篝火旁愉快地烤着冻僵的小手，并不时地将橡子和栗子扔到篝火里，随之发出种种爆裂声。

之后，孩子们越发欢愉起来，他们在火焰旁跳跃着欢呼着。伴着渐浓的夜色，他们放声高歌：

走吧，玛利亚。
走吧，何塞。

今晚，我特意将小银也带来了，为他们的狂欢增添一个玩伴。

里贝拉街

这里，小银，我出生在这里，现在它已是宪警营房的大房子了。在我小的时候，我是多么喜欢这阳台啊！它很简陋，但在我眼中，却是这样地好！它是大师加菲亚的摩尔式风格，阳台上的彩色玻璃上还点缀着各式星星图案。透过铁栅栏，你能看到后面庭院里白色和淡紫色的丁香花，还有挂在陈旧得有些发黑的木栏杆上的那一串串蓝色金钟花。这里是我儿时快乐的源泉。

到了下午，穿着各种蓝色衣服的水手们便会聚集在佛洛雷斯街的转角处，那里仿佛是十月的原野。我记得他们有些人长得十分高大，由于航海的习惯，他们总是分腿站着。透过他们的双腿间，我能看到底下的河。发光的河流与枯黄的河滩平行，一只小船沿着对面迷人的河岸缓缓漂流，西方天空的晚云像一片片暗红色的斑点。后来，我的父亲将家搬到了新街，因为路过那里的水手手里总是提着折刀，因为孩子们在夜里把所有的门灯和门铃都弄坏了，而且街角那儿总是刮着大风。

从阳台那儿可以望见大海。有天夜里，停在巴拉的一艘英国船烧了起来，我们所有小孩子都被吸引到了窗前，心中充满了紧张与好奇。那段记忆永远都无法被抹去。

冬　天

每当我说起上帝正在他的水晶宫里，就代表此刻正在下雨。小银，下雨了。秋天里残存的花朵仍旧死死地攀附着无力的枝条。花瓣上落着雨，就像布满了晶莹的钻石。每一颗钻石都好似一片澄净的天空，每片天空里都有一个水晶宫，而每个水晶宫里又都住着一个上帝。你瞧，这娇艳的玫瑰里还藏着一朵“水晶玫瑰”①呢。

① 对雨水的一种比喻。

你瞧见了吗？只消轻轻一触，就会有一朵闪闪发光的“水晶玫瑰”坠落。这“水晶玫瑰”好似花蕊的灵魂，随着它的离去，留下的只有干瘪而枯败的花之躯体，就像此刻的我一样。

雨水和阳光一样令人愉悦，倘若不是如此，孩子们又怎么会光着白嫩结实的小腿在雨中欢乐地奔跑呢？麻雀们也都忽的一下飞进了常春藤的枝叶里，就像小银的医生达尔朋说的那样，那情景好比孩子们进了学校。

雨不停地在下。今天我们不去田边了，像今天这样的日子就该用来冥想沉思。你看，屋顶上的雨水是怎样顺着瓦沟落下的，那泛着点点金色的桂树又是如何沐浴在风雨中的。孩子们昨日滞留在草丛间的帆船，今天也重新扬帆了。此刻，你再看，当天边折射出微弱的缕缕阳光时，一道美丽的彩虹出现在了天际。它稀薄的色彩从教堂那里开始消散，直至我们身边。

驴　奶

寂寥的十二月的早晨，人们迈着急促的步伐匆匆走过，不住地咳嗽着。风将村镇另一头的弥撒声吹远。七点钟的时候，一辆空车开了过去，窗户上的铁栓发出碰撞声，于是我便醒了过来。是那个瞎子又像往常那样把他的母驴拴在窗上了？

卖牛奶的女人将瓦罐和铁桶抱在肚子前，在寒风中匆匆跑过，叫卖着她们那白色的珍宝。而瞎子的驴奶是专为感冒患者提供的。

如果瞎子没有失明，如果他能看得见他的母驴，那他便会发现，他的母驴，一如它的主人失明的眼睛，正一步步走入毁灭。一天下午，我和小银经过阿尼玛斯峡谷时，正好看到瞎子正拿着棍子抽打那头可怜的驴子，它在草地上跑着，几乎要坐到潮湿的草上了。那些落在橘树、水车和空气中的棍棒，远不及他的咒骂厉害。他凶狠的咒骂若能够凝固，即便是城堡的巨塔也会被它压垮。可怜的老母驴，为了保卫自己、不再怀胎，便像奥南那样将公驴的礼物全都洒在这片无法生育的土地上。可是，为了维持自己陷在黑暗中的生活，瞎子却要这头母驴站在那儿再一次获得生育的能力，并产出带有药效的甜美乳汁。与此同时，他还将原本属于小驴的食物卖给老人们，换来一些小钱或者一句诺言。

而这头母驴，它被拴在窗户铁栏上正磨着牙。它饱受苦难，简直成了那些为了再多挨过一个冬日的老人们、烟鬼们、痨病鬼们和醉鬼们的药店。

三王来朝[①]

今夜，孩子们是多么幸福啊，他们兴奋得简直无法入睡！不过睡意来袭，他们最终还是不情愿地睡下了。一个躺在扶手椅上，一个躺在壁炉旁的地上，布兰卡缩在矮椅里，贝贝则睡在窗台板上，还将头顶在窗户的合叶上，生怕三王从那儿溜走。此刻，在这一个个躯干的灵魂深处，都展现着一幅幅梦幻般的场景，仿佛每个人都拥有一颗巨大而有力的心脏。

晚饭前，所有人都上楼去了。在其他夜晚，这道楼梯是那样令人胆战和恐惧。“我一点都不感到害怕，贝贝，你呢？”布兰卡一边说，一边紧紧地握着我的手，一刻也不敢松开。我们把鞋子放在了阳台上的香橼之间。小银啊，现在我们得化妆去了。蒙特马约、小姑姑、玛利亚·特蕾莎、洛莉莉娅、佩里科，还有你和我，我们都得披上毯子和被单，戴上破旧的帽子。当十二点的钟声响起时，已经化好妆的我们得拿着灯在孩子们的窗前走过，一边走还得一边敲打着铜钹，吹着喇叭以及那只大海螺。我们俩走在最前面，我戴上白麻做成的胡子，扮成加斯帕尔[②]的模样，而你则把我从那个在哥伦比亚做领事的叔叔家拿来的国旗当围裙披着。突然，孩子们醒了，他们一个个穿着睡衣，站在玻璃窗后惊诧地望着我们，眼睑上

---

① 三王来朝为圣经中的一则故事，讲述的是在耶稣出生后，三位东方的贤士得知救世主降生的消息，便带着美酒等贺礼前来拜访耶稣母子。

② 加斯帕尔(1587—1645)：十七世纪西班牙著名政治家。西班牙国王腓力四世的宠臣，为官期间，曾力图加强中央集权，但引起暴乱，终于被革职。

还挂着残存的美梦。之后，他们一个个又去接着睡了，接着做完心中的那个美梦。第二天，当日上三竿，阳光透过窗户照到他们身上时，他们方才睡眼惺忪地醒来，接着便立刻敞着睡衣冲上阳台。当他们望见满眼的礼物和珍宝的时候，他们也就成了绝对的主人。

去年，我们所有人都笑得前仰后合。今年，我们又有好戏看了。小银，我的小骆驼！

金　山

今天的蒙都里奥早已被一批批淘金者搞得日益贫瘠，放眼望去，那里只剩下一座座寸草不生的红色山岗。但若从海面遥望这座岛屿，它却像一座金矿一样，因此罗马人还给它取过一个出众而响亮的名字。此外，走这条路去风车磨坊，要比走公墓那条快多了。或许是因为走的人多了，那里到处都是各种遗迹，在葡萄园里人们就发现过尸骨、钱币和各类陶罐。

事实上，哥伦布并没有给我带来过任何欢乐。他曾在我家留宿，曾在塔克拉拉教堂领取圣餐，这棵棕榈树就是他来时种下的，某处的小屋也曾留下他的足迹。小银，想必你也知道，这一切对我而言并没有什么稀奇的。在我眼里，哥伦布从美洲给我们带来的只有两样东西。准确地说，让我感到愉快的还是躺在我们脚下的这群罗马人，他们就像是一簇错综有力的强健根须，深埋于这片土地，无论是用来建造城堡的混凝土还是坚硬锋利的十字镐，任你猛敲狂打，都无法将他们摧毁。他们是如此地团结和紧密，就连弯曲的铁质风向标都插不进他们的根须。

我永远都无法忘记那天发生的一切。当时，我还只是个孩子，无意间得知了这个拉丁文的名字：MONSURIUM。突然间，蒙都里奥在我心中的形象一下子变得高大了起来。我对那片贫瘠土地的浓浓思念也开始萦绕心头，这又是何等地令人伤悲啊。或许只因我始终沉浸在那个纯美的谎言里，对此，我无法责怪任何人。那些古老教堂和城堡的遗迹是否还能牵动我内心的忧思，让我再次幻想那绚烂的落日在它们之上洒下满身的金色余晖？刹那间，我仿佛如获至宝，豁然开朗。我找到了摩格尔，找到了那座金矿。小银，无论是活着还是离去，你都应该带着属于你的欢愉。

酒

小银，我曾告诉过你，摩格尔的灵魂是面包。但事实并非如此，摩格尔就像一个晶莹透明的高脚杯，在湛蓝的天空下静候一年，等待将来有一日斟满那黄金般的美酒。每到九月，只要那些令人厌恶的魔鬼不来破坏我们的节日，摩格尔这只巨大的高脚杯就会一直装满美酒，满得琼浆四溢，就像一个装满关爱的慷慨的心。

每到此时，整个村庄都会弥漫着各种酒香，或高档或低廉，当然还有那终日不绝于耳的杯盏相交的响声。为了在此刻助兴，就连太阳都将自己融进了那黄金般的液体里，并享受消溶在它丰盈血液之中的快感。夕阳西下，每条街上的每户人家就如同整齐排列在胡安尼托·米格尔酒柜上的一只只酒瓶一样。

我还记得透纳[①]的那幅《懒泉》，整个黄色的画面就像是用蘸着柠檬黄的新酒的画笔画成的。这样，摩格尔的美酒就成了它每个伤口里不断流出的鲜血，和四月的太阳一样，它也是快乐和悲伤的源泉。它虽然在每年的春天升起，但每日都要落下。

寓　言

小银，当我还是个孩子的时候，我就本能地厌恶所有的寓言故事，就像厌恶教堂、宪警、斗牛士和手风琴一样。那些可怜的动物被强迫着去代替寓言家们说出的那些荒唐的言论，这如同实验室玻璃橱柜里霉变发臭的寂静一样，令我反感和憎恨。对我而言，从那些动物的嘴里蹦出的每个字，都像是从一个有着橘子皮一样皮

① 约瑟夫·马洛德·威廉·透纳(1775—1851)：英国著名风景画画家，十九世纪上半叶学院派画家代表。

肤的感冒患者嘴里说出的。那些话就好比是玻璃做成的眼珠，又像是挂在假树枝上的翼状金属丝，虚假而空洞。日后，当我在塞维利亚韦尔瓦的马戏团里看那些被训练过的动物表演时，那些早已忘记的寓言竟一一浮现，还有那时在学校里常常被提及的字帖、奖金，这一切都恍若是青春时代的一场噩梦。

小银，当我成年后，一个叫拉封丹[①]的寓言家让我和那些被迫说话的动物们讲和了。你应该听我讲过多次了，他曾写过一首诗，一首真正从乌鸦、鸽子和山羊嘴里吟诵出的诗。我始终无法忘记那首诗结尾处的警句：

那是一条干枯的尾巴，是羽毛笔最终落下的灰烬。

当然，小银，你绝非人们通常所说的那种驴子，也不是西班牙科学院编辑的字典上所解释的那种驴子。你是一头我充分了解并喜爱的驴子，你拥有自己的语言和表达方式，而不是我的。我无法知晓玫瑰的语言，正如玫瑰无法理解夜莺的表达，每一种生物都有自己的语言，驴子也不例外。因此小银，你不必担心，在我的书里你决不会变成一个寓言家笔下油嘴滑舌的说教者，我也决不会只为了售卖某种空洞而虚假的道德说教就把你特有的表情和叫声同狐狸麻雀的混杂在一起。小银，我保证这决不会发生。

狂欢节

小银，今天是多么美好啊！今天是狂欢节的第一天，你瞧，孩子们都精心打扮成了斗牛士、小丑、花花公子的模样。小银，你也驮上了摩尔人的马具，披上了用红、绿、白、黄四种颜色的彩线绣出的阿拉伯盛装。

今天有雨水，也有些许阳光，但依旧寒冷。五彩的圆形纸片在

① 让·德·拉封丹(1621—1695)：法国著名寓言诗人，法国古典文学代表作家，以《寓言诗》(即《拉封丹寓言》)著称。

寒风中沿着街道纷飞。戴着假面的人冻得瑟瑟发抖，赶紧找了个口袋将冻紫的双手套上。

走到广场时，我们看到许多打扮成疯子模样的女人，她们穿着白色的长袍，披散着的乌黑长发上还顶着绿叶编成的皇冠。嬉闹中，她们一个个手拉着手将小银围在了中间，围着它兴奋地旋转歌唱。

面对这般景象，小银满心疑虑，警觉地竖起了两只耳朵。它抬头望着周围，就像是一只被火舌围困的蝎子，紧张而畏惧地四处张望，试图逃离。或许是因为小银太小了，那些女人根本不惧怕它，继续围着它嬉笑打闹。一旁的孩子们看到小银被困住了，也纷纷学起了驴叫，想引来它的嘶鸣。刹那间，整个广场仿佛变成了一场大型的音乐会，有铜管乐，有驴叫，有笑声，有民歌，有手鼓，有小铜钹……

后来，小银按捺不住了，它像决堤的洪水一样冲破包围，带着哭腔向我奔来，身上的马具散落一地。或许，他和我一样，对狂欢节燃不起一点兴趣。是的，我们对此都不在行。

莱　昂

我和小银沿着蒙哈斯广场两侧的石凳慢慢走着。二月的温暖午后，四周一片温馨和静谧。医院的上空，黄昏似乎已经降临，天边的晚霞镀上了满身的金色。我听到有人一直跟在我们身后，当我回头看个究竟时，我的目光恰好和莱昂的问候相撞。“堂胡安[①]！”莱昂边拍我的肩膀边叫我的名字。

是的，他就是莱昂。为了即将在傍晚举行的音乐会，他精心打扮了一番。他穿上了有口袋的格子外套，口袋里放有绿色的丝质手帕，身上喷了高档香水，脚上穿着白麻布和黑色漆皮相拼的靴子，手臂下面夹着一对发亮的铜钹。他轻轻地拍了拍我的肩膀，对

---

① 堂胡安是莱昂对本书作者胡安·拉蒙·希梅内斯的称呼。“堂”为西班牙对男性的尊称，例如“堂吉诃德”也是该用法。

我说:“上帝赐予每个人不一样的天赋,比如说,你给日报撰稿,而我则凭着超常的听觉得以……堂胡安,你看,铜钹这种乐器是最难使用的,因为演奏时它竟然没有乐谱可遵循。如果我想让莫得斯多难堪,只需在乐队演奏前吹几声口哨。你看,其实每个人都有自己的禀赋,你替日报撰稿,而我则拥有比小银还大的力气,不信你摸摸这里。”

说着,他便把那光溜溜的秃头伸到我面前。在他那卡斯蒂利亚高原一般的头顶中间,有一块硬香瓜皮似的厚厚的老茧,这也是曾经的那份艰苦的工作给他留下的印记。

他又拍了我一下,顺势一跃的同时,又朝我挤了挤那张麻脸上的小眼睛,然后吹着口哨洋洋自得地走了。我也不知道他吹的是哪首进行曲,但毫无疑问的是,这将是今晚演奏的曲目。突然,他又回过身来,递给我一张名片,只见名片上写着:

莱昂

摩格尔搬运工会主席

去　世

当我找到小银时,它正躺在它松软的麦秸床上,眼里满是悲伤。我走到它的身旁,一边轻抚着它,一边和它交谈,盼望着它能重新站起来。

这时,我的小可怜儿突然挪了挪身子,但它的一条腿仍旧跪在地上,再也无法站起来。我将它的腿轻轻拉直并平放在地上,重又抚摸着它,同时急忙叫人请它的医生来。

老达尔朋望了小银一眼,他那没牙的大嘴一下子就瘪了进去,垂下的嘴角甚至拉到了后颈,充血的大脑袋也低到了胸口。他像钟摆一样缓缓地摇着头,说道:“不妙啊!哎!”

我不知该如何回答。它是如此不幸,即将离开这个美好的世界。我无话可说,对我而言这将是怎样的伤痛!我不知道这片草地上究竟有什么毒草。是的,就是这片草地!

午间，小银去世了。它原本像棉絮一样柔软的肚子，此时肿胀得像个皮球。它原本顺滑的毛发，此时变得像被虫蛀化的洋娃娃的头发一样，轻轻一碰，就落下无数悲伤的尘埃。它的双腿也僵直地伸展着。

厩栏里一片死寂，一只美丽的三色蝴蝶在翩然起舞。每当它飞过玻璃窗时，阳光就洒在它的身上，折射出点点星光。

怀　念

小银，你能看见我们，是吗？果园水车里清凉的河水是那样地欢畅，辛勤的蜜蜂在紫绿相间的迷迭香中穿梭忙碌，远方的丘陵在阳光的笼罩下闪耀着玫瑰色和金色的光彩。你能看到这一切，对吗？

小银啊，你能看到我们，对吗？

洗衣姑娘的小驴跛着脚在红色的山坡上缓缓前行，湛蓝明澈的天空和广袤无际的大地一派苍茫和凄清。你能看到这些，对吗？

小银啊，你能看到我们，对吗？

孩子们在灌木丛中兴奋地奔跑，初绽的花蕾缀满枝头，好似一只只带着红色花纹的白蝶懒懒地停留在枝头。你能看到这些，对吗？

小银啊，你能看到我们，对吗？

一定是这样的，你一定能看到我。我似乎听到了，是的，我的确听到了，听到了在西方的晴空下，迷蒙的葡萄园的峡谷里传来你轻声的呼唤。

给在泥土里的小银

小银，再等一会儿，我便和你一起到泥土里去，就像我从未生活过，这一切也都未曾发生过一样。你仍旧活着，而我，仍和你在一起。而今，那些男孩们都已长成了魁梧的男人，女孩们都已成长为曼妙的女人。我便独自前来罢。毁灭已然在我们三者[①]身上发生，我们站在它的荒原之上，成为真宝的主人。你懂我说的是何物，我说的是我们跳动的心脏。

我的心脏！但愿那两者的心能够获得满足，正如我这般。但愿它们能够如我一样思考。但是，不，还是一无所知的好。如此，我的罪过、怯懦、莽撞，便不会在它们的记忆里留下悲伤的痕迹。

能够告诉你这些事情，我是多么幸福啊！除你之外，再不会有人知晓了。我将脚踏实地、细细规划，不仅为了能让此刻成为一生中最美好的时刻，也为了能让自己的一生充满无数如此值得回忆的“此刻”。除此以外，我更是为了当我在永恒宁静的未来追忆起往事时，能感受到自己的流年如一朵紫罗兰一般，如它的大小和色彩，如它在静谧的荫蔽下散发淡淡幽香的模样，清丽而美好。

小银啊，唯有你被留在了过去。此刻，朝阳苏醒时的漫天红霞灿烂得就像天主的心，而你却被永久地留在了那已经消逝的过去。但过去终又给了你什么呢？

① 此处指作者、小银和他们的心脏。